傻姑娘相亲记

杜彩云 著

中国言实出版社

图书在版编目（CIP）数据

傻姑娘相亲记 / 杜彩云著. ——北京 ： 中国言实出版社，2015.10

ISBN 978-7-5171-1604-2

Ⅰ．①傻… Ⅱ．①杜… Ⅲ．①长篇小说－中国－当代 Ⅳ．①I247.5

中国版本图书馆CIP数据核字(2015)第243515号

责任编辑：史会美

出版发行 中国言实出版社
　　地　　址：北京市朝阳区北苑路180号加利大厦5号楼105室
　　邮　　编：100101
　　编辑部：北京市西城区百万庄大街甲16号五层
　　邮　　编：100037
　　电　　话：64924853（总编室）64924716（发行部）
　　网　　址：www.zgyscbs.cn
　　E—mail：zgyscbs@263.net
经　　销 新华书店
印　　刷 济南精致印务有限公司
版　　次 2015年10月第1版　2015年10月第1次印刷
规　　格 880*1230　　1/32　　8印张
字　　数 180千字
定　　价 30.00元　ISBN 978-7-5171-1604-2

部分人物简介

阿阿阿——中大留学生，来自彗星，傻姑娘亦真亦幻的男友。

喂借个微笑——一个从没见他笑过的知识分子。

古人来——喜欢藏污纳垢的女人。

何为——为何呢？相亲 200 次，他把所有认识的女孩都加了 QQ，他给那些女孩都编了号，他保存了所有女孩的所有照片。

114——转业军人，傻姑娘交往半年的"假老公"。

你我他的故事——一个策划骗子真人秀的"导演"。

我们勾过小指头 --- 小鲜肉。

抱着你去月亮看地球——一个在地球都看不清楚地球的帅法医。

做人得有人品——天天要说 N 多遍"做人得有人品"的传销老板。

神话依旧——骗人的神话。

简单——一个会讲完美故事的男人。

一变俩变仨——妇产科男大夫，傻姑娘美女同学的初恋男友。

三聚氰胺——一个喜欢傻姑娘的已婚男。

男媒婆——京城著名婚介人之一。

红领巾——女神教授。

一页书屋——退休来京的女老师，漂亮霸气。

弯弯头——双胞胎姐姐，她妹妹是单身。

兜兜里有糖——一个跟女友交往两年都没上床的少有好男人。

红颜淡了——一个海军高干的漂亮前妻。

1

花衣服教授——一个喜欢穿花衣服的志得意满的退休军人。

花典——傻姑娘的宝贝，花典的老师说她将来要生一个象花典这样的儿子。

落花微雨——114 被退学的儿子。

屋顶的青苔——弯弯头家早恋小子。

序

　　这是一本优美得有点儿迷朦的书。想讲一个缠绵悱恻的爱情故事，许多事儿却让人无奈，轻风浮荡着都市的一声两声叹息。这般地，单身十年，一个离异女子由骄傲变得再不敢奢望爱情。傻姑娘一样的微笑，外星人的超能力，自说自话的情书，各种各样的性梦，男少女多男女角色转换，用搞笑的口吻宣泄这个红尘滚滚时代的情感挣扎。

　　女子如此抚弄无数阳光和星光的日子，去相亲吧！如此，文人画士，土佬新贵，新识故旧，当代都市中的许多面目，便如纸片儿般地推近至眼前来。因曾是军人，自也有不少军人候选者前来。可是，女子是一只向往美丽的鸟儿，苍白的徘徊最终无法等得梦想飘香，最终没留在这些总是有点儿病形的疙疙瘩瘩枝头上，只能是噗啦啦重新发着哑叫飞起，留得爱和优雅，给风吹雨打去。

　　微笑的脸被光影篡改，失重的日子重又开始摇摇晃晃，睫毛上月亮继续浇灌大地。《傻姑娘相亲记》就是这样一本书，我们希望，借以此书，共同筑造一巢中年，甚至是少年的春梦！

夸父

2015.11.11

3

目 录

第一章 相亲

第二章 中国大学旁听生活

第三章　天上掉下个阿阿阿

第四章　写给谁的情书？

第五章　相相亲亲

第六章　男媒婆俱乐部

第一章　相亲

这也许不算相亲

2005年，傻姑娘刚刚可以不在部队上班，刚刚离婚，刚刚学会上网，刚刚QQ上认识第一个网友"喂借个微笑"。

喂借个微笑很认真地教傻姑娘怎样写简历，好单纯好单纯的简历，傻姑娘甚至都没想起来问喂借个微笑是哪个单位的，叫什么名字，结没结婚。

部队办了病退的傻姑娘，投了几份简历，很顺利在外面又找了份工作。

喂借个微笑："庆祝一下吧，我请你吃个饭。"

傻姑娘："好。"

喂借个微笑："在哪儿见面方便呢？"

傻姑娘想了想，西苑近，人又多，"我下班要路过西苑，那儿有大排档。"

喂借个微笑："好，你几点可以到西苑？"

傻姑娘："5点半。"

喂借个微笑："好，我在那儿等你。"

从公共汽车上走下来的傻姑娘，没有手机，转了半个圈，看到一个人正盯着自己看。傻姑娘便也盯着他看，40多岁，白衬衣，黑裤子，戴副眼镜，长得很好人。

两人同时微笑同时说："你是？""是。"

傻姑娘一身浅粉色职业套裙，耳鬓弯弯的发髻上，一朵粉红花。

这也是因为喂借个微笑建议傻姑娘买职业套裙，以前都穿军装，傻姑娘对外面的世界很多不知道。

喂借个微笑伸出右手，傻姑娘却低着头怔怔地看着他的手站在那不动，手怎么能让一个陌生男人握？手怎么能让一个陌生男人握？能？不能？能？不能？双手不由自主想往身后藏。

喂借个微笑也怔在那，好尴尬！

傻姑娘脸上的表情变得有点倔强。

喂借个微笑终于笑着收回手，顺势指了指旁边，"那我们找个地方吃饭吧。"

傻姑娘也终于舒了一口气，"好。"

喂借个微笑刚走两步，又转身，"我还是去把车里的东西拿到身边放着吧。"

傻姑娘："哦。"

车就在不远处，好大的车，傻姑娘不知道这叫什么车，他打开车门，一个大麻袋，傻姑娘纳闷："你干嘛不放车里呀？"

喂借个微笑："里头装的钱。"

傻姑娘很吃惊，满满的一大麻袋，装这么多钱干嘛？但傻姑娘没有问。

喂借个微笑扛着麻袋，把它放旁边的凳子上。大排档，5 点半，人还不算多，傻姑娘面坐向大路，喂借个微笑面坐向傻姑娘。

傻姑娘稍微点了两个菜，喂借个微笑又点了几个，菜很快就上来了，傻姑娘低头吃着，也不知道该说什么。

喂借个微笑："上班感觉怎么样？"

傻姑娘："遇到一个女经理，她看见我特别爱笑，就说'你适合做业务'，我说自己在部队待了 18 年，什么都不会，摔倒了我会受不了的。她说'没关系，你先做，如果行就继续做，如果不行还在我这做文员。'"

喂借个微笑："那就试试吧。"

傻姑娘："好。"

一会儿就吃完了，傻姑娘："那我回去了。"

喂借个微笑："我送你吧。"

傻姑娘："不用，我离这很近，坐公交车，几站地就到了。"

喂借个微笑把他的麻袋钱抱回车里，和傻姑娘站在车边，看着傻姑娘。天已经有点微黑，公共汽车很快就来了，傻姑娘上车，回头就已被人群挤得看不见喂借个微笑了。

相亲一

古人来，配了一张嗤牙咧嘴的照片，光头，独白里一大堆古文，佛道儒都有，古人来喜欢藏污纳垢的女人。

2007 年，相见恨晚交友网站不着边际地通了几封信，不着边际地说起了见面，就突然见了面。

傻姑娘淡紫花中式套裙，挽了一个简单的发髻，站在单位门口，看见古人来从越野车上下来，就忍不住笑。

"你不是一个缺爱的女人。"古人来看见傻姑娘就说，那是，傻姑娘虽然没男朋友，但追傻姑娘的人不少，30 多岁，正是女人的好年纪。

古人来也比照片上要帅得多，要好人得多，蓝色绒线帽，浅绿薄棉袄，笑起来似乎还有所克制，隐隐的酒窝。

傻姑娘坐在副驾座，古人来滔滔不绝，"我对这一块挺熟，初中那年，我跑到八宝山公墓，把奶奶的骨灰盒悄悄藏书包里，悄悄拿出来，然后自个儿拿着把铁锹，百望山顶挖了个坑，把奶奶埋好了。"

"奶奶托梦给我，想出来。那会儿公墓里面骨灰盒随便拿，不像现在，到处都是摄像头。"

"我其实可以告他们的，可以找他们要奶奶的骨灰盒的，但没有。"

古人来开的是辆越野车，开着车就往西走，"那边部队大院多，部队大院旁边大吃大喝的地方肯定也多。"

果然，一排排都是，"那家门口停着很多车，停车多的餐馆说明不错。"

古人来直直地把车停人家大门口，嘴里还叨叨，"连门都堵住了说明这家餐馆更好。"

选了张靠窗的桌，傻姑娘居然忘了上二楼去看看。

傻姑娘咯咯笑，古人来很健谈，他的生活，他的婚姻，他的工作。

"我生长在一个军人家庭，爸爸哥哥姐姐全是军人，只有我一个不正经人，而且从不跟正经人打交道。"

"我打小就调皮捣蛋，作文起来却能胡绉一大篇，拿第一名也是经常的事。上过中大，上过中央美院……名牌大学随便挑。"

"我训女儿小四月，你如果好好学习，你就是社会的败类。"

"我总是喜欢别人的老婆或孩子的妈妈。离婚后，老婆得了癌症，又回去侍侯她，最后终于侍侯死了。"

傻姑娘离婚有3年了，刚想找男朋友，刚进相见恨晚网站，笑点低，所以，总是咯咯咯地笑。

古人来："见过两个女孩，第一个电话中感觉就不咋地，但对方死缠着要见就见了。"

"第二个是湖南女孩，挺好的，可惜见面没五分钟，女孩接到一个电话，说她弟弟死了，就哭得跟什么似的，我只好说你赶紧买机票回家吧，后来再也没见到她。"

"跟我聊天的女人很多，大家看了我的独白，都觉得很有趣就给我写信，还有好多外地的。我属于社会非主流，所以一般女人都会把我当哥们，自个呢，聊着聊着看见没戏也就给别人当起了参谋。"

这倒是，傻姑娘现在也把他当哥们。

"我租了间库房，画画，卖画，现还做着某部队的生意，还有一些别的杂七杂八的生意，反正一年挣个十几万就可以过得很轻松了。"

"刚挣一辆车，一女朋友的，原价22万呢，还没过户。"

傻姑娘不明白他怎么挣的这辆车，而且还是女朋友的？"怎么回事啊？"

古人来笑笑不答。

相亲二

我认为每个人在人格上应该是平等的，但是经济上不会平等，因为世界上没有绝对的平等。我相信年薪两万的人和年薪二十万乃至二百万的人所处的环境不同，思路也不同。因此，她的经济状况应该和我接近，起码应该理解我工作中的欢乐和痛苦，两个人的观念相近才能少吵架。消费和浪费是不同的概念，不要因为用餐和穿衣丧失了生活情调。

来到这儿整一年时间，人气正好七万！可她在哪里？我似乎有点失望，网络的效率并没有想像的那样高啊！

翻过了２００８年，新年的第一天浮想联翩．从市场营销的角度讲，这儿没有成功的朋友，特别是女士，存在的主要问题之一是：只是介绍自己的需要，而没有说明自己能为对方做些什么，即没有把对方的需求作为自己的目标，这是推销而不是营销。假想，只想自己要温存的女士和能提供精神食粮的女士能是一个档次吗？所以，在新的一年里，愿有品位的女士加油啊！

绅士的相见恨晚网站资料显示有车有房，自己有事业，收入可观，更重要的，有一句"有车有房具备一定经济基础的单身男人不少，但是心理正常心态淡定的人确实太少……"

绅士的资料绅士的独白绅士的博客，无处不散发出他的魅力，绅士也说自己是"一个传统女性眼中难得的精品"。

约好大年初四上岛喝咖啡。

傻姑娘在路上时，绅士已经到了，"上岛咖啡没开门。"

傻姑娘穿着左肩绣了朵花的绿色中式布袄，刚洗的长长卷发懒懒地散在肩上，洋娃娃似的，"要不去另外一处咖啡店？"

绅士："问好了，10点他们就开了。"

傻姑娘停好车，四周望望，依稀几辆车，门口那辆，那位老兄提了一桶水，正挽着袖子专心致志地擦车，不像！

左边一辆出租车，车内司机和副驾座的男士正瞪着眼往这边看呢，会不会是绅士？

傻姑娘下车问保安，"开门了没有？"

出租车内客人下车朝车场外走去，哦，不是！

傻姑娘拨绅士电话，绅士："我已经看到你了，正朝这边走来呢。"

傻姑娘翘望着，一会儿，一位黑衣男士过来了，坐进傻姑娘车内。绅士有些面熟，傻姑娘盯着绅士，随口问："你怎么来的？"

绅士："正好把车停附近洗一洗，然后走过来。"

傻姑娘又无心问，"这儿有洗车的吗？"

绅士："有。"

说话当儿，傻姑娘觉着越看绅士越像刚才出租车内男士，男人都好面子！没车就没车嘛！傻姑娘想，也许自己随口问他随口答吧？对于男人这种下意识的好面子傻姑娘可以体谅。

咖啡店开门了，傻姑娘："进去吧？"

绅士："别去了吧？"

傻姑娘纳闷，"到了，不进去？进去看看吧？"

选了一处靠窗座位，傻姑娘去洗手间。回来后，绅士告诉傻姑娘："这儿没料，刚才别人点都没点成。"

傻姑娘疑惑，上岛咖啡会没料？傻姑娘手正好快触到呼叫器，但还是把手缩回来了，傻姑娘不想让绅士尴尬，喝白开水就白开水吧。

傻姑娘的想法，绅士是觉察出傻姑娘知道车的事，所以一下子整个状态受影响或者说心绪乱了。

"你博客写得挺好。"傻姑娘尽量找一些他可能感兴趣的话题，想让他从那个情绪里出来，没什么效果。

绅士："你是不是对这儿非常熟悉？"

傻姑娘："不熟悉，但单位离这不远，来过两次。"

绅士低着头，始终说话很少。

绅士的相见恨晚博文题目叫《后悔》，不知他后悔什么？

"以后不要轻易给别人留电话哦，了解了再联系啊！""哦，不怕我骚扰您吗？"这是以前绅士写给傻姑娘的两封信。

傻姑娘说起这事，"咱们这个年纪的人一般都比较明白事理，一般都会顺其自然，不会像年轻人那样死缠烂打的。"

傻姑娘接一电话，绅士："你要有事就走吧。"

傻姑娘："没事，不过，如果你想走咱们就走。"

快到门口，服务员问绅士，"您是不是没点东西？这儿有最低消费的。"

傻姑娘："不是你们没料吗？"

服务员半天没反应过来，好久才回："有啊！"顿了一顿，"刚才去时这位先生说等一会再点。"

绅士："不是刚才别人点都没点成吗？"

服务员："您听错了吧？他们都点了。"

绅士："最低消费是多少？"

服务员："20元。"

绅士打包拿了两瓶可乐。

傻姑娘坐进车内，绅士还站在车场，手中塑料袋内两瓶可乐风中显得孤零零的。

大过年的，才上午10点多一点，傻姑娘不想回家一个人呆着难受，琢磨着给哪位同学朋友打电话，看谁有空。傻姑娘拿出手机，想查找一下，可绅士还在那站着，等着傻姑娘先走吧？然后他才方便走？可是傻姑娘如果发动车开出去就是转立交桥，回头如果联系上谁就没法掉头了？

不想让绅士难堪，傻姑娘开车转到了桥底，可还真不知道临时抓谁出来玩。算了，还是找个安全的地方停下吧。傻姑娘慢慢地开着车，一路都是摄像头，还真没停的地方，再开就要到家了！傻姑娘开着车开始拨电话，接通了，听不清，大着胆子在离摄像头稍远一点的地方停下……

相亲三

　　"年轻时候，一说到独白啊原则呀，刷刷刷可以写出一大篇来，现在，只是笑笑，真的，过日子就是笑笑。"

　　傻姑娘又看了看自己的相见恨晚独白，笑笑，然后就看见了燕十三：

　　"一只离群的孤狼，独自游荡在北京的街头，不为别的，只想找到那温暖的港湾。我一直相信一见钟情的感觉，你还在哪里游荡呢，我的小母狼？

　　声明：酒托、饭托千万别找我，我生气了会动手打人的。老婆不会打，哈哈。"

　　傻姑娘："酒托饭托什么的找过你？"

　　燕十三："上过当。被骗了1500元，就喝了瓶红酒。"

　　傻姑娘："你会看上那女孩吗？假如她不是托？"

　　燕十三："哈哈，原来看她是我老乡，动了恻隐之心。晚上给我电话，说老板K她了，心情不好，想我去陪她喝酒，没想到是个托。"

　　傻姑娘："这个女孩也太笨了点，可以随机应变嘛，碰上这么一位魅力男士，改骗他长期饭票呗！"

　　燕十三："哈哈，理论上她没机会和我配上对的，小我好多呢，我只把她当老乡看。"

　　傻姑娘："哈哈，那个托是自己悄悄先走了吗？"

　　燕十三："是啊。"

　　傻姑娘："留下你自己一人交钱？"

　　燕十三："不是，点单的时候交钱。"

　　傻姑娘："哦。"

　　燕十三："交钱时我就觉得不对。"

　　傻姑娘："但碍于面子是吗？"

　　燕十三："有这个问题。"

傻姑娘："既然钱已经交了，她也没必要悄悄走啊？"

燕十三："我先走的。"

燕十三："关键是我离开后，觉得有问题，悄悄回去看了眼，那丫头和他们很熟的样子聊天。"

傻姑娘："你真会打她吗？"

燕十三："后海附近经常看见几个男的打一个丫头，开始我不知道怎么回事，后来知道了。"

燕十三："都是被骗了，又碰上了。"

傻姑娘："同一个丫头？"

燕十三："不是，托很多。"

燕十三："还有一哥们，被相见恨晚上一33岁女子约到一高档小区，约他到了一别墅。进去后，那女子穿得特别性感，并主动往他腿上坐，他控制不了，刚把对方衣服脱了，冲进来几位男子，摁住他就要打，最后他赔了20万。"

傻姑娘："我们单位也有一同事老李，也是去了一高档别墅，那女的也是穿得特别性感，也是往他腿上坐，他们就好上了。那女的说她前夫是公安局长，说自己在新疆做大生意，说老李如果想投资她可以帮他在那边投资，稳赚，老李便拿出自己的全部积蓄20万。后来，那女的就不见了，去别墅找，原来是她租的房子。"

燕十三："还有一次，相见恨晚上约了位女子，我出门前给她打电话说去她那，路上用了40分钟，到她那后，她说在洗头，让我等会儿，结果我等了30分钟，期间几次打电话催她，她老说等会，我就走了。过了两天，相见恨晚管理通知她是骗子。"

傻姑娘："哦，这是想怎么骗？"

燕十三："不知道，反正当时觉得就是骗子。"

傻姑娘遇到燕十三的时候，正赶上全球金融危机，燕十三几百万美金的货全堆积在港口，燕十三每天好几包烟，不停地抽，头发一下子白了好多，索性剃了光头。

每天，燕十三都要接很多不想接的电话，年关了，大家都想收回自己的钱，金融危机，现金为王。燕十三也有不少款项在别人手里，燕十三的电话那些人也是能躲就躲，实在躲不过了，也是拿起电话来好言好语央求再往后挪挪，挪挪。

高尔夫球具闲置办公室好久了，那套茶具倒还是偶尔用，燕十三请傻姑娘吃的是盒饭。

燕十三叹口气，"等这些货出手了，再不想做了，把钱揣兜里，然后去读博士。"又叹了口气，"我如果还像前几年那样有钱，一定想尽一切办法追你。"

傻姑娘也叹口气，"如果是钱的话，不是所有的女人都需要钱的，不是一个女人什么时候都需要钱的，你还得赶上那个女人那会儿需要钱。"

窗口刮进一阵风，刮得傻姑娘的红裙子鼓鼓的，这是一条布格连衣裙，当初傻姑娘买时还犹豫了好久，每次穿时就让自己什么都不想，脸上纯净得像小女孩一样，如果有时实在思考问题过多，那出门之前一定用水抹把脸。

燕十三喝了口水，盯着红裙子，盯着傻姑娘，"交友网站的男人有 50–60% 不是以婚恋为目的的，而女人 70–80% 是想结婚的。"

晚上傻姑娘梦见，自己骑着一辆小女孩式自行车，路过海军总医院旧体检中心，老主任叫傻姑娘，进去看了一下，里面的布置好奇怪，很旧式的，花花绿绿的，有那些宣传贴画啊，餐厅里挂了好多风铃，像一个低档饭店，不过值班室里一套餐椅很雅致。

相亲四

何为军校毕业，硕士研究生，重庆大学教师，转业干部，小傻姑娘 5 岁。

何为："第一个对像是饭店服务员，家在山区，穷得锅都揭不开。我当时一月工资 800 元，一半的钱去孝敬父母，我一月生活费就 400 元。"

"和她分手后，我都 27 了，父母也开始着急，到处发动群众，给我介绍对像。"

"从此，我开始了 101 次相亲。"

"亲朋好友似乎想起我来，络绎不绝给我介绍对像，后来，有些不认识的人，也找到我家，给我介绍对像，我当起了相亲专业户。"

"我上班离家近，坐车回父母家，只要一个小时。"

"这些相亲的女子中，有形象好，工作好的，有形象不好，工作尚好的，有形象好，工作差的，有形象不好，工作也差的，也有些在我眼里简直都嫁不出去的。我相了 101 次亲，就被拒绝了 99 次。"

傻姑娘："为什么啊？"

何为："形象好，工作好的，人家看不起我，也没啥值得怄气，人家有自身的优势。"

"有形象不好，工作尚好的，如公司里的职员，反正人家看我一眼就走了。"

"有形象好，工作差的，如商场里卖衣服的。还有一火锅店服务员，我没见到她本人，只见到她妈妈，她妈妈带了一张她的照片，就 over 了。"

傻姑娘："你条件不错啊，怎么都是找的这些人？"

何为："有形象不好，工作也差的，邻居大婶介绍她娘家侄女，那女子在巷子里剪头发，墙壁上挂一面镜子，生一个蜂窝煤炉子，去她理发那，见到她本人了，人家没和我说一句话，相亲结束了。"

傻姑娘："你得主动和人家说话啊，不是人家和你说。"

"我 28 岁时，人介绍一女子，在茶楼里给人倒茶，都 31 岁了。人家给我倒了一碗茶，说我学历太高了，适合吗？"

"不是我不说话，人家鼻孔朝天，不想和我说话。"

"有些在我眼里简直都嫁不出去的，我爸一个朋友，他女儿25岁，中学毕业后一直在家待业。见面时，我和我爸去了，见面时，那女子背对着我，我只见到了一个后脑勺，连什么样子都没见到。"

傻姑娘："那她是不是有喜欢的人？"

"爸爸在旁边见到她正面了，回来后说'那女孩25了，体型就像 11、2 岁的小女生，都没发育，可能没生育能力。'"

"我的一个姨婆，上午在公园里临时和一些婆婆婶婶说起，中午就打电话，喊我下午去相亲。"

"下午，我到了公园，姨婆也来了。看到一个婶婶领着一个女子走过来，姨婆失声叫到'天呐，天下有这么丑的人。'"

"那婶婶一看到我，当场把我拉到一边连声对我说'我女儿太丑了，配不起你，应该先看看照片，再决定是否见面。今天都来了，下午你请我女儿喝茶，留个电话，但你不用给她打，改天我另外给你介绍一个。'"

"下午，出于礼貌，我请她喝茶，并和她说话，但人家鼻孔朝天，不想和我说。临走时，问她是否留个电话，人家不想留。"

"我教的一个学生，介绍他女朋友家邻居的姑娘，也算是亲戚吧。"

"去见了，那女子的爸妈都来了，亲戚也来了，来见未来女婿了。中午她家请客，来了一大桌人。那女子和我一样高，但比我胖多了，我135斤，她估计有160斤。她爸爸对我说，他女儿家教很严，没出去乱晃过之类的。我心想，那么胖，免费送给我，我都不想晃。"

"下午，他爸爸安排去茶楼里喝茶，那天下午，人家还是没正眼看我一下，根本不想和我说话。"

"相亲多了，简直都不想去见了，有些实在推脱不过，见了，也没啥好结果。"

傻姑娘："是不是你自己看起来太傲，所以人家也不想理你。"

"在这些相亲之前，我曾有一定的自卑感，觉得自己长得不高不帅，也不会穿着打扮，但长处是爱说爱笑，只要对方肯聊，我可以滔滔不觉聊一下午。"

"高三时，班上有一女生要转学，给我留了一张条：你的朴实无华，使我自惭形秽；你的雄词伟辩，使我自叹不如。好人，祝你一路平安！恋你的人"

"真正到了恋爱季节，却这结果。"

"同学妈妈曾想把她家一房客介绍给我，那女人不想见，后来才知道，那女人在一家洗脚房当洗脚妹。"

"这就是我奇葩的相亲故事，我的青春岁月就这样过的，今年39岁了，还单身未婚。"

傻姑娘："还有一个就是，你那么好的条件，怎么去见条件那么差的，人家就想，你肯定有问题。"

"我和我一些好朋友分析原因：

1、可能撞邪了，被这些人都拒绝，应该到寺庙烧香。

2、可能命中注定。

3、祖坟把儿孙克了，儿孙成和尚命了。

4、男人不坏女人不爱。"

"以后的日子，见过很多人，坚决不见当初那些层次太低的人了。免得不拒绝，怄气，免得被拒绝，怄气，要被拒绝，被层次高点的人拒绝，说出去也不丢人。"

傻姑娘："女人有时拒绝你可能是怕你先拒绝她。"

傻姑娘："可惜你不在北京，如果在北京，我倒想看看到底问题出在哪，不应该的啊！"

何为："这么多年，感情经历是：冲动、无奈、冷漠。"

谁跟谁跑了？

我的工作地点遍布世界各地，可是填表的时候发现上面没有"世界各地"这个选项，我每次跟别人解释我的来历都差点被人当骗子，于是就决定干脆简单些，所以就填了北京，因为最近在北京的时候相对比较多，结果好像北京的网友来联系的比较多，所以在这里解释一下。

不知道到底怎样才说得清楚自己。好像这个网上的先生没有哪个说自己不正直，不诚实，不善良，不随和，不幽默、不宽容、不谅解，不负责任，不尊老爱幼，不努力工作，不感情专一，不积极进取，不豪爽，不乐观，不爱音乐，不爱读书，等等，所以关于这些方面我就不说了。

总之我是个很好的人。至少我妈，我漂亮苛刻的妹妹，还有我的跟别人跑了的女朋友都是这么说的。我爱喝酒的爸爸在喝酒以前也是这么说的。我对自己也很有信心，当然这种信心偶尔也会动摇，尤其是看到街上漂亮女孩身边的男朋友都不是我的时候。当然我在优点很多的同时也是有很多缺点的，不过我们需要慢慢了解以后你才知道是不是可以因为我的优点而容忍或者忘掉我的缺点。

另外，承蒙错爱，有不少信来。但是很多女士的信真是写得很怪，也很不礼貌。我实在忍无可忍。有人一上来就问我是不是工资多写了个0；有人一上来就问我为什么至今未婚；还有人一上来就问我是不是真的没结过婚；有人照片也没有一上来就居高临下地皇帝闺女般很不客气地提出很多很唐突的要求；网上明明写了年龄还有人来问年龄；有人反复盘问我的背景好像我要在她那里找工作一样，等等。简直要人疯掉。

我是个简单干脆礼貌和怕麻烦的人。所以申明一下，我说的都是真的。那么多照片自然也假不了，虽然我的白头发照片上看不到，可那也不是我故意造成的。而且我见到的好几个网上美女满脸都是照片上没有的青春痘我也没有怪她们。关于我自己我没有说的应该比你想像的要好而不是要差，说了的其实没有我说得那么差，比如说我只有一个女朋友跟别人跑了，可是其他时候都是我跟别人跑了。

我知道网上骗子如云，牛皮冲天。但我没打算吹牛行骗。要是怀疑就请不用写信，或不用回信。信里说自己是美女但是没有照片也抱歉不能回复。谢谢。

这个阿阿阿独白写得好可爱，互通了两封信，突然没了消息，又跟谁跑了？

窗外雪花飘飘，山也白了，树也白了，车也白了，房子也白了，晾衣绳也白了，红灯笼也白了，一切一切，都白了。

"总以为，我们是可爱的，总以为，爱是恒温的，其实爱之初，都是有附加条件的。"傻姑娘把脸慢慢贴玻璃上，凉凉的。

梦里，傻姑娘和一个小男孩划拳，第一把出的什么忘了，应该是傻姑娘赢了。第二把，傻姑娘出的刀他出的叉，傻姑娘觉得自己输了，结果他说插座插上电了。第三把傻姑娘出手的时候一下子打着他的光光小脑袋，他侧斜着身子躲开，说："你出手的时候注意一点啊。"

傻姑娘把自己写的一首小诗作为相见恨晚独白：

有心思了，去唱首歌，
唱着歌，假装是别人的心情，
假装是昨天的心情。
低下头，抹去一滴泪，
抬起头，一脸微笑。

又挑了几张漂亮又有味道的照片传上去：一张两小辫很清纯，一张白无袖衫牛仔裤蓝花五四围巾很知性，一张绿衫大红花长裙很传统人很妖艳，一张蓝色晚礼服很性感，一张棕花旗袍很端庄，一张绿帽紫袄很妩媚很搞笑，一张红衫配黄绿发花很喜庆，一张脸部笑容特写很率真。

傻姑娘又在相见恨晚上写了一篇博文：

在哪里见过你

想不起来在哪见过你
也不知道你现在哪里
又好像知道你一定在哪里

也许　不远处
你就在身边转啊转
你一定没看见我

我飘着长发挤在人群你看不见

我站到台上
从容地用手拢了拢头发
轻轻地在耳鬓挽了一个弯弯的发髻
两个小花卡子别住
然后微微笑着望向人群

你这会儿才看见我
那个穿着蓝色小花袄的女子
那个一直微微笑的女子
先前长发遮住了笑靥

那笑里有一种微微想落的泪
任她笑
任她落

很自然地　响起一曲悠远悠远的音乐
不知是耳里　还是眼里心里

你却静静地站在那
任那人群慢慢散去

你却静静地站在那
一步不曾往这挪
眼睛一直盯着那小花袄　和那想落泪的笑

直到我微微笑着望向你
你也微微笑望着我

单身 7 年后的春节

（单身 7 年了，有一段时间不想谈恋爱，有一段时间频繁相亲，有一段时间很挑，错过了不少人，有一段时间很着急谈恋爱，标准降低又降低，却遇不到合适的人，生意上又不顺，真是无爱的女人万事不兴。）

喝了一杯咖啡。

再冲一杯，喜欢那淡淡的浓浓的味。

更喜欢那暖暖的感觉。

静静地靠在床头，左手托着腮帮，紧紧地裹着厚厚的被子，休息休息身子……脚有点凉凉的。

偶尔伸伸头看看地上镜子里的女人，一头乱乱的卷发，披着儿子的灰紫色毛衣，抿嘴笑笑，拈起一缕发捎含在嘴里。

不为自恋，只为静静地度过这举国欢闹的新年，静静地感受，静静地，就这样过新年。

听着谁谁那嘶哑的歌声，充满磁性的声音，傻姑娘向来不知道是谁在唱，也不知道歌名，只是懂那声音，懂那旋律，以及懂那些听不清的歌词。

就像傻姑娘在轻轻地说话，说着这些不着边际的话，无人听的话，说着这些傻姑娘想藏起来的话。

以及那偶尔听着洒下的几行泪。

放了一个大大的猪蹄在火锅里，又把昨天老干办发的小圆菇大毛菇木耳黄花菜都丢了一些在锅里，咕咚咕咚地煮着……末了扔了一把面条进去。

蘑菇真是个很奇怪的东西，既有一种很陈旧的味道，又有一种很新鲜的味道。

傻姑娘把猪蹄夹起来狠狠地咬一口，又放到锅里煮，一会儿又夹起来狠狠地咬一口，再放到锅里头煮。

今天没放火锅底料，这些天把胃折腾得够了。每天痛痛快快的麻辣调料过后，又冲上一杯浓浓的咖啡，那么好吃的饼干两块两块往嘴里送，它们在隐隐地打架……虽然傻姑娘胃底子够强，偶尔胡乱地这样折腾它们一下。

不过，它们也够厉害，昨晚把傻姑娘折腾得够呛！

傻姑娘都不好意思说，天啦！傻姑娘算是知道了，那重度便秘，就跟当年生孩子一样的呼天天不应呼地地不灵啊！

一个陌生的电话打进来。

一个似乎熟悉的号码一个似乎熟悉的声音。

似乎有软弱、诚恳、恐慌、探询……好半天，傻姑娘终于知道是谁了，那个很硬气的男人。天，一个春节把人给弄得……能把一个硬气的男人弄得这么可怜兮兮，他说："一起过春节吧？"

傻姑娘摇了摇头，摇了摇头。

前些天，傻姑娘也很恐慌，随着春节的一天一天临近，傻姑娘也很恐慌……不过，现在，那股恐慌劲过去了。

傻姑娘慢慢褪下衣衫，累了，想冲个热水澡。

小小的浴室，水龙头的水洒得开开的，高高挽起的头发还是被打湿。

傻姑娘看不到自己的脸，但看得到自己的身子，那比脸白许多的身子，白得都有些扎眼。是不是农村女子的脸都被糟蹋得不如身子好，城里女子的脸都保养得比身子好？

温温的水下慢慢转动着身子，每当这时候，傻姑娘都感觉到自己的年轻，傻姑娘自己都不相信似的捏了捏自己的臀部，又捏了捏腿部，结实得跟什么似的，这得感谢多年前的运动生涯吧？

昨晚，早早躺被窝里，黑黑的，听着手机叮当叮当响，一会儿拿起来看一下，一会儿拿起来看一下，很是感叹那些朋友手机里还有傻姑娘，而傻姑娘这一年里差不多把自己自闭起来了，他们的名字出现都觉得好突然了。手机仍然叮当叮当响，傻姑娘只管听着，一条也不回，有几个人也还蛮固执，看见没回，又重发一遍，还没回，又重发一遍，那傻姑娘就回了一遍。

这个手机傻姑娘也不是很会用，以前那个充电器坏了，就捡了儿子花典的二手货。手机不知道怎么自动关机了，傻姑娘也不知道怎么开机，就用另一个电话打给儿子："花典，你给我那个手机怎么开机啊？"

花典："你把那个电池取了再上上看看。"

傻姑娘说："关键是我都不知道怎么开盖子换电池啊！前两天摔过两次，盖子倒是开了，我倒是寻摸着把它上上去了。"花典那头的表情傻姑娘看不到，想想他在老家那么远，也帮不了忙，傻姑娘把电话挂了还是自己寻摸着弄吧。

这点傻姑娘倒是在想，以后哪个姑娘嫁个花典倒是会很幸福，因为他已经碰到过傻姑娘这样的妈妈，那以后再懒再笨的媳妇他大概也见怪不怪了。不过呢，傻姑娘还是给花典说："你以后要找个会做饭的媳妇。"

傻姑娘已经过过几个滋味不同的大年三十了，有一年是在大街上走着，琢磨着到谁家去蹭顿饭，哪怕是最不亲切最不认识最不可能的人的家里……那样都行，只要能端着碗饭，把凳子往后挪一挪，缩着脖子悄悄抬起眼睛看看他们怎么说怎么吃怎么笑，然后假如他们突然注意到傻姑娘了，那身边那个男孩子会假装说："哦，她是我朋友。"哦，不过，最好他姑家的孩子不要傻姑娘给压岁钱。

其实一个人过大年三十倒没什么，只是心里不能是一个人。心中有念想有期盼就行，找个人来念想吧，找个人来期盼吧，然后听着刀郎高唱那首《大眼睛》，假装是那个人唱的吧！

傻姑娘晚上做了一个梦，梦里头自己缝了一件花衣裳，素雅素雅的大花，傻姑娘像一个小女孩一样穿着花衣裳摆着手臂走过来走过去，走过来走过去，梦里头有一个大哥哥，傻姑娘不知道他是谁，他很宠爱地笑着看着傻姑娘摆着手臂走过来走过去，走过来走过去……

第 N 次相亲

十一前一天，傻姑娘相见恨晚网上遇见了 114，加了 QQ。
聊了一句，114 有事。
聊了两句，傻姑娘有事。

漫长的十一很快过去了，114 又回到了北京。
上班的第一天，电话，好多次，114 觉得傻姑娘一下子就说出了 114 想说却怎么都说不出来的东西，傻姑娘说这些东西好像不用过脑子就在眼前的呀！

傻姑娘口有点说干了，114 却还没有放下电话的意思。天，这人真能聊！5 点多钟，聊到快 8 点了！到最后的最后，傻姑娘才知道，今天 114 限车，晚上 8 点车才能动！切！

限车！

约了周五见面。

在114朋友公司。

114跟他这个网名为"做人得有人品"的朋友，几乎天天腻在一块，每天还要电话聊几小时，那天限车8点之后114也还是到他这的，晚了有时候就不回去了，挤一被窝，跟同性恋似的，114说："他好像离开我就活不了似的。"

路口见到114，个子不高，长相憨厚，第一眼感觉蛮亲切的。

傻姑娘今天穿着儿子的深蓝色T恤，红绳系着的天珠，在胸前调皮地晃过来晃过去，手上配套着彩色珊瑚手链，脚穿黄色平底布鞋，一根松松辫着的大粗辫子胸前背后地跳。

114泡了杯他说很好的茶，对于茶，傻姑娘是没有感觉的，114说好傻姑娘便慢慢地喝就是。

期间，南南来电话，很关心地问114眼睛动手术是否需要照顾，114眼睛长了麦粒肿。

傻姑娘问："你是不是有比较好的朋友？"

114："没有！这是我一个亲戚。"

窗外景色很美，傻姑娘想出去走一走。

贾公司租在别墅小区，一溜烟似的跑出来了，114便笑笑地说："我的胳膊空着的，没人挽。"傻姑娘也笑笑，还没有亲切到想挽胳膊的程度。

傻姑娘最喜欢看的就是那个每家的院子，有的种着花，有的种着菜，有的是果树，有的只是遮阳伞凉桌椅，有的更只是停着车……

"这是桔子树还是柿子树？"傻姑娘蹦跳到一棵树前，"果真是桔子树。"

"如果你买房子会买别墅还是买商铺？"114问。

"买别墅啊！"傻姑娘想也不想就说。

"我当时买了一个商铺，是一样的钱，如果当时买的别墅，现在增值很多了。"114有点遗憾。

转过头，114又笑笑地说："我的胳膊空着的，没人挽。"傻姑娘抿着嘴又笑笑。

114让傻姑娘去帮他收拾一下家，非常乱的家。

到114家的时候，傻姑娘还是吓了一跳。

整个家跟大库房似的，客厅里塞满了沙发，卧室沙发上摆满了衣服，还有其它屋子也全都塞满了东西，114说："这是前妻的，国庆节我不在的时候她过来拿东西，可能在这住了几天。"是啊，衣帽架上女式睡衣胸罩堂而皇之地挂着。

114说去年7月份离的婚，楼上楼下结婚照前妻的单人婚纱照一个不漏地挂着，114说是懒得收拾的，反正他也很少在家里。

屋子并没有114电话中说的那么大。

楼下卧室四周吊顶很低，很压抑的感觉。

楼上卧室四周墙壁是歌厅卡拉OK那种花的隔音墙壁。

114说买之前这屋子是一个暴发户住的。

半夜里，傻姑娘就想爬起来走，一种很压抑的感觉，一种骗子的感觉。

114便把傻姑娘带到他们单位，一国家单位，让傻姑娘坐沙发上，114用钥匙打开柜子，小心翼翼地拿出了他的身份证离婚证，弯着腰一页一页地翻给傻姑娘看。

坐在车里的时候，114突然凑过来亲傻姑娘几口。

这个年纪了，居然这样，傻姑娘掩口笑。

傻姑娘笑说："假老婆，假老公，"楼梯上蹦蹦跳跳往上爬，114说，"跟你一起过日子一定不会寂寞。"

上楼的时候，114总想往傻姑娘手里塞点东西，傻姑娘耍赖，"你比我大嘛，你是哥哥嘛，该你拿嘛。"然后甜甜地挽着114的胳膊，或者大甩着双手大跨步地昂首挺胸往前走，落下有点气恼又有点笑的114在后面。

依偎着躺在床上看电视剧，一集接一集，一部接一部。
要看一个什么片了，114拿过来纸巾盒，"准备好，这个特别感人。"
然后两人就在那一边看一边哭得稀里哗啦，纸巾刷刷刷地抽刷刷刷地扔。

有时候，114会搂紧傻姑娘突然问："你知道我喜欢你吗？"
傻姑娘很乖地点点头，"知道。"

傻姑娘有时候也会笑笑地拖长声调："我－喜－欢－你！"
114马上说："要喜欢就一直喜欢。"

晚上，广州情人来短信，傻姑娘没问，114说："是一个骗子。"
傻姑娘："那是骗子你不用搭理她就行了啊！"
114："我想看看是怎么回事。"
114指给傻姑娘看，有几百条短信呢，
傻姑娘："为什么不删除？"
114："留做证据。"

南南有时候来电话，114不接，"这是一个求我办事的亲戚。"114有两手机，南南经常打的那个手机晚上114是放在客厅的。

傻姑娘有时候回自己家，有时候在114这，"我们性格不合适，得了解一下，得过渡一下。"
114赶紧说："过渡时间不要太长。"

傻姑娘不在的时候，114很晚还给傻姑娘打电话，很早也打，打座机。

傻姑娘在的时候，114 就睡不醒似的，早上七点多了该上班了还在睡。

傻姑娘疑惑，

114 说："可能你在这我心里比较踏实吧！"

躺在床上的时候，114 就给傻姑娘讲前两任妻子的故事。

第一任妻子

第一任妻子，是个技术干部，比 114 大几岁，北京人。

114 那会儿还在部队，就是那个清一色男兵，偶尔发生男兵与猪交的基层，偶尔有家属来队探亲，一干人大晚上都去敲人家门的捣蛋鬼年代。

那会儿驻扎在唐山，114 的战友多找了唐山的媳妇，媳妇们摆摆小摊，巧的时候，这个媳妇的摊位都会碰着那个媳妇的摊位，旁边的老太太建议 114 也找个唐山媳妇。

114："为什么？"

老太太神秘地说："等你以后尝到甜头了，你就知道分开太远苦了。"

回到了北京，人家给 114 介绍了女朋友。

谈没谈，怎么谈，114 没说，不过，那个年代的恋爱，也就是谈谈了。

就跟比 114 大几岁一样，女朋友的个子也很形象地高高大大。

后来年龄到了，女朋友说结婚吧，114 就结婚了。

好像都是女朋友在做主。

呵呵，那是因为是 114 在说，你想，那么一个战士天天给干部挤牙膏端洗脚水的基层，114 应该是发号施令发惯了的，何况婚姻，岂能有半点被迫？

至少，114也是偷偷愿意的。

那可不，结婚那晚，114俩就没分开过。
后来连续的好多晚，或者说连续的好多年，两人都整晚整晚不分开，就那么睡觉，经期也不带歇息的，弄得床单整片整片地红。

后来，114有了儿子。

114很好学，业余时间学了无线电修理之类的，拿了证书。
或者说，114很叛逆，不知因为什么事和部队领导闹了别扭，不去出操了，在家呆着，哪怕在家被她骂着做饭。

两个人的仗不知什么时候从床上滚到了床下。
从天天的身体运动变成了天天的嘴仗。

老婆时不时就往娘家跑。
有时候是真想跑有时候是假想跑。
而114，总不知道挽留。
只是发誓再不娶北京的女人。

你说114不懂女人吧114实际上就是女人，哦，不，114是条汉子，但是他有公主病。
一家岂容两公主？

114把所有的压抑所有的力气都用在了修理无线电上，兢兢业业的，早出晚归的，跑很远很远的路，争取很多很多的机会。
114转业到了地方，户口落在了老婆所在的区域。

业余时间，114开了一家游戏厅。
挣了一些钱。
那个时候算很有钱了。

这段时间，老婆也没闲着。
从家里闹到了 114 的新单位。

114 要离婚。
老婆更生气了，天天到单位闹。

家不和万事不兴。
114 疲惫至极，把游戏厅几乎是白给朋友在做。
而朋友也是不负重望把游戏厅经营得一踏糊涂然后负债累累。

远在老家的老爸老妈也跟着担心，年老的父亲说 114 不听，只好写来一封长长的信：好好过日子，不要吵了，好好过日子，不要吵了……

却到底还是离了。

114 又谈了一个女朋友，部队的，团级干部。
114 把她带回过老家。
据说据 114 说那女人很爱很爱他，爱到想寸步不离地跟着他，所以 114 就觉得不合适了。

然后……

第二任妻子

这个时候，114 认识了第二任妻子。

"因为她而跟她分的手？"傻姑娘。

"已经准备跟她分手了，不，已经分手了。"114 解释，又补充。

第二任妻子，不是北京人，小学老师，教音乐的，能歌善舞。

长得并不漂亮，甚至可以说不好看，但很会 daoci 自己。

她之前有一个谈了 6 年的男朋友，但那男人就是不跟她结婚，甚至当着她的面跟别的女人在床上鬼混。

所以，114 觉得她很可怜。

她小 11410 岁。

114 新买了房子。

因为非典，她没地方住，就搬过来跟 114 住了。

住在一起，就开始吵架了。

不过，她买了几十种调味品，买齐了各种锅啊罐啊，准备在厨房大干一场。

114 的儿子有时候来 114 这儿。

114 让儿子不要给妈妈说这事，但儿子回去还是说了。

儿子的妈妈又开始闹了。

这次闹到法院，儿子判给妈妈抚养，114 每月付生活费给儿子直到 18 岁，生活费也是 114 给法院法院再给儿子的，儿子的妈妈不准 114 见儿子，否则，跟 114 闹个没完。

正赶上新政策说过了五月一日没有身份证就不能办结婚证了。

114 的身份证在第一任妻子那，她不给 114。

认识还不到半年，明知道两人还有问题还需要磨合，为了赶在五月一日前在单位开证明就能办结婚证于是两人就在五月一日前结婚了。

这么仓促还有一个原因，第二任妻子没有结过婚，没有孩子。

114 也还想有一个孩子。

第二任妻子的妈妈、弟弟弟媳弟弟的孩子都搬过来一块住了。

楼下客厅挂上了黑板，做成了小教室，妻子业余时间做安利，能说会道的她在家给大家上课，她确实很努力，114 拿回来的厚笔记本她都记完了上十本，114 有时候帮她一块做。

114 还买了一份两人将来世界旅游免费住旅店的保险，已经交了好几万了，第二任妻子鼓动 114 买的，她还发展了别的客户，她可以拿提成，114 现在虽然不说什么，但已知道那是庞氏骗局了。

第二任妻子疯狂地采购，除了安利产品，还买了一架大刚琴，还有大量衣服、首饰、鞋，甚至同款式不同颜色的都有好多……当然这一切都是 114 出钱。

她打扮得越来越漂亮，她经常出去主持一些安利的大型活动。

一次她主持节目，114 一直给她录像，一直录到家里，114 手拿摄像机酸了便停下来，结果她开口大骂。

用 114 的话说"她不知道她是谁了！"

这样忙忙碌碌争争吵吵的日子过了一年。

她离开家了。

114 又想离婚了。

不久，她得肺结核了。

114便不好意思提离婚了。

好了之后又要离。

这样磕磕绊绊分分合合的日子继续着。

114又联系过先前那个团级干部女朋友，人家早就结婚了。

114又接触过几个朋友，

一个很有钱出手很大方的女友阴道太短了。

一个很有钱很爱114的女人对114可好了。

一个外地很有钱的女孩114把她介绍给114的同事结果那女孩偏偏喜欢114，还在北京买了房，可是后来家里反对她就回去了。

一个一块进修的同学很聊得来，她老公在国外她也出去了，她愿意为114离婚，114说算了。

还有一个广州情人，说是邓小平家的保姆，又说是前总理的女儿，114说是骗子。

114从来没说过他喜欢谁。

这争争吵吵的五年，114又买了两套房子，当然，也借了一部分钱。

114上党校学习了。

114调到了一国家大单位。

第二任妻子神通广大，联合起那个广州情人一块对付114。

她给114所有朋友打电话说114的坏。

最后协议离婚，114给了她一套房子，一辆车。

因为是央产房，户主名字没法改成她，只协议上写了给她。

不放心，她便到法院打了一场官司。

做这些的时候，她也还给114网购了一套内衣。

她还去 114 单位，找 114 领导，告完状后又说想复合。

经历了这许多事，114 看起来依然朝气蓬勃，总是一副往前冲的样子。

只是，114 每天早上四、五点钟就醒，夜里也常常睡不着觉，就是拼命想跟人说话。

只是，每晚睡觉前，114 都要楼上楼下查看一番，把窗帘拉得严严的。

只是，夜里会莫名其妙地听到一些响声，然后搬来梯子到处检查有没有老鼠。

只是……

江苏的南南是个很有钱的女企业家，开有一家服装厂，走外销，和她哥哥一块做。

南南就是这会儿在网上搜索到 114 的，南南家房子被强拆，气不过，拼命在网上搜北京有地位的网友，想扳倒当地那几个官员。

大海捞针啦！

114 本来和广州情人走得更近一些，十一五一 114 去一趟她来一趟，短信电话不断吧，114 的手机包月。

后来 114 发现南南挺有品味，当然，更有钱，就开始聊得多了。

南南也很殷勤地邀请 114 去江苏过十一，机票南南也已经帮他订好。

就是傻姑娘跟 114 见面前的那个十一。

傻姑娘写给谁的情书?

好久好久,好久好久……

说是因为微博,有一句没一句地倒出来了,也就没再来这的欲望了。

没准还因为你,那个偶尔一起喝喝稀饭能混一天,偶尔看看电视剧能耗一天,偶尔吵吵小架又是一天……一天一天,一天又一天,就这么过去了。

偶尔在这想,不是不会吵架了的吗? ei,怎么吵得还蛮有力气的?哦! 是不是 ... 是不是因为还是有点感觉?

偶尔也在想,好像蛮不合适的耶,怎么又还是喜欢在一起?

偶尔也在想,好像两人都在争,又好像两人都在让。

好像两人都在往前走,又好像两人都在往后退。

说不清楚说不清楚。

刚开始好像还蛮清晰的,现在好像越来越糊涂了。

干脆什么都不想了。

悄悄话的时候,他们 QQ 上紧一句慢一句地跟我谈工作,呵,是不是就写得不那么情意了。

呵呵,

刚开始看见你时,没有一点激情的感觉,只有一种生活的感觉。

放点音乐来写吧。

呵,它半天也不响起,像不听话的你。

呵,当然,我也不听话。

两个不听话的孩子。

有时候吧,我觉得你特别特别聪明,有时候吧又觉得你特别特别笨。

比我还笨。

现在你在干什么呢? 在忙忙叨叨你那些什么什么事。

那些我一点都不感兴趣的事。

如果我对你的人也这么一点都不感兴趣就好了，我也就不用在这偶尔想偶尔想了。

呵，这样到底是好还是不好？

真那么没有一点偶尔想是不是也挺没意思的？

把门关起来，空气里似乎只有你和我。

有音乐了。

这音乐是你加给我的？还是我加给你的？

你写了很多篇公务文章，修改过很多合同，看着你那一个字一个标点的认真，有一丝感动流过心田。

那一小片纸，那一双破袜子……

我把它扔了，你知道扔到哪了吗？扔到我的心里来了。

我扔了那么多东西，你很生气很生气啊

傻瓜，嗨，不知道是你傻还是我傻，谁是那个垃圾筐啊。

自从认识你，我的文字里多了一些肉多了一些菜，少了一些漂亮少了一些可爱，呵，那是不是说明你做得还不够好？

我要要赖地把责任推给你一次，你一定一定要假装很大度地很大度地接受，不要像平时那样跟我争。

真的，还是那个理由，因为你比我大。

看你看电视的时候也跟我一样哭得那么那个，一点没有平时那凶巴巴的样子，如果你看我的文字也那么哭，那我，一定，笑了。

昨晚梦见我俩都在使劲调室温

傻姑娘也不怕别人笑话，什么都写在博客上：

（一）

回想以前，多温暖啊！

你一边堵车着一边不停地打电话，"我出来了。""我上路了。""我走到XXX了。""这儿堵了，唉呀，找别的道吧，结果走到一个死胡同了，嗨，还没法倒，因为还有一个聪明的家伙跟着我一块走进这个死胡同了……"

现在的时间不是时间了。

你选择了不跟那个女人谈恋爱。

那个女人选择了干一番轰轰烈烈的事业。

你把谈恋爱的女人放家里等着。

你跟在那个女人屁股后面去轰轰烈烈事业了。

呵呵，挺好玩的，你没有爱上那个女人。

却爱上了那个女人所描绘的事业，为那个事业去尽自己每一分力气，花每一分时间，挥洒每一分喜怒哀乐，在乎那个女人的每一分表扬每一分批评。

她想起来哪会儿开会就哪会儿开会，也就是说，她想你什么时候去，你就什么时候去。

我饿着肚子静静在家等着你，饭已经做好了，却听说你在那边喝上酒了……

我的事业，已全盘给了你的朋友。

你们的注意力，却还没有注意到那上面。

那是我全部的心血。

那也是一项轰轰烈烈的事业啊！

（二）

知道吗？

遇到你之前，我也遇到过其他男人。他们也有过一些这毛病那毛病，那会儿，我觉得这毛病不能容忍，那毛病不能容忍，于是就都成为过去了。

直到遇到你，你刚开始的热情，你刚开始的紧张，合着我微张的惊讶的嘴，我被捂热的时候，我反应过来的时候，才发现你身上除了这毛病那毛病还有这这毛病那那毛病，原来咱俩之间的问题要大得多啊！原来那些人身上的问题都不是问题啊！真的，小巫见着大巫了。

可是，我已经进来了。

进来了。

写文的时候听着歌，一直，

不过，感觉哪首都不配调，

这首不够甜美，

那首不够热烈，

这首太过平淡，

那首太吵，

这首有点陌生，

那首不够新颖……

也只能这样了，

合着吵吵闹闹的前奏，我们自己来吧，你尽量谱出好听一点的曲子，我尽量写下漂亮一点的歌词。

听着歌，可能有点困了，你接着听吧……我去睡觉了。

保证今晚不会梦见你。

（三）

其实，我有点嫉妒那些和你一块回去的人。

其实，我有点想去你屋子感受一点什么，虽然你这会儿不在家。

其实，我好像告诉了你很多。

但其实，我好像还有什么没说……

今天的太阳躲起来了。

今天的风很大。

今天，以前的朋友请吃饭，我们聊的一直是你。

或者，他是想把我带回家的，

最后，却挥了挥手。

我笑着挥了挥手，心里装的满是你。

你这会儿在跟妈妈笑是吗？

你这会儿在训妹妹吧？

你这会儿……把车里所有东西都搬出来了吧？

虽然有些东西不是新的，但亲人眼里它都是亲的。

我的手机不断有短信嘀嘀嗒嗒发过来，

每一次我都以为是你的，

但每一次都是别人的。

你这会儿在妈妈的笑里妹妹的笑里弟弟的笑里笑着，

而我，有点远了……

我也在温暖地笑着。

114代收的情书

喜欢火车上等你接的感觉，火车快点到快点到，好久没有了，下车前还跑镜子前梳了下头发。

喜欢车站和你相遇的感觉，原来和在家里完全不一样。

喜欢你给我做了一锅不好吃的面条，你总是记不住，我说喜欢吃醋你老是放酱油，虽然没有吃多少，不过，你在厨房里忙碌的身影真的很温暖。

好的电视留着和你一块看。

电视里女孩一会儿欲擒故纵一会儿欲纵故擒的，偷偷地看看你喜不喜欢她，不过，我还是会赤条条地说喜欢说不喜欢。

下班时间了，楼道里断断续续的脚步声开门声。

我竖着耳朵听啊！

这个肯定是你，兴冲冲地跑去开门。

嘿，门口没人，是对面，我弯着腰猫在防盗门缝失望加羡慕地看，人家也转过身来看，门缝灯光里的我……

呵，你一定要做得好一点。

你如果不做得好一点，那我只能要求自己做得更好一点了。

呵呵，那样优秀的我你会担心被别人抢走的。

你如果把我惯坏一点那这样的我就没人要了只能是你的了，赖你一辈子。

我觉得你聪明的时候比我聪明，笨的时候也比我笨。

呵呵，我可知道，笨有时候比聪明更聪明。

你喜欢斗，你还像个小孩。

你会不会喜欢和我斗。

不过，我可不和你斗。

最难过最难过的时候，我也只是跑远一点。

如果算上梦里滑的一跤昨晚应该连滑了三跤。

你心疼了吗？

我有几个可爱的妹妹。

小妹妹的袄子够我们五姐妹天天换穿一冬天的。

当妹妹像姐姐当姐姐像妹妹。

走在大街上，遇到她单位同事，我笑说你根本不用介绍的，一看就是娟娟袄子团娟娟姐妹团的。

老妈也爱凑热闹，我们就照过六姐妹像七姐妹像，那第七个是我们那大八岁的老姑。

老妈也爱打小报告。小妹小妹夫有时爱吵吵架，吵架的时候有时候爱打打小孩，老妈就心疼啊，不过，我也不知道怎么自己就蹦出了那么一句"你和老爸不也是吵了几十年吗？老爸当初不也是拿竹杆把我往死里打吗？"其实后面一句还没说出来。

不过，估计这句话解决问题。

当然，我还是找小妹聊了聊，找小妹夫聊了聊，也更心疼了一下小妹小妹夫的小孩。

基于此，我那老妈就又开始打别的小报告。

分手

怎么啦怎么啦？

不是自己了？

一定是在梦游，一定是。

如果想笑，你也笑笑吧，我也笑笑自己。人这一辈子，逃不掉做几件可笑的事情。在我有一天心情好的时候，掰着手指头一件一件笑着说给你听啊，不过，那会儿一定是有一个爱我的人在身边，有爱的女人特别强大。

说着说着就想掉泪。

如果可以选择，我愿意选择回到 6 个月之前，那会儿我根本不知道你是谁。

最近写怎么总感觉要拿点东西遮掩似的。

是我不畅快了？

还是被压抑了？

还是你让我没面子了？

假装在写我家旁边那个谁的故事，

不过，就这样，还是想出去喊几嗓子。

也曾蜷成一团往你怀里缩，

掰过你的脸颊，

撒娇地说："你学着跟我说'对不起'嘛！快说呀，说'对不起'。"

然后，你就迷迷登登地第一次说了声"对不起"。

有时候我也很厉害，故作大声地说：

"像你这样的人就得有个人管，要不然你还无法无天了。"

这会儿想去山上跑一圈，
那是我的世界。
其实我更喜欢海，
不过，我住在山脚下，
不过，我不会游泳。

有时又忍不住想笑。
家里总是缺抹布，于是，总是飘摇在眼前那条洗过晾在窗前的旧秋裤，你很大方地说："那个可以剪了。"呵呵，这可是我们磨合的成果。
你总是舍不得每样旧东西。
我总是一点不喜欢多余的东西。

我歪着头，笑着看你的又挤出一点又挤出一点，
说真的，我很感谢！
我很知足了。
慢慢地，你会淡化出我的生活。
我的日子到时会满满地充满了另外一个人。

只是，偶尔，
看很高的香椿树的时候，想起你家的梯子。
只是，偶尔，
收拾屋子的时候，
想起曾弯着腰脏兮兮地收拾过那么多谁的鞋谁的衣谁的谁的什么，会想像着，将来的那个女人，是否也坐在我摆的小玻璃圆桌前，
和你一起举起那半杯红酒。

114 一直很想挣钱，很想挣钱，业余时间跟一个做传销的人在一起，哦，就是他那个好得像同性恋的朋友"做人得有人品"。做人得有人品开传销会，他帮忙叫上自己穿军装的战友，还有转业到发改委

的战友，他自己也是在某国家传媒集团工作。开会的那些人一看有这么些正经人在，也就都相信做人得有人品的话了。

114 还跟着一个据他说喜欢他但他不喜欢她想做杂志的女人，也帮着拉了不少人。

傻姑娘呢，偶尔发了些脾气，114 便又跟广州情人和南南电话或者 QQ 联系频繁了。傻姑娘知道了，走了。

傻姑娘爱上的是那种恋爱的感觉吧，并不是那个人。

一段感情剩下的，

只是，曾经去 114 那撞坏的车还没修好，

只是，114 家洗衣液洗淡了傻姑娘的粉红小花袄，

只是，114 朋友做人得有人品还赖在傻姑娘公司不愿走，

只是，一大一小两把红剪刀还在，从 114 那拿的，114 家有十多把红剪刀，上班时作为办公室用品领的，他的第二任妻子也拿走了好几把红剪刀。

那个广州情人说结婚后能帮他升官，但要他去广州。他去了广州，她又说身份证丢了。

那个南南给了 114 钱 20 万，结果他没帮上忙。南南和南南哥哥让他还钱，他说钱花掉了。南南哥哥从外地跑到北京，到派出所报案诈骗，114 只得找朋友拿钱还。他一直把南南那几百条短信保存着，可能是想万一情况下证明那 20 万是因为恋爱关系给的吧。

114 儿子落花微雨考上了人民大学，一次考试作弊，学校给予警告处分。114 第一任妻子去学校大闹一场，落花微雨便被退学了。这事都没告诉 114，114 是半年之后想偷偷去学校看看儿子，才知道已经不在那了。

第二章　中国大学旁听生活

累了就当个孩子

（傻姑娘有时候都觉得自己是个烂人了，想把自己藏起来，懒得相亲了，即使偶尔有，也不会有什么感慨了。傻姑娘尽量把自己的生活安排好一点，做好长期一个人的准备。）

傻姑娘有些紧张！

十米，八米，五米……那个保安把推拉门拉开了，"哈，太好了！"傻姑娘差点笑在脸上。

然后，很若无其事样子开过去了。

闯关成功！

因为听人说过，中大一般不让不是中大的车进来。

或许因为傻姑娘那条五四式围着的绿色丝巾吧？太像中大的老师了。

傻姑娘是来蹭课的。

今天的风好大，白色的大破塑料袋在风中跳着探戈，刮倒的大垃圾桶被扶起来被紧紧捆绑在灯柱上。

很多韩国学生来中大学习中文，还有日本的，美国的，英国的，古巴的，朝鲜的等等等等。

教授来了，腋下夹着书，围条白色五四围巾。

傻姑娘再一细看，天，居然是古人来。7年不见，留了个小平头，到中大来当教授了。

一上课，古人来就开始大声训斥谁，"某某国家的同学，上学期末论文你自己不写，让中国的学生给你写，还非得说是你自己写的。"

古人来气愤得不得了，"我说不是你写的就不是你写的，看你一篇文章得费我多少脑细胞啊，我得到网上查多少啊！"

"你让中国学生给你写，他会自己给你写吗？还不是到网上一抄！"

"还把你妈妈从你们国家叫过来，还厚颜无耻地说不要给你零分，否则丢你们国家的脸了。"

古人来今天气成这样，看样子真是…真是…好久，他才开始讲鲁迅的《社戏》，讲鲁迅那天看戏极不舒服，因为旁边坐着的一个大胖子。

前面的日本郎先生放了一个屁。

看一眼郎先生旁边的小四月，傻姑娘都有点替郎先生不好意思。小四月，古人来的女儿，听爸爸的课。这个女孩儿，白净的面庞，齐齐的刘海，黑黑的长发用一个蝴蝶结头绳轻轻系在脑后。

坐在后面的傻姑娘并没有把自己凳子往后挪，只是努力屏住呼吸。

郎先生旁边的小四月，也仍然很正常地听课，甚至没有像傻姑娘这样偷偷地看一下郎先生，来中大学习的果然都是非常有素质的。

当然，傻姑娘在后面看很正常。

正常得，当古人来讲得有趣处傻姑娘忍不住笑出声来郎先生还回头看着傻姑娘笑了一声，不，两声。

旁边的胖胖英国男孩还在香香在嚼着黄瓜，他是不是有鼻炎啊？嚼完黄瓜，又摸出来一个胖胖的苹果，弄得傻姑娘一下子肚子就饿了，看了又看他手里的苹果，傻姑娘一个劲儿地想，以后再也不坐他旁边了。

下课时天已经黑了，古人来被学生们团团围住问这问那的。

傻姑娘便悄悄走了，开着那辆轰隆轰隆响的破车往家赶，暖风开到2档，喜欢这种暖暖的感觉。傻姑娘假装关心国家大事，假装生活丰富多彩，假装是个孩子，假装很开心，假装什么都很什么，嗯，假装没有时间，都想不起来谈恋爱。

路过北宫门车站时，遇到一位邻居男孩，他上来搭个便车，这时候他小女朋友的电话来了，所以傻姑娘被动地听了好多甜言蜜语。

傻姑娘住的房子挨着锅炉房。

但房里温度只有5度，部队本来以前暖气烧得挺好，后来把这一块签给某位总后的家属物业管理就不行了。不知是物业头头为了省点煤钱，还是烧煤的工人为了偷偷省点煤钱买酒喝，或者两层省，反正是，傻姑娘白天冻得要死，晚上也冻得要死。

于是就，跑中大蹭暖气来了。

这些天，跟物业签合同的老虎被抓起来了。

可暖气不知什么时候好起来？

一个蚊子轻飘飘地从傻姑娘面前飞过，傻姑娘犹豫了一下，还是一合掌，它就死了，没觉得它咬傻姑娘，好长一段时间都是，但这屋里只有它和傻姑娘，它还活着，那肯定是咬傻姑娘了。

这屋里就它和傻姑娘，你说它会不会舍不得咬傻姑娘？

梦里的血钻戒

今天中大门口怎么停着这么长队的车？

呀，保安好像过来一个个在问什么。

保安过来傻姑娘这了，傻姑娘轻轻摇下一点点车窗，保安侧脸轻轻问了一句："您预约车位了吗？"

从那一点点车窗缝里傻姑娘轻轻地但很快地点了点头。

特别好的保安拿着对讲机说着傻姑娘的车号，随即挥手示意通行，傻姑娘一点都不敢停留，万一对讲机那边……

到推拉门时，另一保安阻行，刚才那保安挥手示意通行。

啊终于过了推拉门！

万一对讲机那边……

他们会追过来吗？

反正傻姑娘把车停在一个比较乖的地方，脑子里有空时还琢磨一下出门时如果被问到……

今天来得比较早，刚才去菜市场买了几两毛线，这会儿，傻姑娘把毛线散开，套在膝关节处，绕成线团。

一会儿就绕好了。

傻姑娘坐在最后面。

来蹭课的，傻姑娘舍不得占用同学们的座位，坐在教室最后面的窗台上，窗台有点高，脚着不了地，时间久了，有点累。

古人来今天讲的是《非攻》，"鲁迅这篇文写得老实，合乎墨子的性格。"

郎先生对非攻很不以为然，屁股动了几动。

美国小伙心里也不以为然，嘴上没说。

古人来："有人说，墨子阻碍了科学技术的发展，要是当时公输盘那能飞三天三夜的鸟继续下来，现在该是什么样啊？中国该走在多前面啊！"

"墨子公输盘都是令人尊敬的人，是侠义之人。"

"一场战争是否胜利，除了看技术，还要看它的性质，最后胜利的往往是正义的战争。"

"一个有内涵的人，喜欢的是成熟女人，一个没什么内涵的人，喜欢的是十几岁的少女，一个国家如果都崇拜的是十几岁的少女，天天跟着十几岁的少女唱歌，那这个国家肯定灭亡。"

"谁说这只是战国时期民国时期的故事呢？谁说这只是墨子公输盘毛泽东蒋介石呢？"

于是，美国小伙给自己取了古人来喜欢的中国名字"行义"，

郎先生也想取名"行义"，但又不敢跟美国人争，只得选了一个"公输盘"。

英国胖胖男孩倒很聪明，很快就学会了"吃货"，就叫"吃货"好了。

韩国四位美女分别取名杨贵妃、西施、貂蝉、昭君。

朝鲜男孩想了半天，最后决定叫"雷锋"。

郎先生先是坐在前面的，不知为什么，上了一半的课后，拖着自个儿的椅子退后了 8 排，又坐到傻姑娘的前面了。

难道又……

下课时天又黑了。

傻姑娘跑到团团围住古人来的学生外围圈一站，古人来便认出了傻姑娘，"你怎么来这了？"

傻姑娘："你怎么来这了？"

两人哈哈大笑。

古人来："我请你吃饭吧，在中大最好的食堂。"

傻姑娘："好啊！"

古人来："小四月想考中大，我便想起，要不跟中大签约，来这讲课，一试，还喜欢上这儿了。"

傻姑娘："看你讲课很受同学们欢迎的，我也喜欢听。"

古人来："你找到了吗？"

傻姑娘："回到起点了。"

古人来："我现在跟一个来这进修的学生好，她也是别人的老婆，安徽大学的老师。"

傻姑娘："你呀你！总在玩火。"

傻姑娘："你们这有没有单身的教授，给我介绍一个呗。"

古人来："你以前不是不想找大学老师吗？"

傻姑娘："现在不做生意了嘛，找个老师也不错。"

古人来："大学老师还不如社会上那些男人呢，有的专做少女梦，就一天天把年纪拖大了，有的有各种怪癖。"

傻姑娘："找一个合适的人挺不容易的。"

古人来："时代不对。"

一抬头，发现那些留学生也在这吃饭，两人便笑笑不再说话。

行义："给我来盘糖醋鱼、一盘清蒸鱼。"

杨贵妃扬扬手，给她的姐妹们一块点了："四碗花蜜，四盘牡蛎，四盘青菜，四盘瓜籽，四盘浆果，四个苹果。"

公输盘跑去挨着四大美女坐，"我要两盘辣牛肉。"

雷锋也是，"我要一盆水煮血豆腐。"

吃货是永远有好吃的，"一只烧鸡，一个火龙果。"

古巴美女名"喜"，"一盘小金龟甲，一碗豆腐汤，一个玉米。"

吃不饱再要，他们来中国留学中国政府给了很多补贴，怎么花都花不完，所以，只管捡好的吃就行了。

公输盘吃着吃着，就往厕所跑了。

傻姑娘是单身妈妈，儿子花典也想考中大，可是中大分数线好高啊！

回到家里，好冷。

门外楼梯走过的脚步，傻姑娘突然感觉他在屋内似的。

梦里，傻姑娘有一个很帅气的男友，穿着一身很独特的军装，他给傻姑娘买了一个很大很别致的钻戒，是得把嘴割破然后镶嵌在嘴上的那种。他亲手给傻姑娘割，插在嘴上，好大好漂亮好妖艳好性感，也好知性，也流了好多血，血一直在流，嗓子也有点哽咽，可能是割破了哪根血管，傻姑娘带着犹存的幸福感摇摇欲倒……

傻姑娘只以为这是一个幸福爱情所必须经历的艰辛梦，发在微博上，结果引古人来哈哈哈哈大笑。

精神上的门当户对

要迟到了，把车放外面吧，不玩闯关游戏了。

急急走进去之后，傻姑娘才想起来，中大迟到是没关系的。哦，慢慢逛吧。

慢慢地踱一到---520教室，居然上课铃还没响，傻姑娘仍然坐在后面窗台上，靠近暖气一点的窗台，手在暖气上摸了又摸。

今天古人来讲小说写作，不知是感冒还是怎么了，只听他重复了几次"精液"，傻姑娘以前上的是军医学院，怎么他也讲医？他不讲医啊，这中大的老师也太时尚了一点吧，"写作精液"，用这个作比喻？

一直吃惊张大嘴的傻姑娘，好半天才明白他说的是"经验"。

放下心来之后，傻姑娘脑袋开始左转右转。

以前傻姑娘上的军校，那上课真是上课。

小时候的傻姑娘像大人，长大后的傻姑娘却有一颗十足的童心，想享受享受中大的自由上课，古人来讲课的时候，傻姑娘便慢慢地慢慢地走出去上了一次厕所。

一会儿，雷锋也慢慢地慢慢地走出去上了一次厕所。

越南男孩，哦他的中国名字叫"墨子"，也慢慢地慢慢地走出去上了一次厕所。

吃货喝完一杯南瓜汁又喝一杯南瓜汁，终于内急，也慢慢地慢慢地走出去上了一次厕所。

上完厕所吧，这货又想喝了，便拿起杯子又出去打开水。

然后，雷锋也拿起杯子出去打开水。

然后，墨子也拿起杯子出去打开水。

然后，公输盘也拿起杯子出去打开水。

回来后，公输盘又把椅子挪后了7排，又坐到傻姑娘的前面了。

傻姑娘呢仍然想享受一下中大的自由上课，也拿起杯子出去打开水。

这几个人都坐在边上的座位，除了墨子，墨子每次出来，旁边的小四月都要站起来给他让路。又坐下后，小四月的大粗辫子就不小心像一条黑蛇一样地盘在后面同学的课桌上。

后面坐着行义，说实在的，行义很想摸一摸那根大粗辫子。头发编着，还是有一些不听话的发丝蹦出来，好健康的样子，散发着阵阵清香。

古人来："写文章不能着急，一定要让镜头停一停，大家都有一个感动点，有一个时间段，本来很好的东西，大家还来不及反应，你就拉过去了，很可惜。"

傻姑娘觉得古人来说的极是，甚至都感觉是针对自己讲的。

"我有一个同事牛教授，外号蜗牛教授，我讲一学期的课程，他可以讲四个学期。"古人来慢慢从讲台的东头走到西头，点啄着头，上下晃动着拿粉笔的右手。

美女喜喜欢听古人来讲课。

因为古人来讲："我去古巴讲课的时候，发现古巴真是个好地方啊！社会主义国家。"

"接待我们的一个姑娘，也曾经到别的国家工作过，后来回到古巴，但她只剩下1000美元了，刚好够在古巴买一套房子的。买完房子之后她就没钱了，临走的时候，我和她拥抱，往她兜里塞了1000美元。"

"回来后同事们讲这事，就说'古人来送了那姑娘一套房子'。"

晚上，傻姑娘仍然会上相见恨晚网站逛逛，在自己的独白后面又认真加了一段：

喜欢撒贝宁说的那句话：精神上的门当户对。

知道那个合适的人不容易碰到，却还相信会碰到。原谅我，有些累了，所以有时会想想偷懒的办法，比如不看人的资料群发邮件，在有可能合适的人中，看到谁回信了谁认真了我才会认真；原谅我，有时会像一个孩子无心说着无心的话，因为我以为你会包容我，我以为你会懂我，我也会想去懂你，也会想去包容你，想像你为我做一切那样去为你做一切。

请不要轻易说好，我不想说时间浪费不起，因为比时间更浪费不起的是感情。

为了减少不必要的人不必要的搭讪，现将本人情况详述如下：

我是武警，前些年有个病退的机会，就退下来了，现身体健康。在外面做过生意，现在把它扔掉了。只在家种种菜，有时去中大青华听听课，有空写写小说。有个儿子，住校读高三，性格很好。

男人的心思你别猜

今天是《西游记》读书报告会，中文系美女是出了名的多的，光看那些女孩就很舒服了。

小四月穿一条白色A字连衣裙，脚蹬一双黑色高筒靴，长发飘飘地像仙子一样走上台，"我叫小四月，虽然《西游记》里很多情节是一样的，但是要考虑到，在杂剧漫长的表演过程中，演员的不同，环境的迁移，服装的变化，时间的不同，这诸多因素的影响，演员所表现出来的效果还是不一样的。"

古人来看看女儿，"嗯，一样里的不一样。"

这个傻姑娘认同，比如说《山楂树之恋》，那情节别处用过多少遍，可它还是演得别样的感人！

韩国四大美女一块走上台，一个直发，一个卷发，一个吹发，一个染发，杨贵妃首先发言："我叫杨贵妃，杂剧版的《西游记》里悟空偷的有仙衣，百回本的没有，这个很好理解，那是因为百回本的《西游记》里孙悟空是光棍。"

古人来："嗯，很好理解的却很有新意的说法。"

貂婵："猪八戒虽然不咋地，但很幽默，我喜欢他。"

"哈哈哈哈……"笑声中同学们看着美女，并没注意听西施和昭君说什么了。

下一个女孩穿着粉色暗花锻面中式上衣，挽着发髻，"我叫笑笑，有人说第八十一难是为了凑数的一个小难，其实，唐僧一行人历经千辛万苦取得的真经在最后一刻沉入通天河底，这对于身心疲惫的一行人来说其打击不比任何前八十难小，而观音菩萨的用意就是在最后一刻以'人心'为敌试探唐僧和他的徒弟们，人心即人性，其本质恰是无所谓善恶的'本始材朴'的自然之性，它既有转化为恶的可能，也有发展为善的机会，当人性转化为恶的时候，人就会转化为比妖魔还要可怕的恶的存在，这就是八十一难的意义。"

"唐僧作为一名高僧自然能够超越自己的本心，但孙悟空沙僧和猪八戒身上还留有凡人的禀性：孙悟空好怒，沙僧没有主见，猪八戒贪吃贪色，在观音菩萨看来，历经千辛万苦取得的经书沉入通天河底，常年的努力倾刻毁于一旦，这对于三位徒弟来说足以激发出内心深处身为'人'的弱点：自怜自艾，自暴自弃，甚至半途而废，分道扬镳。如果三位徒弟放弃的话，仅凭唐僧之力肯定无法找回经书。观音菩萨就是用'人性'来检验师徒一行人的修行结果，判断他们是否真的成为了'五圣'。"

嗯，坐在角落吃东西的吃货猛地把头抬起来了，很仔细地很仔细看着这个女孩，苹果也不吃了，刚才没听到她的名字。

这个笑笑，居然是傻姑娘相亲时遇到那个燕十三的女儿，先前一直跟妈妈在台湾生活，高中毕业后来中大上学。这个世界真小，走着走着，就遇到认得的人了，走着走着，就遇到认得的人认得的人了。

这个笑笑，长得可爱极了，眉毛太弯弯，眼睛太弯弯，嘴角太弯弯，下巴太弯弯，满脸的弯弯儿，尤其笑起来。

笑笑挨着小四月坐，这两人，一个满脸的弯弯儿，一个满脸的一线型，一线型的眼睛，一线型的眉毛，一线型的嘴巴，平时单看小四月还不觉得，只觉得清秀，跟弯弯儿笑笑在一起，才觉得真是两种极端的可爱啊。

笑笑脸上的弯弯儿，让你觉得完全没必要看一线儿了，小四月脸上的一线儿，让你觉得完全没必要看弯弯儿了。

今天那些男生也全都到齐了，不像平时还有逃课的，连那个老感觉在睡觉的雷锋这次都是跳到椅子上在好好地看呢。

后面上台讲的还有好多好多美女同学。

公输盘今天是上了半节课后，把椅子挪前了9排。

不过，美女们也讲得差不多了，一个个又回到了后面的座位。

傻姑娘看这些孩子，男孩都跟自己儿子似的，女孩都跟自己儿子的女朋友似的，处处透着可爱。

是谁，这会儿小声哼起《女孩的心思你别猜》：

女孩的心思男孩你别猜

别猜别猜

你猜来猜去也猜不明白

不明白

不知道她为什么掉眼泪

掉眼泪

也不知道她为什么笑开怀

笑开怀

女孩的心思男孩你别猜

别猜别猜
你猜来猜去也猜不明白
不明白
不知道她为什么闹喳喳
闹喳喳
也不知道她为什么又发呆
又发呆

女孩的心思男孩你别猜
你别猜你别猜
你猜来猜去小心陷进来
哦小心陷进来
不期待她会让你鼻子直发酸
你鼻子直发酸
笑起来她会让你心呀心花开
心呀心花开
女孩的心思男孩你别猜
别猜别猜
你猜来猜去就会把她爱
把她爱
爱她的温柔善良和美丽
和美丽
爱她的开朗大方和纯洁
和纯洁

听着真伤感啊！傻姑娘刚写了一首《男人的心思你别猜》：

男人的心思你别猜，尤其是那网上的男人，猜来猜去也猜不明白。
男人的心思你别猜，他没回信啊，不是你不可爱。
男人的心思你别猜，他没回信啊，不是嫌你穷。
男人的心思你别猜，他没回信啊，不是害怕你有儿子。

男人的心思你别猜，他没回信啊，其实他自卑。

男人的心思你别猜，他没回信啊，其实他已婚。

男人的心思你别猜，他没回信啊，其实他是骗子。

男人的心思你别猜，他没回信啊，其实他欲擒故纵。

男人的心思你别猜，他没回信啊，其实他风流成性。

男人的心思你别猜，他没回信啊，其实他已无爱的能力。

男人的心思你别猜，他没回信啊，其实他单元房里住着前妻。

男人的心思你别猜，他没回信啊，其实三天前他被纪委带走了。

傻姑娘在相见恨晚网上就收到这么一封信：

傻姑娘：

你好。几次想给你电话，想想又放下了。

我经常看你的照片，每次看，都好像有一双温柔的手挤压我的心，微微地疼，同时一种温润的感觉涌流全身。就像独自一人站在秋天的原野上，仰视湛蓝深邃的天空，心也会有一种莫名的疼，只是疼得充满幸福感，疼得心甘情愿，你甚至希望融化在这疼痛中，永远不再出来。看照片的时候，我最真实的渴望就是拥你入怀，轻吻你的头发，和你全身每一寸肌肤，为你驱散所有的清冷、幽怨和孤单，让我的怀抱成为你的世界的全部。

我知道你埋藏在心底的那一樽浓情，我知道它甘美异常，可以浸润二人世界的每一个生活细节，能让房间中的每一寸空气都变得香甜酥脆。可是，至今无人懂得它、打开它、品味它、呵护它，给它注入新的元素和生机，以至于它正在岁月的摇荡下一点一滴地渗出、蒸发。它想给予，却一直无处立命安身。不知道我这样理解你对不对，但直觉告诉我，你就是我希望遇见的那个人。

可惜的及非常对不起的是，我是个骗子，在最核心最基本的问题上是骗子。正因为认识到你的珍贵，我必须赶快在第一时间告诉你，不能伤害你的真诚。我并非有意上网骗人，我只是想找一种心心相印的感觉，那也是我一直缺少的。同时，我在文字中表达的感受都是真实的。也许你能谅解我。

再次表示悔罪。祝你接下去的事情顺利，如意。

三聚氰胺

迟来的爱落款"三聚氰胺"。

傻姑娘读到信时还是很震憾！没想到！没想到迟来的爱的情况会是这样，没想到迟来的爱会这么坦诚，没想到网络会这么搞笑……当初迟来的爱的信突然中断的时候，傻姑娘还从自己身上找原因呢，以为自己做错了什么？或者有了什么误会？

和尚命

晚上傻姑娘QQ一上线，何为立马捉着她开始讲故事：

"刚毕业几年，我一直在医院检验科工作，照片左下那女子，是一个科室的合同护士，有点想去追求她，她也算是我最后一个追求过的人。"

"追她之前，还专门去寺庙烧香，得到菩萨两次托梦。第一次，我烧完香，抬起头，看到菩萨闪身飞了，菩萨都不保佑我，哎，果然没追到。第二次，清早快起床时，菩萨用普通话告诉我，'她不是你的'。"

"追求她时，我都29了，早已没了当年那种冲动，喜欢上一个人，就是那样要死要活。"

"反正经常去纠缠她，她值夜班，我去科室陪她，租一盘VCD碟子，放在护士值班室的电脑里看。"

"她值上夜，等到12点，她说我该回去了，我说等她上夜结束，我送她。她说不用了，她和同事私自换了，她值一个通宵，这样减少值班次数。"

"反正，人家不干。追求她的事，医院很多人都知道。院长听了，难以相信，毕竟我还是军人，我们这样的文职干部，几乎没有去找合同护士的。即便有，都是男方年纪大了，离婚后再去找合同护士，一般都是志愿兵、实习学员才去找合同护士。"

"同事劝我，别去找她，说那女子性格太外向，我驾驭不了这样的女人。"

傻姑娘："非得要谁驾驭了谁吗？不都是相互的吗？"

何为："她家境如何，并不清楚，周末都骑自行车回家，本地一个乡镇的。人家实在不愿意，就算了，后来她也离职走了。"

"我那101次相亲，不是有两次没被拒绝吗？"

"19岁有恋爱的念头，用了八年时间，开始第一次恋爱，就是那个分手的初恋。第二次32岁，距第一次恋爱，间隔了五年。"

"那会儿自己还没电脑，经常去网吧，一些漂亮姑娘也在网吧上网，自然很想知道她们的QQ号。我比较喜欢电脑，找到了一些软件，在网吧里能查找到她们的QQ。譬如，我坐网吧的13号位置，第22号位是一漂亮妹妹，利用这些软件，能查找到22号位置那个漂亮妹妹的QQ号。"

"第二个女朋友，就是通过这种方式加的。和她，两人一见如故，很投缘，很快就确立了恋爱关系，见过彼此父母了。我们的个性脾气都一模一样，相同时间，几乎都在做同一事情，我们除了性别是男和女，其他的，几乎都是一样，简直天造地设的一对。"

"但她家境很好，父母都是国家干部，觉得她家女儿找我太亏了。她老爸明确对我说，他对我的现状不太满意。后来出了点事，只有bye-bye了。"

"她后来结婚了，我和她老公不认识，她老公和我的曾用名一样。我刚出生时，填写户籍用了一个名字，后来更名一次，她老公就和我当初那个曾用名一模一样。打个比方，最初我叫赵小刚，后来才更名赵刚，她老公就叫赵小刚，命中一劫。"

傻姑娘："出了什么事，能说吗？"

何为："在她家吃饭，中午要买点卤菜，我下楼去买。第二天，她妈妈病了，在床上睡了一天，什么原因，就是我不会买东西。她爸爸、她和我都没生病。她爸爸性格很强势，大发雷霆，必须和这个不会做事的小子分手。"

"第二次恋爱，只三个月，我也是这次恋爱才破身。和她做过爱，她已经不是处女了，每次都是她提出的。"

"分手后，我彻底无奈加冷漠了。有时候，一个人去夜总会闲坐，买几瓶啤酒。夜总会大厅坐着很多衣着暴露的女人，一些男人拉她们去侧门小房子跳舞，讲好价格后就去楼上开房。"

"女人眼里，男人逛窑子是十恶不赦的大罪。但在男人眼里，这和抽烟喝酒，没什么大不了，只属于你想不想去做。"

"有女人想拉我去，我告诉她们，我只想一个人静静喝酒，我阳痿，不能做事。曾有一个20岁的姑娘，把我拉到侧室当着我面，脱光了，我也没硬起来。所以，我真是和尚命，恋爱结婚的命也没有，变坏当嫖客的命，也没有。"

"这女子告诉我，夜总会一个打扫卫生的小伙子也是如此。她们经常去摸那小伙子裤裆，并说谁把他摸硬了，免费耍，结果那小伙子只有在家正常，进了夜总会就软了。"

"一个人在夜总会喝啤酒，看着那些女子，还有形形色色的男人，和自己在家喝，在酒宴上喝，感觉是不一样的。夜总会的女人，有半老徐娘，有20岁的花季女子，也有15岁的小姑娘。"

"看着那些15岁的小姑娘，她们青春的面庞，稚气的双眼，不禁想起20年前的军校女生，当时她们也是这个年纪！曾经那么冲动，那么真挚单纯，不禁感叹万千，千山万水，沧海桑田。"

同桌的你

黄教授的《影片精读》，今天讲后人类的爱情。黄教授，网名"红领巾"，傻姑娘的朋友，也是离异。五官算不上漂亮，但那气质，瞬间让你忘了所有别的的女人。

上课之前，黄教授领着一个穿着太空服的高高个男生进来，"这是我们的新同学，外星人阿阿阿。"

"哇！"

"好帅啊！"

"来这坐吧！"

阿阿阿看了看，却跑来挨着傻姑娘坐了。一阵窃窃私语，好半天教室才安静。

"阿阿阿？"这个名字，相见恨晚上傻姑娘喜欢过，傻姑娘侧过头惊愕地看了看阿阿阿，阿阿阿诡秘地朝傻姑娘笑笑。

《她》是一部 2013 年斯派克·琼斯编剧并执导的美国科幻爱情片，讲述一名男生与人工智能开发出的女生声音之间的浪漫关系。

黄教授："恋爱实际上都是一种自恋，我们爱上了对方眼中的自己。"

傻姑娘觉得极是，傻姑娘前些天相亲了一个对像帅老头，他其实是一个不错的男生。但傻姑娘仍然延续着之前"不谈过去、不涉灵魂"的傻瓜生活状态，而这种没有灵魂的外表外力一击就垮。

2005 年见面的那个男生"喂借个微笑"，可能因为傻姑娘没跟他握手，这么些年一直没联系。昨天，又突然加了傻姑娘 QQ。

双方现阶段都处于一个极度疲倦状态，电话沟通，双方问答的都是一些实质问题，吸取前次教训，傻姑娘讲自己的故事详细了一些。傻姑娘突然发现，自己能够很平静地讲这些事，并不需要像先前那样去忘掉，傻姑娘感觉到自己的这种好状态之后特别特别开心。

于是，傻姑娘对那个让自己表现出最好状态的喂借个微笑开始有好感。

黄教授："整个片子都是在上海拍的，以上海的雾霾为背景。但片子里的雾霾，却并没有给人一种压力感一种危险可怕的感觉，只给人一种未来的感觉。想到这个我就想笑，难道中国这个样子，就是世界未来的样子？"

黄教授想举一个例子，突然想不起来那个影片名字，有些尴尬："一、我有点老了；二、我昨天没吃饭；三、我昨晚没睡觉；四、我今天没吃饭。"尴尬地笑了笑，"所以我一会儿如果以身殉职了，那就是殉职了啊！"

下课了，吃货把自己包里苹果烧鸡送到讲台，"教授您吃点东西。"

黄教授有点不好意思地不停点头："谢谢谢谢谢谢！"

吃货今天摸到笑笑后排坐着，还为笑笑准备了一包署条，故意把课桌弄得叮当响。笑笑回头，吃货马上递上署条，笑笑先是一愣，

而后抿着嘴笑笑摇了摇头。吃货今天自己也忘了吃东西，一直在后面傻傻地看着笑笑笑。

这是一个特大阶梯教室，窗台上暖气上讲台边都坐满了同学，过道上有的同学租凳子坐着，有的直接坐台阶上，还有一些同学靠墙边站着。

公输盘想跑去坐笑笑旁边，可是笑笑左右已经坐上了别的男生，后面也坐着吃货，他只能坐在吃货旁边，笑笑的斜后面。从一节课一直坐到第二节课，他今天坐的固定椅子，可能也不想挪，可能也没办法挪。今天，他仍然一直喷洒着气味。

笑笑也没有回头，吃货倒是皱了又皱皱了又皱眉头。

美国的行义，挨着小四月。小四月穿了一条白底玫红花连衣裙，布质，宽松，领口几颗可爱小玫红花扣子，桌上一个小小玫红水杯，桌底挂钩静静挂着玫红书包。

不知是不是受到感染，雷锋，坐在韩国四大美女旁边。四大美女总是坐在一块，今天分别穿着红、绿、黄、蓝四种鲜艳颜色衣服，她们的书包，分别是绿、黄、蓝、红，搭配着又醒目又好看。

磨子，古巴美女喜。

嗨，难怪，同桌的你。

傻姑娘看看自己的同桌，突然忍不住就笑了，阿阿阿好像知道又好像不知道原因也跟着笑了。

傻姑娘现在也坐座位上了，那些同学年轻，他们来得迟没座位就让他们站吧。傻姑娘也越来越从容了，边听课边织着毛线帽。前两天织了一顶绿帽戴着自拍发微信上，广州同学喜欢，让给她和她女儿织两顶亲子帽，赶工呢。

阿阿阿用眼光探询了一下，傻姑娘点了点头，阿阿阿就试着伸手过来摸了摸傻姑娘织的绿色帽子。

我一直很傻

冬天的太阳只有中午还像个太阳样，傻姑娘穿件小黄花袄，围条绿色骷髅花纹围巾，五四围法，暖暖飘在冬日的长风里。

有时候也有点懒，无人顾赏，学校都是一帮小孩。忽然想起，曾经也有一成熟女子，成为年轻时候自己的一道风景，便忽地又生出一种责任感。

那个傻姑娘还没见面的好感男生喂借个微笑，他因妻子出轨打官司离婚了一年多，妻子先死活不承认出轨，成为前妻后，承认了，但说是被强奸的，前妻现在想着法儿勾起旧情复婚，而他呢，又想起了一些旧情。

傻姑娘呢想，两点恋都有那么多麻烦，何况三角恋，躲远点吧！

周末，傻姑娘去参加了一个相亲会。

傻姑娘靠着墙根站了半天，也没有年纪相仿的男子过来搭讪。

嗯，有一个男生过来好几趟，眼睛也有意无意地瞅了好多次，但就是没开口说话。就是先前进来时走在傻姑娘前面的那个男生，他自己每走过一道门后都仍然把帘子拉着，等傻姑娘走过才放下。他做得很自然，就像是自己为自己放只是放慢了 点而已，所以傻姑娘也没有说"谢谢"。是不是也是这个原因，最后一道门他没有放慢。

过来搭讪的都比傻姑娘小，还有一个84年的，把傻姑娘给笑死了，傻姑娘："我是70年的。"

他惊讶："不像不像，一点都不像。"随后又很正经地说："现在都流行小男生大女生。"

又一位男生，"你有30吗？"

傻姑娘："我是70年的。"

他也惊讶："一点都不像，你像个小女孩。"

傻姑娘只以为他开玩笑，傻姑娘从来不化妆，有颗童心罢了，也不至于这么小。

又过来一位 50 多岁的女士："我儿子单身。"

唉呀，傻姑娘："谢谢您！我是 70 年的。"女士带着一脸的喜欢带着一脸的不相信边回头边走了。

台上主持在抽奖，抽了两个奖了，傻姑娘并不想参与。

就是手机微信摇一摇，就摇了根项链出来。第三个时，傻姑娘还是忍不住快步挤到前面去，问旁边的姑娘："要扫描哪个微信？"姑娘要忙着她的摇一摇，也说不清哪个。

旁边一位男生看了一眼傻姑娘递过来一张纸片，傻姑娘赶紧扫描了上面的二维码，那位男生又侧过头看了傻姑娘几次。男生个不高，但看着很亲切，傻姑娘："你做什么工作呀？"

男生很快地答："做计算机的。"

旁边忽然冲过来一位高个男生："我也是做计算机的，旁边的国贸一会儿有团购的羊肉泡馍，一会儿一块去吃吧！"

傻姑娘："我对那些不感兴趣。"

高个男生："没事的，我一个人去吃也没意思，就一块去吃吧！"

傻姑娘很想问旁边矮个男生的微信，使劲地看蹦出来的附近的人头像，但不知道哪个是他，他也还没问傻姑娘，傻姑娘就顺口答应了高个："好吧！"

高个男生一句接一句地跟傻姑娘说话，并且挤到傻姑娘身边，"你加一下我的微信吧。"

傻姑娘觉得这个高个男生小，想找理由推掉他，"你多大呀？"

高个："我 74 的。"

傻姑娘："我比你大，我 70 的。"

高个："不可能！"赶紧又说："没关系啊，大也没关系啊！"

傻姑娘："我的手机号微信是 135…….."

高个男生不等傻姑娘说："你扫描吧！"

傻姑娘其实也想说给先前那位矮个男生听，这会儿好像也不好说了，只得扫描。心里却在想：如果这会儿问那位男生是不是也太不给高个面子了？如果这会儿问那位男生是不是他会觉得这女生要两男生的微信？如果就这样失去了先前那位男生多可惜，傻姑娘感觉合适的是他呀！不会就这样弄丢吧？

没抬头，感觉旁边还是走了一阵风。良久，抬头，那位男生还真是走了。

但傻姑娘感觉他还会在场里，但傻姑娘还是站在原地，感觉自己走开也不太合适。最后，傻姑娘还是想找那位男生，就直接跟高个说："谢谢你啊！我不想去吃。"

高个使劲地重复："没什么的，你不要想多了，就是吃点东西而已。"

傻姑娘坚持说，再坚持说，"谢谢你啊！我不想去吃。"

"再看看节目吧。"高个好像有点生气，就侧身看台上的主持了。

傻姑娘赶紧转身走了，眼睛到处找刚才那位男生，可是没有。这会儿那几位年纪相仿的男子才不停地看傻姑娘。

傻姑娘低着头，不太会弄微信，但很想从那儿能发现刚才那位矮个男生。

大家都走了，傻姑娘靠着墙根似乎还在等待什么。

回去的地铁上，傻姑娘一直发呆，刚才显示的附近的人会保留多久？一会儿到家是不是就没了？那赶紧拿出来看看有没有那个人，这会儿附近的人里显示有一个穿军装头像的，神情蛮像的，傻姑娘赶紧加上，又看看别的有没有像的，有点像的都加上。

唉呀，坐过站了。

傻姑娘真的觉得自己是个傻姑娘：

我一直很傻
我不知道你在哪里
所以只能等你来找我

我一直很傻
即使看见我也抓不住你
所以只能等你来抓住我

我一直很傻
带我出去晒会儿太阳我都快生霉了

我一直很傻
当我要走的时候你别让我走

我一直很傻
当我胡说八道想使劲吓走你的时候你别走

我一直很傻
都懒得跟你说话的就等你来跟我说
你知道我有多懒吗
我就懒得懒得就懒得去想自己想说什么

所以啊你让我猜的谜
我永远猜不出来
直接告诉我谜底好了

我一直很傻
我把你弄丢了之后又把自己弄丢了
你还能找到我吗

你不喜欢哪种男生？

今天傻姑娘试着从另外一个门进，被保安拦在门外。

怎么办？听几小时的课花几十块停车费太不划算了。轰隆隆地把车开到一个朋友的单位停下，然后急急走到中大来，迟到了半小时。

古人来有着一张老太太脸，或者说古文化脸，"我妈妈70岁了，每次把她接到我这来，我也没时间陪她玩。还好，每年中央6套都有《西游记》，老太太特喜欢《西游记》，天天看，年年看，每次看都还特兴奋，给我讲'那个猴子……'。不过，她只喜欢86版的《西游记》，不喜欢现在的,所以说老太太也是不好糊弄的,演戏也得有敬业精神。"

古人来说他妈妈很平静,傻姑娘听得却很喜欢,"让她来讲讲《西游记》啊!"当然,古人来没听到。

这样一个可爱的老太太!傻姑娘可知道一个妈妈的心事,为了能和儿子多说几句话,再不喜欢的东西都会喜欢看。

从第三教室,走到新修的理教,是一条长长的道。课间满是换教室的学生,穿着各种漂亮裙子的各国各地女生,冬天真是一个可爱的季节,帽子,围巾,手套,都成了可爱的饰物,超级可爱,那些男生,也是帅得很有质量。

真的有一种繁华的感觉,文化的繁华,有一种更胜于走在长安街上的感觉,傻姑娘蓦然升出一种民族自豪感。

虽然只偶尔有挽着的男女生,但吃货是紧跟着笑笑的。

行义的爷爷奶奶听说他和小四月同学,极力鼓动他去追小四月。说来话长,行义的爷爷是认识小四月爷爷的,还找他借了一大笔钱,还没还呢。所以现在,只要一有机会,行义就会在小四月身边冒出来,有时候神出鬼没地都把小四月吓了一跳。

后两节课是美女黄教授的《雪国列车》,有一种穿越的感觉,从世界的源头,走到世界的末日。

黄教授:"就算是末日列车,这也是一个美丽的末日。有人说是悲剧,人类的毁灭,有人说是喜剧,一个新的亚当夏娃诞生。"

末日列车,傻姑娘却真的像听着一首世界情歌,那美美的雪景,那干净的情怀,那已看到生命尽头的通透,那不同血种的希望。

前排笑笑的笔不小心碰掉地上,讲台上的黄教授弯身走过来想帮她捡,吃货飞一样地转到课桌那边抢先捡起来。

这美丽的末日里,公输盘照例给教室喷了一点味道。

一直为傻姑娘占座位的阿阿阿问:"你今天怎么迟到那么久?"

傻姑娘:"我其实提前半小时就到了,保安说没有预约车位不让车进,学生又不能预约车位。"

阿阿阿:"哦,那我试试看。"

阿阿阿打了一份报告:

尊敬的校领导:

您好！

我是来自彗星的留学生阿阿阿，现有一车，需要一车位，请领导批准！

谢谢！

阿阿阿

2014-12-24

相见恨晚网站正在举办征文：你不喜欢哪种男生？

傻姑娘不喜欢老把女生约在免票公园见面的男生，他自己没车他也想不到你在那停车就得花几十块钱，他还一直想跟你再聊会再聊会。

不喜欢爱生气的男生，你都不明白他为什么又生气了。

特别看不起独白里赤裸裸让女生给他贴邮票看信的男生。虽说时代在进步，虽说男女平等，虽说虽说虽说，但也不至于这么赤裸裸地让女人给他贴钱啊。这种男生，基本上应该属于那种半瓶子水，或者小于半瓶子水的。

傻姑娘也看了一些女生的文字，呵呵，可以归纳成一句话：男人知道自己40是一朵花。自己的花期正赶上女人的衰老，这会让他们有一种错觉，会觉得自己的花期很长。他们没有想到，男人50岁就出现衰老迹像，女人18一朵花，花过了很久才衰老，男人是花过马上衰老，所以男人女人的衰老是同步的。呵呵，这说的是外表，实则生理上男人是在女人前面进入衰老期的。

今天还看见，一个老爷爷拄着拐杖前面走，老奶奶背着手后面走，哦，不是走，是爬山，老太太理了个老爷爷发型。

宁可得罪小人

今天一早，阿阿阿就高兴地给傻姑娘打电话，"学校同意了，我已经给你约好车位，你以后都可以开车进来了。"

"真的呀，太好了！"傻姑娘孩子般地蹦起来，"阿阿阿，你真是太好了！"

傻姑娘开着她的破车进中大，昂首挺胸，进门时特意看了又看看了又看保安，微微笑着。

阿阿阿选的是前面一点的座位了，和傻姑娘一起，再也不坐最后了。

古人来上课，讲一段理论，就开始给同学们讲故事：

我年轻时住中大21号楼，这楼里住着很多很多很有个性的老师和学生。

一老教授，每天从21号楼倒退着走到学校门口，又从学校门口倒退着走到21号楼。

"您为什么倒退着走呢？为什么不正着走呢？"

老教授说出的却是很有哲理的话，"正着走离坟墓越来越近，所以我得倒着走。"

一男老师能让楼道里对面房间都互相看不见，整个楼道都是黑烟，"我心情不好时炉子就会熄，所以我就要生炉子，炉子生起来了，心情就好了。"

门口开过来一辆车，老保安只看了一眼，"这是公安局的车。"

"你怎么知道？"

老保安："我天天注意看车号研究车号，哪里哪里的车，一看就知道。"

一研究生，来到古人来宿舍，"教授，我就要出名了。"

"你怎么要出名了？"古人来坐在他那个捡来的腾椅里，腾椅有三条腿长，一条腿短。

"我要说相声了。"研究生学着毛主席说了一段话，又学着周总理说了一段话，"我学得像吗？"

古人来坐在他那摇摇晃晃的宝贝腾椅里，"像，像。"

一天，研究生又跑来了，"我要出名了，我来通知你一声。"

"你怎么又要出名了？"

"我画画了。"顿了一顿，"你现在有空吗？"

"有，有。"然后古人来随着研究生到楼上宿舍看他的画，原来他在外面抓了一只蚱蜢，把蚱蜢摁死在纸上，拿着笔照着蚱蜢画了一个轮廓。

"那个土豆发芽了，你不能吃。"

"发芽了，才说明有生命力呢，才能吃呢！"

古人来讲故事比讲理论时可爱多了。

这学期的课结束了，剩下的时间在校生准备期末考试，就要放寒假了。

小四月的论文题目已经选好了，《谈谈钓鱼岛》。行义看了看小四月的，自己也选好了论文题目，《谈小四月论文"谈谈钓鱼岛"》。

吃货一书包吃的已经空了，一半他吃了，一半笑笑吃了。两人的桌子上，堆满了各种食品包装纸和果皮，还散发着诱人的香味，"笑笑，放假的时候，到英国旅游去吧。"

笑笑做了个鬼脸："我回头跟爸妈商量一下。"

阿阿阿："傻姑娘，要不你今天就和我一块在学校食堂吃饭吧，省得一个人回去还得做。"

傻姑娘："有剩菜啊，浪费了可惜啊！"

下课后，古人来却叫住傻姑娘，"今天是亡妻的忌日，陪我会吧。"

"好。"傻姑娘随古人来来到他家。

古人来："你给我做一碗很硬的米饭，一盘很咸的菜，然后再骂我一顿吧！"

傻姑娘："为什么？"

古人来："想她了。"

硬米饭咸咸菜端上来之后，想了一会，傻姑娘指着古人来大骂："你干嘛老喜欢别人的老婆？喜欢别人孩子的妈妈？你换位想一想啊，假如我经常跟别人的老公在一起，你会怎么想啊？你这样自作孽，总有一天，老天爷会惩罚你的，你会提前阳萎，你明天就阳萎，所有的女人都不要你了。"

"还有，你们当教授的，脾气太大。总觉得别人都应该听你们的，总觉得你们应该掌控一切，稍有一点反叛的，你就表现出小心眼样了。在别的职业的人来说，有点不高兴自己消化一下就好了，你们倒好，充分发挥老师的那张嘴，跟高音喇叭似的，喇叭到别的老师，喇叭到别的学校，而且觉得理都在自己这。一点点小事，一个小玩笑，被你们搞得天大。人说'宁可得罪君子，不能得罪小人'，我说'宁可得罪小人，不能得罪大学教授'。"

骂完后，古人来泪如雨下，但是感觉痛快了。

傻姑娘也觉得痛快了，这段时间一直努力做个世人眼中的好女人乖女人，好久好久没这样骂人了。

又遇骗子

> 神话依旧内心独白：优秀的男人，有责任心的男人，
> 优雅的男人，有爱心的男人。

加了QQ，偶尔聊几句。

傻姑娘："你是大学老师吗？"

神话依旧："是。"

神话依旧："前年在青华，现在中国邮电大学。"

神话依旧："你退休能出国吗？"

傻姑娘："能，有护照。"

神话依旧："你去过哪些国家？"

傻姑娘："没出过国，只是办了护照放着的。"

发出的消息，神话依旧有时很及时回，大多半天才回，下班时间才回。傻姑娘也没在意，顺其自然，聊得来就聊，不聊也就不聊，反正选什么样的对像都是有得有失，太优秀的自己有压力，一般的对像宠自己活得滋润。

神话依旧有时晚上又很亲切地聊几句，你在哪啊？你有孩子吗？发一些玫瑰拥抱亲吻的图片，等等。

然后第二天一点消息都没有，但QQ显示一直在线。

看傻姑娘也没反应，神话依旧又突然说："啥时候有时间见见啊？"

傻姑娘："好。"

神话依旧："在哪见呢？我在十号线角门西。"

傻姑娘："西苑地铁附近可以。"

神话依旧："明天见见吧，好。"

神话依旧："这样吧，你的电话告诉我，明天联系。"

傻姑娘："那只能下午了，我明天中午得接孩子，下午一点后才有空。"

然后，傻姑娘当然是有什么事做什么，1点后还没电话，傻姑娘便又按先前的计划去参加相见恨晚网站相亲会，下午4点半相亲会完都没消息，傻姑娘便电话过去，"你在哪？"

神话依旧："我在公益桥，和几个朋友谈事，一会儿过去。"

傻姑娘有些累，"你要有事，你就先忙你的。"

傻姑娘在想，这人如果这么忙，那和自己也不合适，所以也懒得聊的。

两天没消息，一天傻姑娘睡一觉醒后看见神话依旧手机在线，就打了一句，"在干嘛？"

神话依旧没回。

傻姑娘想，难道像那个老教授一样不会用手机QQ？

第二天，傻姑娘想最后问一句，"感觉不到你的热情，不知你是不是认真的？"

神话依旧打来个问号头像，"距离比较远，年底事情多，安排见一次要抽出时间。""我还在上班，你是自由人，很羡慕。"

傻姑娘："那我等你。"

几天后，相见恨晚上神话依旧发封邮件，"你平时忙吗？我在长城脚下开会，你过来玩吧。"

傻姑娘给神话依旧发手机短信说自己的时间，神话依旧又没回。

第二天早上，神话依旧5点就在线，傻姑娘："电话聊一下吧，相互了解一下，看看感觉，然后再决定去不去。"

神话依旧："你认为什么样的感觉好？"

傻姑娘语音QQ："现在对我们来说，那个人优秀不优秀不是最重要的了，合适才是最重要的。就是说也许吧，适合一个人的有好几种人，有可能是特别优秀的，就是那种高官，也有可能是中级阶层，也有可能就是一个很普通很普通的人，他在生活中很贴心，就像黄金项链也能戴，小石头项链也能戴，红绳子项链也能戴，只要戴着好看就行。"

神话依旧："那你这样找后，一定会感到落差的，还是要强调灵魂的沟通，优秀是非常重要的，很多事情，思想意识不在一个水平线上，对你再体贴你也会感到孤独和无助。"

傻姑娘："嗯，这个我赞同。"

神话依旧："实际上找一个体贴你的人并不难，有的人天生就会体贴人，天生就会照顾人，难的是找一个全方位侍候你的人，既体贴，又有能力，又好。"神话依旧也语音，神话依旧的声音很软，可不像个当官的。

神话依旧："每一种都不完美。"

傻姑娘："我不追求完美，完美的东西不真实。对于我来说，就是争取做一个百变女人，做一个可以判若两人的女人，比如说穿衣服吧，各种颜色我都喜欢，各种衣服我都会穿，我会安排好自己的生活。对于对方，年轻的时候可能会要求事业心，但是到了我们这个年纪，过几年大家都要退休了，就都是赤条条一个人了，还是人品、性格、内涵比较重要。"

傻姑娘："这个也是为什么相亲时我问对方的第一个问题是'你做什么工作？'曾经有一个男士反问'你现在还在乎我做什么工作吗？'我是觉得这个以前他做什么工作跟他的阅历有关，跟我们以后谈的话题有关，跟沟通有关，这个很重要。"

神话依旧："发一张你百变的照片来。"

傻姑娘："空间里的照片应该有很多种风格吧，平时因为一个人呆着没人给照相，自拍不知是我不太会自拍，还是我调的那个手机屏清晰度不好，反正照出来很丑，就不拍。"

傻姑娘："好像你有女儿是吧，我是有儿子。男人有了女儿之后就会站在女人的角度考虑问题。女人有了儿子之后，不管以前是多么骄傲的公主，随着儿子一天天长大，一天天接近娶媳妇，女人不想自己儿子以后娶什么样的媳妇，就会一点点地规范自己的行为，就会常常站在男人的角度去考虑问题。"

神话依旧："你空间里是你家的照片吗？还有那么大的院子。"

傻姑娘："我住单位的房子，一楼，前后都可以种菜。"

傻姑娘："我看你QQ签名'乾坤屯蒙需讼师'，你还在做别的事？"

神话依旧："六十四卦的前七个卦。"

傻姑娘："有时候看你手机QQ在线，发消息你能收到吗？"

神话依旧："呵呵手机和电脑可以同时在线，我平时工作忙，不大关注QQ。下班后，或者有时间才去看看，最终能看到的。"

神话依旧："你平时给孩子做饭？"

傻姑娘："我做饭一般，会炒几个菜，不是那种特别会做饭的。"

神话依旧发了一个可爱的表情，"你也接触过一些人，实际上每个人都有优点，但是没有完美的。"

傻姑娘："我不追求完美，看你看重什么，求大同存小异，如果有七八成合适，试着沟通磨合，有些小的方面，可以包容。"

傻姑娘："哦你一老在说优点缺点，你是有什么优点，有什么缺点？"

神话依旧："哦，我优点挺多的，缺点也有，看是对什么人了，对喜欢的人优点就多，缺点就少，对不喜欢的人，优点就少，缺点就多。"

神话依旧："你写小说，还是不错的，挺有情。"

傻姑娘："你平时下班后喜欢干什么呀？"

神话依旧："发呆。"

神话依旧："我再睡一会儿 元旦你干嘛？今天下午你有时间可以来这里元旦可以玩一天。"

傻姑娘："那边有什么好玩的呀？另外我如果过去怎么过去呀？"

神话依旧："德胜门，坐919快车就行。"

傻姑娘："如果开车过去呢？"

神话依旧停了一下，"开车不如坐车，地铁到德胜门坐车很方便。"

这得是多大的领导啊？这么忙，这么不回？网上查了下，肯定不是中邮校长。傻姑娘看了一下神话依旧的空间，有些会议照片坐座位在

第几第几，只是个小领导嘛，怎么这么这么这么？

你骗了多少女人？

"出发坐上车了吗？"傻姑娘早上说的可以出发的时间刚一过神话依旧就发
来短信。

傻姑娘："坐上车了。"

神话依旧又发过来短信："好的，乘车要1小时20分钟，我接你。"

傻姑娘只是在想，这么长时间啊！

越来越近时，傻姑娘突然感到不安！

1小时20分钟？神话依旧不是在那开会吗？应该是单位开车去
的呀，怎么会对公交车时间这么清楚？好像经常坐似的。然后，那些
不对劲全想起来了，那脸相也只能是个小官，怎么会是大官的行为表
现？而且，大官也不会这样不回信息，也不会这样忙。神话依旧的声
音？神话依旧上次也没过来，傻姑娘知道忙都是借口。

傻姑娘有点想回去了，只是，这个车晚上好像长途似的，都没
停站。如果下车往回走，在哪坐车？已经走出这么远了。

傻姑娘甚至想留下点什么印迹，比如短信，比如照片，比如……

想到说要开车去，神话依旧的"还是坐公交比较好。"如果是坏人，
那是只想劫色不想劫财的。

傻姑娘不安地问邻座乘客，"司家营车站附近有会议馆吗？"

邻座乘客："没啊，那附近有一个度假村。"

傻姑娘下车了，神话依旧居然没在公交车站等着。打电话过去，
神话依旧还来一句："哦，到了呀，这么快！"傻姑娘在想不正是你
说的1小时20分钟吗？

走了好长一段路，风嗖嗖地，好冷，仍然没看到一点会议馆或
度假村的影子，路两旁冷冷清清的一个人没有，傻姑娘忍不住又拨电
话，"你在哪啊？怎么还没到啊？我都走到'幽幽阁'这了。"

"哦，那你继续往前走。"又过了好长时间，才看到拐角处拿着手机的他，他招手，"你吃饭了吗？要不我请你吃大餐。"

"4点多钟时，我怕坐车时间长肚子饿，吃了一点，那现在只想吃点稀饭什么的。"傻姑娘是饿不得肚子的。

神话依旧："好，那我给你做稀饭。"

"你们是在哪个会议馆开会？"傻姑娘问得有点晚了吧？

神话依旧盯着傻姑娘，"这不是开会的地方，这是我住的地方。"

"那你为什么说开会的地方？"傻姑娘有点放慢脚步。

神话依旧笑笑，"没事吧？你敢去吗？"

想想到了这了，去看看吧，回去这个时候也没车了。

神话依旧笑哈哈地，"你们当兵的就是胆子大哈。"

傻姑娘："那就是说你是骗我了？"

神话依旧赶紧夸傻姑娘："你比照片要漂亮几百倍。"

傻姑娘："你不是说你住在草桥吗？那这儿？"

神话依旧："这儿是我找的一套房。"

进家门之前，傻姑娘在想：进去了可能就出不来了，犹豫了一下，一狠心还是进去了。

傻姑娘："你可以给我说真话，不用再骗我。"

神话依旧又盯着傻姑娘，"要是说真话也能来，干嘛要骗呢！"

傻姑娘："人品性格比较重要，其他的那些房子啊钱啊，有，当然好，没有，也可以灵活的。"

傻姑娘："你骗了多少女人来了？"

神话依旧："十个能来一个吧。"

很旧的一套房，屋子里好多东西都蒙着布。神话依旧去煮稀饭，傻姑娘去洗手间，里面一样旧，洗漱用品摆满一架子，缸子里一次性牙刷有五六个，有个中邮的纸袋子对折着挡住浴室门最下面的透气窗，傻姑娘在洗漱间站了好一会儿才出来。

傻姑娘："我可以参观一下你女儿的房间吗？"

神话依旧："可以啊！"

满是考研的书，没有照片，被子是蓝白色大花，一些叠好的袜子等放在床上一块小板上。

"你看这个房间吧，这是我的房间。"神话依旧把傻姑娘引到另一间房，那个床下面垫得好厚好厚。

"这被子这么可爱，是你女儿的吧？"被子正面玫瑰红的大花，内面是一个玫瑰红的女孩。

神话依旧："是，我拿过来的。"

稀饭很快盛出来了，小米，红枣，蹄子，还切了一小盘卤肉，还有一点剩豆腐。

神话依旧："你知道你像谁吗？"

"谁？"傻姑娘头也不抬。

神话依旧："韦唯，是不是经常有人说你是广西那边的？"

"经常有人说我是少数民族的。"傻姑娘很平静，太多人这样说了。

神话依旧很殷勤地让傻姑娘吃菜，然后找很多话题。但傻姑娘脸上表情变得很僵硬，笑容也变不出来，笑得很勉强，笑得很丑。

神话依旧的表情也变得很僵直。

神话依旧："你不是写书吗？我可以帮你找出版社出版。"

傻姑娘并不觉得他有能力帮忙出书，"我现在发在快乐出版社网站，如果读者特别喜欢他们就会出纸质书，不过，他们网站新建成，系统还不太完善，还看不到点击数，有时没法评论。"

"顺其自然吧，如果写到好时，自然会有人喜欢。如果还不行，说明我写得还不够好，不够好出了也会后悔，等成熟时再看没准想撕掉。"

"发在网站上，至少是自己的作品了。以前投稿，投给那些人他们没出版，但是他有可能会把你的东西用在他自己的作品里。有时心里也挺难受的，自己辛辛苦苦写出来被别人用了，有时候感觉很无奈。"

傻姑娘又想起自己做的那个可爱的恶梦：一群可爱的小动物可爱地排着队，有小老鼠、小猫、小刺猬、小兔子，有好多好多，傻姑娘就站在旁边的暗影里，看着他们一点点地从自己家里把东西搬走，抬走了那盘磨子，还有还有好多好多，他们好像没有看见傻姑娘似的，傻姑娘也没有说任何话。

　　傻姑娘："你也看起来比较年轻。"

　　"大学4年，研究生3年，博士3年，博士后3年，一直在学校呆着，学校环境还是比较单纯。"神话依旧脸上皮肤很白，说这话时也就是给傻姑娘一种白的感觉。

　　"嗯，学校环境还是比较单纯。"傻姑娘没太多想。

　　"学校一般是几年一签？"傻姑娘使劲地说话，多说话可以冲淡自己的不安。

　　神话依旧："青华是2年，中邮是3年。"

　　傻姑娘认识一个老师也是签2年，还认识一个北医老师有时感觉像临时的有时又感觉像正式的，"现在大学都这样吗？"

　　神话依旧："一般签6年后就是正式的了，这是国家规定的。"

　　傻姑娘："你到底在学校做什么工作啊？"

　　神话依旧："科研管理处，专门管理科研项目。"

和骗子说骗子

　　吃完饭，神话依旧要给傻姑娘用易经算命，"到这卧室来坐吧。"

　　"就坐这吧。"傻姑娘还坐刚才吃饭的沙发里。

　　神话依旧过来挨着傻姑娘的沙发坐，拿出3个铜钱，"你把这个放在手心，这样摇，然后想你想知道的事。"神话依旧边说边做示范。

　　傻姑娘按神话依旧说的样子闭眼摇了6次铜钱，然后扔了6次在沙发上，神话依旧拿出纸笔，记下每次数字。

　　神话依旧问："你想知道什么？"

　　"还要问啊，我还以为你看这个铜钱就知道了呢。我想知道你是一个什么样的人，我和你合不合适。"傻姑娘也不敢说太得罪他的话，也在想，如果他只是在经济条件方面说谎，别的方面还真实，那也不算坏人。

神话依旧脸上就只剩下白，"我猜你就是想这个。"

他翻开易经，"是6冲，是说你刚才想的这个问题啊，两人之间还是有各种小冲突，但是现在，或者说在一段时间内，会向着好的方向发展。"

神话依旧："你还想知道什么？"

傻姑娘笑："你到底有没有房子啊？"

"有啊，我有三套房子，这个房子是单位的，住这。"神话依旧拿出手机找出一张有着很多根高大柱子的大礼堂似的房子给傻姑娘看。

傻姑娘："这是外地吧？"

神话依旧犹豫了一下，"要在北京有这样的房子就好了。"

神话依旧又拿出两把旧车钥匙，"我有两部车。"

傻姑娘："那你刚才为什么不开车去接我？"

神话依旧："那才几分钟的路。"

傻姑娘："那么长呢，那么冷！那你这会儿开车带我出去转会儿。"

神话依旧说："都这么晚了，明天吧。"

"就这会儿吧，不怕晚。"傻姑娘笑着坚持。

"车没电池了。"神话依旧说。

傻姑娘看看神话依旧，"车不用电池啊，电瓶吧？"

"哦，电瓶。"神话依旧点点头，也没觉得他有不好意思的样子。

然后，他把手机照片里的美国签证拿给傻姑娘看，"回头我们一块到国外去玩吧！"

"好。"傻姑娘在想，真有这些东西用得着放手机里吗？

算了，那么被动还不如主动点呢。傻姑娘就给神话依旧讲之前遇到骗子"简单"的故事，打开手机给他看当时写的日记：

简单："老北京人，西城，只是才入相见恨晚，不知如何做，放心，无恶意，只想找后半生幸福与安宁生活，电话短信吧，那样会方便些……qq也行，多少，号我加您，见谅，我在国家劳动局工作，公务员，等您，没邮票了，见谅。"

一看这信，还是个新手，让傻姑娘心生怜惜。

简单："有一女儿在日本上学，我爸去年过世了，遗体捐献，我妈心里难过就去了日本，和我弟弟在一起。"

简单："我有三个住处，一处东四环，一处亚运村，这边房子出租了，我只留下了一间，因为只有自己一个人嘛。有时也去玉泉路和姑父住，姑母去世了，请了一个阿姨侍候姑父。"

简单："我是劳动局公务员，副处级待遇，就等着退休。律师是兼职做的，一周去三天律师事务所，等退休了做律师，律师挣钱些。"

傻姑娘："你怎么不买车呢？"

简单："我出过一次交通事故，吊销了驾照，车被……后来摇号又难。"

简单："我不知道该怎么表达，我们在一起聊过，我们劳动局同事在一起聊过，律师事务所同事也在一起聊过。是第一次揭锅呢？还是三五次揭锅呢？有时候说顺其自然，其实也顺其自然不了。有时候说男人该主动，但有的女人又会觉得男人太冒失。我不知道该怎么表达，如果明天一见钟情，我们就敲定了好吗？你就来我家看看好吗？"

傻姑娘觉得好笑："敲定？"

简单："生活在一起，两三个月之后，如果好就结婚。我想把那两处房子卖了，然后买一处大的。我在通县看了房子，260平方米，我女儿说过的，'爸肯定得给我留一间房吧，'还有你儿子，也得给他留一间房，他结婚之前肯定得给他留一间房。"

简单："下午没事时和女儿通了电话，我说到你，孩子很高兴。我没提相见恨晚网站，只说是同事介绍，已有些日子了。"

傻姑娘："你为什么连女儿都骗呢？还没见面就给孩子说，感觉你做得过了点。"

简单："别介意....我还真的很看好，我看不错人。"

简单："我会很粘你的，晚上一块说说话，看看电视。我特别想早上起来的时候，抱着你，在床上赖一会儿。"

简单："我只想认真生活，让俩人未来快乐，两三个月之后，如果好就结婚。"

电话中他不断地重复，他的不断重复又让傻姑娘心里跳出一丝小小的小小的疑惑，不是理论上的，就是感觉，没有形成感觉的感觉。

半夜醒来，傻姑娘突然觉得这人可能是骗子。看看他的房，看也是很多人住，没准他也是租的呢，心里又这么跳了一下。

他说的这些情况都有可能真实，比如双身份啊，租得只剩下一间房啊，吊销驾照啊，不是大多数人的常态，但那么多可能真实的幸运都集中在一起，就不那么真实了。

傻姑娘："见面时能不能看看你的房产证？"

简单答应了，但后来再没出现。

神话依旧听得看得特别认真，比做任何事情都认真，这让傻姑娘想起那听老师讲课的小学生的虔诚。

神话依旧："其实骗子手段就那么几样。"

"是，手段就那么几样，但每个人演起来效果不一样。"傻姑娘又说到《山楂树之恋》的情节问题又说到琼瑶告于正的抄袭问题，说到神话依旧从傻姑娘身边并排着的椅子又挪到侧面的椅子上，表情也严肃了很多。

一直聊到夜里 12 点多，神话依旧说："你困不困啊，睡觉吧！"

"有点困了。"傻姑娘指指神话依旧女儿房间，"我睡那。"

神话依旧说："行，可以。"

又赶紧指着他的大房间，"睡这吧，这边暖和。"

傻姑娘先洗，穿着三重保暖衣时，神话依旧过来轻轻抱了一下傻姑娘，傻姑娘别过脸去。

神话依旧后洗，傻姑娘站在客厅，心里很快地想着，如果想走，这会儿还是可以走的。只是没车了，傻姑娘有点后悔没开车来，如果出去住旅馆，附近不知有没有旅馆，身上带的钱可能不够。

床上还放了几本时装杂志，傻姑娘简单地翻了一下。

神话依旧一会儿就过来搂着傻姑娘了，"你看这样多浪漫啊！"

傻姑娘翻过身让自己笑，"被骗来的浪漫。"

和骗子谈爱情

好像傻姑娘睡了一觉了，神话依旧还没睡着。

傻姑娘在想，自己何至于此，跟骗子在一起，"有时候，遇到不合适的人，你会担心对方爱上你，有时候，你会担心自己爱上对方。有时候，你会担心自己伤害对方，有时候，对方会担心伤害你。这些，都没法开始，更别说往前走了，哪怕是走一段路。"

神话依旧不解，"别人爱上你，怎么会伤害你？"

"他爱上你了，他自己会很难受，他有多难受，他潜意识里表现出来的行为就有多伤害你。"傻姑娘有点苦笑，"跟你这样，倒是轻松。"

神话依旧："我就不会爱上你吗？我就不会纠缠你吗？"

傻姑娘转过身笑，"你会纠缠我吗？"

床单下面还有一床没套被套的花被子，大花，浅黄色，羽绒的。窗帘明显跟被子不配套，老式的，花色档次都不配套，神话依旧女儿房间也是。

神话依旧："你觉得大家一般对男人女人的要求是什么？"

傻姑娘："对男人的吧，暖男啦，有安全感，跟一个可以让自己更健康的人在一起，相互理解，相互关心，相互照顾。"

傻姑娘："你知道暖男吗？就是周迅演的早更期，遇到一个暖男，一下子就好了。不过，一般的男人意识不到这一点，或者说没有这勇气，反而有些害怕。"

神话依旧："知道，暖男暖女。"

神话依旧："那你安全吗？"

傻姑娘："我本来就很安全，很宅，我在一首诗里写过：

我不羡慕那天上的仙女，
倒喜欢那厨房的围裙女子。

我不贪婪那美妙的音乐，
倒羡慕枕边那亲切的呼噜声。"

傻姑娘："女人呢，我只知道我想让自己生活得更漂亮一点，不管是外表上，还是内心。让自己过得充实一点，然后，能为别人做点事就为别人做点事。"

傻姑娘："这个年纪，一般看起来还正常的人，都是些花心的人，一直在玩。那些有些压抑的人，多多少少都有点问题。"

神话依旧："你有什么问题？"

傻姑娘："有时候会有突然的孤独感，突然的伤心，突然的不安全感。就像女人的生理期，有些情绪化，有时挺害怕的，害怕一个人呆着，害怕突然闯入一个人，害怕突然闯入一个人又突然离开。你呢？"

神话依旧："也是男人的生理期，一般在月底。"

傻姑娘："女神和女神经就差一个字嘛！"

神话依旧："你是我的女神。"

神话依旧："你年轻时是不是魔鬼身材？"

傻姑娘笑，"那是说现在身材不好吗？"

神话依旧："不，你现在是神身材。"

傻姑娘笑，"魔鬼跟神，谁厉害啊！"

神话依旧："一样厉害，神是好魔鬼。"

神话依旧："不管是从外表，还是气质，你都像三毛。"

6.30，闹钟响，他拿过手机关闹钟。

一会儿又使劲地响。

傻姑娘："你不是关了吗？"

神话依旧："我上了好几个闹钟。"

神话依旧有两部手机，刚才那个称神话依旧为处长的唯一拜年短信不知是不是这部手机发给那部手机的，神话依旧特意把那短信一个字一个字地指给傻姑娘看。

傻姑娘："你骗了多少女人？"

神话依旧犹豫着，"就一两个。"

傻姑娘："我看那一次性牙刷就有五六个呢。"

神话依旧："那有的是别的朋友的。"

神话依旧："有一个女骗子，把自己说得跟天仙似的，老是吊人胃口，就是不见面，连照片都不给看。"

"比你还厉害啊？"傻姑娘笑，"那你知道她是骗子别理她就行了呗。"

"可是我把她删了，她又换别的号来加我，还说'我的 5 个秘书都盯住你了。'"神话依旧说起来还是有一些得意。

傻姑娘："这样吧，我对她也很好奇，你把她的网址发给我，我看看，把她的 QQ 号给我，我加她，看看到底是怎么回事。"

神话依旧一听特高兴，"对啊！给你看看。"

神话依旧："起来吧，等我走了你再睡吧。睡一觉起来，然后再骗别的女人。"

"这就是你想像中的我吗？"神话依旧又说："以后只骗你一个人了。"

"昨天，我还在想，我的新年应该是好运了，结果新年第一天就被人骗了，好黑色啊！"傻姑娘仍然笑着。

神话依旧很得意啊，"我的新年第一天充满了好运。"

神话依旧的衣服多得跟商场似的，他居然还说："这只是冰山一脚。"还拿了两件仍然带着标签没穿的衣服给傻姑娘看价钱，都是一千多，八九百的。

傻姑娘先起来，"骗子，快起来。"

"你这是对我人格的侮辱吗？"神话依旧躺在卧室床上嘀咕。

傻姑娘在客厅，"这是我对你的昵称。"

神话依旧起来，热了稀饭，还特意炒了一个麻婆豆腐，切豆腐还是立着切的，跟搞艺术似的，颠锅颠得很熟练，"我是三级厨师。"

"啊？"傻姑娘心里挺不情愿想神话依旧是厨师的，神话依旧还戴着一幅眼镜呢，哦，好像是老花镜。

"我有三级厨师的水平。"神话依旧看了看傻姑娘补充了一句。

傻姑娘站在旁边很仔细地看，神话依旧笑："你跟我学啊？"

傻姑娘："你怎么不说我检验你啊？"

神话依旧笑："应该说你指导我。"

他用的是四川带来的花椒油，宁夏带来的辣椒面，嗯，吃起来味道确实不错。博士是不会这么会做菜的，对了，博士后不是学位啊，怎会学3年？

傻姑娘又仔细观察了一下厨房，很多不锈钢碗，像食堂那种，一个大蒸笼格装着少量卤制品如肠啊肉啊，另一边堆着红枣啊蹄子等等，好像跟学校食堂关系不错。

出来送傻姑娘，神话依旧在后面指着远处一辆车，"那辆车是我的。"

傻姑娘看都没看。

女骗子

神话依旧所说女骗子相见恨晚独白：

属狗书香门第家境优金融会计师身心健康诚实守信善良宽容正直认真严谨有主见责任心强勤于学习爱钻研业务；具有团队精神孝忠两全原则性和灵活性相结合；富有创新理念综合素质佳兴趣广泛：爱好文体活动欣赏中外名画名著及改编的影视作品写作家居装饰自己设计服饰发式烹饪做吃出营养健康长寿的美味佳肴等。肤白外秀慧中显年轻20岁体质很棒精力旺盛。身材苗条一双炯炯有神的双眼皮大眼睛自然披肩黑直柔顺的长发崇尚自然的美从不涉足美容院理发店。气质不凡纯情不但具有传统女性之美德也不失现代文化修养女性之智慧。谈吐高雅思维敏捷不仅知书达理更具有女性特有的矜持温柔贤惠及魅力人比静止的相片更好看。自尊自重自爱自强自怜更自律一直向往真挚友情亲情爱情温馨的家庭生活。

原先的他品佳聪帅京人计算机博士后教授在京高校带研究生搞科研一心想出国发展，我们均是大龄未婚传统理性青年又两地几乎天天忙工作充电，领证婚检才知他不育未同居。他很尊重我友好分手。

要想幸福首先自己得做个好人：遵纪守法身心健康诚实守信善良宽容正直有主见、责任心强性格随和善于沟通豁达、有爱心爱家人粗中有细、无抽烟喝酒赌博恶习、有一技之长生存本领自信更自律的堂堂正正男子汉，其次才能寻到好人为友为伴。地球已是个"村"，远距离优秀的婚配后代聪明，我很喜欢小孩尤其自己的孩子是家庭的希望及未来！地域不是问题是金子在哪都会发光。若您优秀我也可去您处限未婚丧偶43-51岁正规职业属虎兔马羊狗O或B血型且摩羯处女金牛巨蟹双鱼座最佳。认识低调阳光聪慧贤淑的我会辅佐您的事业或我们自己开公司将来会幸福一生。

想近期成家吗？缘分必靠真诚来珍惜，有缘千里能相会无缘对面不相识。尊重女性是男子最崇高的美德尤其是对自己最欣赏的女子更应如此！人生短暂机不可失失不再来。凡正人君子尊重自己珍惜光阴对自己负责，珍惜该平台按规则行事复杂的事就会变简单。认真详实地填完你的所有信息资料和上传近期相片。即使土豪、富有海归、博士后、公务员、钻石、高级会员请打开你的主页若资料不真实、有未填、无该网两颗红星以上诚信、有家族遗传病史、彼此差距太大、游戏人生婚托骗子、已育2孩婚后不愿添自己孩子或视情况而定有以上之一者止步。

德智情学财时逆境七商高的你会抓住仅有的好机缘并速发贴邮票来信否则无法打开更无法回信你将失去幸福！谢浏览我所有信息及对博客提出你的宝贵意见若有缘读懂我的知音你首次来信贴张邮票便于阅复未回表明不合适。

傻姑娘：这种独白，简直是一个死人嘛。

神话依旧：？

傻姑娘：这种叙述一点活气都没有，这简直就是一部女性优点大全嘛，哦人类优点大全，估计是在哪抄的。

神话依旧发来他们的聊天记录图片：女骗子用英语跟他聊人生哲理，神话依旧骂她，女骗子却给他发过来一大棒鲜花。

傻姑娘：也没准是以前被你骗过的女子，换身衣服再来骗你。

女骗子一句"看来近期股市不看好满嘴臭话！"后继续跟他聊

人生哲理，用中文聊了。

神话依旧用更难听的话骂她。

神话依旧：已经删掉她了。天天意淫，说自己很优秀。

傻姑娘：你怎么会那么生气呢？

神话依旧：他从来都在阴暗的地方，并且，换号几个号来和我聊天，删掉又会换号加我。

傻姑娘：你不是很少聊天说话吗？但是都用心了是吧？

神话依旧：有神秘感。

神话依旧：照片密码从来不给看。

神话依旧：毫无诚意。

傻姑娘：喜欢这样的神秘？

神话依旧：他明明写的是上海，但是资料写北京丰台。说自己属鸡，这里写属狗，真个是个下三滥骗人的。

傻姑娘：昨天的见面怎样？又骗了一女子上床？

神话依旧：我在深圳。

神话依旧：明天在广州学习。

几天后，神话依旧：真早 今天来我这里吧

神话依旧：带你兜风。

傻姑娘：忙。

傻姑娘：你有故事可以讲给我听。

傻姑娘：你属于那种高智商的骗子。

神话依旧：来吧，讲给你，让你开阔思路。

傻姑娘：才不去呢。

傻姑娘：你在QQ上讲就行了。

神话依旧：去找你吧。

神话依旧：明天下班后找你。

傻姑娘：跟一个骗子在一起，还是不如在追自己的人中找一个能让自己生活得更健康一点的人。

神话依旧：抱你像抱木头。

傻姑娘：那是因为知道你是骗子。

神话依旧：你是傻实在的女人。

神话依旧：把自家的猪窝也敢拍出来晒晒。

傻姑娘：审美不同而已。

神话依旧：哪个敢娶你做老婆啊？亲爱的！

神话依旧：持家不行，做爱也不行。

神话依旧：就是做梦行。

傻姑娘：所以你离我远点啊。

神话依旧：（拥抱玫瑰图片）

神话依旧：还打击不了你。

神话依旧：你真是硬女。

神话依旧：调侃一下你。

神话依旧：因为你心里很强大，打击一下你。

窗外，那只喜鹊，歇在傻姑娘晾衣绳上，跳绳呢。天空又飞过好多麻雀，两只相对停在一双树叉上。远处是阳光下半边黄半边黑的山，屋内是傻姑娘托腮的笑脸。

半坡上，那个白发老爷爷，坐着晒太阳，抽着烟。一个冬天，他一直用大大的滚轮垃圾桶推了好多中药渣子倒在他的菜园里。

你来我等着

经历了这个骗子，傻姑娘忽然一下子想通了，与其跟骗子在一起，还不如在追自己的人中，找一个能让自己生活得更健康一点的人。该爱就爱，该伤就伤吧，那就是生活。

傻姑娘把相见恨晚的独白改了：

这个年纪这个职位上的男士正是他们人生最辉煌的阶段，自我膨胀得厉害，那我们就撇开这种状况的男士吧，实话说，半路婚姻，各自都有孩子，他有再多，也不一定是你的，所以你也没必要承受他这种自我膨胀，还不如找一个普通的人，够基本生活就够了，而且他的心态更平和，在底层生活过的人更懂珍惜，更懂生活的真正乐趣。

再说那些自我膨胀的男士过几年也要退休了，人走茶凉的时候，你也不用陪伴他走过这比更年期更厉害的更位期，就让他们在他们认为一朵花的时候折腾够吧，连带健康也折腾去，相信20几岁的优秀女孩也不会承受他们这种自我膨胀，30几岁的优秀女孩也不会承受他们这种自我膨胀，或者有暂时低头的，等过几年他们退休了再让他更位期加更年期，加绿帽期。

不知这是不是也是那些人使劲想延长退休年龄的一个原因。

40几岁的女人开始变得更聪明，在追自己的人中，找一个能让自己生活得更健康一点的男士，也可以考虑那些追自己的小男生，不用一口拒绝他们，至少他们比那些自我膨胀的家伙好。

然后使劲听一听，赵薇的《有一个姑娘》，周亮的《女孩的心思你别猜》，让自己保持一颗年轻可爱的心，做一个比同年纪男士年轻20岁的女人！

说实在的，把时间都耽搁在寻找那个人上面太浪费了，人活着还有很多其它事要做，让我们活得更有意义一点吧。

读了两遍感觉有点愤青似的，便又改为：

你来，我等着。

结果相见恨晚显示不能少于20字，便又改为：

你在找我吗？那快点啊！不要在别人那浪费时间，因为我也不想在别人那浪费时间。

写完，无意中又看到自己2011年的一篇博文：

那个声音听着蛮亲切的，见面之后，却是长着一张标准共产党干部的脸，傻姑娘怎么看都有一种陌生感，怎么把他跟那声音联系起来都有一种牵强感。

另外一张，蛮真实的面孔，正赶上年底调职紧张尴尬的时候，开口闭口关系的事，弄得傻姑娘的心也莫名地被一敲一打，敲敲打打之后，还出现了多年之后他升级为高级干部，勾心斗角，贪腐，女人。

傻姑娘赶紧说了声："我跟你不合适。"

每个女人身后都追着一群男人。

30多的追着10多岁的，40多的追着20多的，50多的追着30多的，60多的追着40多的，70多的也追着40多的，当然，也追30多的、20多的……

虽然30岁的女人转身到处寻不着30岁的男人，40岁的女人转身到处寻不着40岁的男人……

可惜了那一条真理啊：少年爱青春，中年爱成熟，老年爱阅历。

傻姑娘现在是可以接受成熟，接受沧桑，却接受不了幼稚，也接受不了已走近衰老的男士。

那么，30岁20岁，应该是可以接受帅气接受成熟，却接受不了沧桑，当然更接受不了衰老。

虽然，可以接受房子可以接受车子。

那也只是接受房子接受车子。

如果有一天，每个女人都有了一套房子，

那么，我们的世界是不是就会多了很多爱情。

前些日子泡的鬼子姜，和朝天椒，因为用了114给的那瓶假茅台酒，味道怪怪的，彩彩把它倒在后面园子里，不知道外面那一只蓝眼睛一只绿眼睛的野猫是不是也辣得呲牙咧嘴，是不是也醉了。

傻姑娘想上厕所，却去拿了块饼干吃。

今天是老爸的生日，傻姑娘本来想给他打个电话的，却还是没有打，现在也只有在他面前偶尔任性一下了。

晚上梦见老爸拿孩子的旧凉鞋改成了一把漂亮的花伞，而傻姑娘，下雨天开车找不着刹车在哪。

还做了一个梦，一个帅气的军校男生，和一个漂亮的军校女生，男生把女生送到门口，把一大篮花塞给她。女生抱着大花蓝，短发漂亮地一甩，转身就往宿舍走。男生突然追上去，把女生抵到前面墙边，扳过女生的头，轻轻吻了一下。女生没吭声，男生好紧张。一会儿，女生突然侧过脸捂着嘴大笑起来，男生这才舒缓表情，转身回去。女生在后面大声喊："以后不要喝酒了。"

有一群姑娘

傻姑娘约了几个资深美女来家喝咖啡。

傻姑娘家后面有 4 个车位大小的菜地，夏天的时候，可以坐院子里。傻姑娘用一些废旧坛子罐子倒扣着当桌子凳子，很有点 798 的味道。园子里种了各种各样的蔬菜，吃都吃不完，常让别人来采摘。

冬天，只能坐家里，有一大盆鸭掌树，齐人高，几盆辣椒，窗台上还有半个柚子皮碗育的蒜苗。

绿沙发，黄厨柜，玻璃圆桌，粉红被套，彩色靠垫，蓝色自行车，玫红斜盆里飘出阵阵米酒香。

美女们啧啧啧："你家好温馨啊！"

"呵呵呵呵呵。"傻姑娘傻笑，给大家各倒了一杯咖啡，点开音乐，《爸爸的草鞋》，又点开《女人是老虎》，"咱们自己宠宠自己吧。"

一页书屋理了理她那大红围巾，"四个季节在我眼里都是一样的了，没有什么特别的惊喜，也没有什么特别的不舒服，不是，我都能让它们过得很舒服。"

"是啊，冬天没有颜色，我们穿得很有颜色。"傻姑娘这么说，也努力这么做。可，冬天，真的还是很冷，夏天的新裙，还没有穿过瘾，春天，那星星点点绿冲出的时候，总是忍不住惊喜。只是，秋天，总是那么匆匆，又那么忽略，傻姑娘想，大概是自己现在还没有收获的感觉吧。

一页书屋从老家退休来北京，女儿女婿住在专家公寓，又给一页书屋在金融街买了一套漂亮的大房子，她一个人住，漂亮的 50 岁。

一页书屋交往了一个退休厂长，高高个，看着挺绅士。不过，她说："有时跟他喝咖啡，他前妻会突然打来一个电话，'购电卡在哪？'，感觉自己跟第三者似的。算了，也不想结婚，就这样吧，有时候在一起，有时候过自己的生活。"

弯弯头是双胞胎，家庭很幸福，她妹妹离了，"妹妹在央企工作，现在处的一个男朋友对她很好，但经常条件一般，没法养活她，所以她也不想结婚。这样也挺好的，前男友来时，还能出去一块喝喝咖啡。"

弯弯头又大笑，"我有时候还羡慕她呢！"

傻姑娘："我昨晚做了一个梦，梦里一个乌龟，以为它死了，插上了一根木头把，当锹，无意中发现它居然在动，我赶紧拿手机拍照，结果它爬走了。"

大家大笑，弯弯头更大笑，"你知道我有多羡慕你！"

弯弯头拍拍傻姑娘，又一次很认真地说："要有一搭没一搭地谈谈恋爱。"

红领巾："你赶紧找一个吧，别老压抑自己，我以前也老做这种梦，有男朋友就不做了。"

红领巾就是美女黄教授，爸妈都是部队退休干部，已过世，她有三套房，有一个不爱学习的女儿，"我交往了一个大学教授，大我十几岁，有时候我去他那，有时候他来我这，就这样吧，我也不想结婚了。"

傻姑娘："'低头说爱你'现在加拿大玩得开心，也不回来了。"

弯弯头："是啊，看她发的照片了，今天游这儿，明天游那儿，臭美臭美的。"

一页书屋："她女儿加拿大的房子也蛮漂亮。"

傻姑娘："常常有种似曾相识的感觉，相见恨晚上似曾相识可以理解。因为，就那么些人转来转去转来转去，大家都很挑，都不容易遇到合适的，转来转去转来转去就又遇见了。有的记得，有的不记得了，但有种似曾相识的感觉，也许是名字，也许是行为，也许是条件，也许是……"

傻姑娘："一年，两年，三年，十年，大家又遇见了。"

傻姑娘："生活中，也有似曾相识的感觉。比如见到的中大老师，比如马路上遇见某人，难道，我已看透了人性？已参悟了人生？或者说，人生就那么多故事，播来播去，播来播去，只是主人公变了，剧情都没变。主人公，人的长相，也就是那么几样五官，组合来组合去，组合去组合来。"

一页书屋："是啊！"

红领巾："以前，对那些直接提钱的人，直接提性的人，有些不耻，现在倒觉得这些人直爽，比那些拐弯抹角挖空心思说半天国际语都不懂都很累的人可爱多了。"

傻姑娘："嗯，以前很讨厌的人现在很可爱了。弯弯头，你有没有和你妹妹换过角色啊？"

弯弯头："有啊，我办结婚证的时候，找不到单人照片，正好妹妹有一张合适的，就拿她的去办了。她呢，大学毕业的时候，也没找到合适照片，就用我的了。所以，她大学毕业证上是我，我结婚证上是她，实际上是她和我老公结的婚。"

"哈哈哈哈哈哈。"大家大笑，一页书屋坏笑："还有呢？"

弯弯头："有啊，有时候我去她那，她男朋友把我当成她了。有时候我们两姐妹也玩笑说玩得更深入一点吧，但也只是说说没敢更深入，没敢。"

"哈哈哈哈哈哈哈哈哈哈哈哈哈哈。"

第三章　天上掉下个阿阿阿

我俩也被人当过骗子

阿阿阿突然打来电话："傻姑娘，我回家呆了一个星期，有点放心不下你，就回来了，你在哪呢？"

傻姑娘："啊，你不在家过年啊？哦，那不是你们的年。"

傻姑娘："我在家呢。"

阿阿阿："要不你到颐和园那个超市等我，我马上过去，我们买点菜，你今天尝尝我的手艺。"

傻姑娘："你还会做饭啊？"

阿阿阿："当然！"

傻姑娘："好。"

超市门口停了好多车，傻姑娘好不容易找到一个空地方，停好，看到阿阿阿已经在超市门口了。

阿阿阿："你喜欢吃什么就选什么。"

傻姑娘只选了一些必须品，阿阿阿看见傻姑娘选得太少，就自己往购物车里装了不少东西。

超市结帐处，阿阿阿笑笑："我来，反正政府补贴留学生很多钱，怎么用也用不完。"

走到外面停车处，傻姑娘看见地上有一张罚款条，捡起来一看，正是自己的车号的。上次也是，旁边一辆车把傻姑娘车上的罚条撕下来贴他自己车上，人家就不会给他贴了。

还有一次，傻姑娘在农业银行门口停车取了下钱，再去超市，几分钟的时间，农业银行门口一张，超市门口一张。也不知道是他们没贴条，还是贴了条被人恶作剧取走了，反正是被照了两次相，被罚了两个200元。

傻姑娘气得冲着前面的交通协管大声念庄子的咒语：

"至心朝礼，司命大天尊！

天地玄黄，宇宙洪荒。日月盈昃，辰宿列张。

赵钱孙李，周吴郑王。冯秦褚卫，姜沈韩杨。

太上老君急急如律令！敕！敕！敕！"

阿阿阿指了一下最后面那交通协管的相机，又指了一下他那罚条本，然后，把其他几个拿相机的拿罚条本的交通协管也都一一指了一下。

转头对傻姑娘说："我们走吧，没事了。"

回到傻姑娘家，阿阿阿伸开双臂往沙发上一靠，"你家好可爱啊！"

傻姑娘家是厨房客厅一体的，本来是一个小门厅一个小厨房一个小孩房间，把隔墙打开，就成这样了。黄色厨柜，绿色沙发，彩色靠垫，小玻璃圆桌，屋顶的老式煤气管道不好看，傻姑娘买了一些假绿蔓自然缠绕着并搭拉下来，窗外阳光灿烂。

"你洗菜，我切菜，我炒菜。"阿阿阿直起身子卷卷袖子。

"呀，你切出来的菜跟花似的，这么专业啊！"傻姑娘羡慕，傻姑娘有时一个人吃菜，懒得用刀切的，故意用手把它撕得坏坏的。还有，懒得洗砧板，只用一些小葱小蒜时，傻姑娘就拿剪刀小小地剪。

阿阿阿笑笑。

阿阿阿炒了两个菜，傻姑娘炒了一个菜。

阿阿阿还买了一瓶红酒，"喝点这个吧，美容。"

"好。"傻姑娘从柜子里找出两高脚杯，好久没用，都落上了一层死灰。

"昨晚梦见老爸挖了好多树桩，我说你给我做个砧板吧，家里那个太大了。老爸就在那选树桩量啊，看到底做个多大的。"傻姑娘没想到自己现在倒经常梦见老爸。

"我这些天梦见的都是到处找你。"阿阿阿咕咚咚一下喝了半杯红酒。

傻姑娘脸有些红,不知是因为红酒,还是别的什么。

阿阿阿端着酒杯盯着傻姑娘:"你记得吗?我们在相见恨晚网上通过两封信,后来突然有事回慧星了,就没有见着你。你的人,比照片可爱多了。"

"真的是你啊!"傻姑娘高兴得不得了,还含着半句话没说,"跑了还能回来的,是不是就是自己的了?"

傻姑娘:"你有多少次被人当作骗子?"

阿阿阿:"数不清,说起这些都头痛。女人的警惕性比男人更高,当然,也是因为相见恨晚网上男骗子更多。"

傻姑娘:"你知道吗?看见谁月薪写着20000以上我就赶紧逃,觉得多半是假的,或者生意人的乐观未来估计。反倒是那写着月薪2000以下的我觉得蛮可爱的,这多半是个低调人,内涵人。"

阿阿阿:"哦,这样啊!"

傻姑娘:"其实,我也经常被人当作骗子。因为这么年轻就退休了,声音听起来像个小女孩,还有,我有时候穿着破破的衣服,还有,我如果喜欢就直接说,还有,还有,刚开始被人怀疑觉得挺生气挺羞耻的,现在觉得,唉,也许是件该自豪的事,人家总是觉得你说的条件好才怀疑有可能是骗人的,条件差的谁也不会怀疑她是骗人的。"

阿阿阿:"来,两个骗子干杯!"

再说那些交通协管,回到单位打开他们的相机,"怎么一张违章停车照片都没有?"

再看罚款条,有车的,都是写的他们自己的车号,没车的,都是写的他们领导和同事的车号。这下开锅了,互相打起来,热闹了半小时,这些伤员才开始坐在椅子上发愣。

第二天,还这样。

第三天,还这样。

第四天,那些交通协管就没有来上班了。

两顶绿帽子

阿阿阿住中大 21 号楼，和傻姑娘约好一起去 798 玩，傻姑娘戴了一顶绿帽子，阿阿阿说："好看。"

傻姑娘："我织了两顶啊，你敢不敢戴啊？"

"这有什么不敢的。"于是，两个人，戴着两顶绿帽子，晃晃荡荡在 798 的街道上。傻姑娘喜欢 798，走在 798 里，就像在自己灵魂里游走，走在 798 里，就像在古老的家乡寻找儿时的记忆。

那家店里卖中国布鞋，有一双绿鞋，一双黄鞋，好像妈妈当年缝的鞋！傻姑娘好想一样买一只啊！店家不 – 同 – 意！阿阿阿："那买两双呗。"

傻姑娘："可是有点浪费哦！"

阿阿阿："那送你妹妹一样一只呗。"

傻姑娘笑："主意倒是好，但估计她们不会穿。"

熊猫慢递店前种着几棵玉米，种着几棵辣椒，跟玉米种一块的辣椒长得特别高些，好像跟它比高呢！

两顶绿帽子，坐在 798 熊猫慢递店前长木椅上，听那个乡村歌手深情地唱着《乡村》。来来往往的行人看一眼乡村歌手，又看一眼两顶绿帽子，又看一眼两顶绿帽子，笑笑。

傻姑娘："114 那个叫'做人得有人品'的朋友，也是单身，也在相见恨晚注册了。他在网上专门找有钱的女人，丑不丑不管，凭他一张嘴，说自己拥有一个大网站，说自己拥有傻姑娘的大公司，说自己还是什么网络电视台的副台长，还有一大堆头衔。说自己现在做生意，资金紧张，每次住女人那，出去吃饭都是女人买单，女人给他买衣服。"

"做人得有人品是山东农民，公司人员包括他弟弟，他女儿，他女儿的男朋友，还有一个不知什么人，有时候在这，有时候回山东。"

"傻姑娘公司用的是部队的房子，做人得有人品把他的网站搬到傻姑娘公司，说他网站是国家搞的，是部队搞的，收取会员每人一万元押金，发展下线提成10%，下线的下线再给提成，做人得有人品共收了差不多100万元。他把钱放到银行存利息，会员想在网站买东西了，再交完钱后，做人得有人品再去买东西发给人家。有时两三月还没发货，有时五六月还没收到货，想退钱做人得有人品也不理。"

"做人得有人品公司这么多年未在注册地经营，一直异地经营。外地被骗者寻到注册地址，又寻到他先前经营地址都找不到人，电话无人接，举报后也未见罚款。他这个电信与信息服务业许可证是怎么办来的？"

"有人举报做人得有人品做传销，照理案子该市工商局管，可是打12315举报后，案子被截留在丰台工商。他公司注册在丰台，跟丰台工商的人熟得很。"

"有人打110举报做人得有人品诈骗，可是，110要求人来现场。那些外地受害者每人被骗一万元，如果都到北京来，每人路费住宿费也得快一万元了，还得耽误工作。事情就这样一直拖着，那100万元做人得有人品就一直存在银行拿利息。"

"做人得有人品慢慢地说'举报也没用，最后都不了了之。'"

"做人得有人品赖在我公司不走，还擅自把公司房屋转租给别人。我告他，他找人了，法官只判他赔我几千元钱。上诉，他又找人了。我接近崩溃，一中院发回重审，他又找人了。法官开庭时就出去接了三次电话，刚一敲响开庭锤，电话来了，进来又刚一敲响开庭锤，电话又来了，进来又刚一敲响开庭锤，电话又来了。"

"法官呢，跟算命先生似的，说你黑说你白都很有道理。"

阿阿阿拉长长的玉米叶打了一下傻姑娘的头，"唉，你这个傻姑娘！"

"做人得有人品平时老是一副可怜兮兮老实巴交的样子，QQ上的说说也总是标榜感恩戴德标榜人心所向。"

"其他股东比如114都认为他办事能力不行，认为没有他们他做不下去，因此很男人地为他去冲锋陷阵。其实冲做人得有人品那锲而不舍的粘人嘴功，冲他能把黑的说成白的，他的能力远在其他股东之上，他看起来很弱很依赖其他股东实际上他正是以这种方式控制着其他股东。"

"你要找他谈事啊，他能叼着根烟，说一句话，吐两个烟圈，弹三下灰，挪四下身子，他能说一天无一句实质性的话。"

"你给他讲了一百遍，他还能像第一遍听一样很认真地问'这个是怎么怎么做？'"

"他叼着根烟，说一句话，吐两个烟圈，弹三下灰，挪四下身子，第一百遍重复着'做人得有人品……'"

乡村歌手仍然弹着吉它唱着可爱的《乡村》，看一眼傻姑娘的绿帽子忍不住笑笑，又看一眼阿阿阿的绿帽子忍不住笑笑。

阿阿阿拉长长的玉米叶子打了一下傻姑娘的头，"唉，你这个傻姑娘！"

傻姑娘用手机打开做人得有人品的网站，指给阿阿阿看，"这是他的照片，这是他弟弟，这是他女儿。"阿阿阿皱着眉头看了又看。

傻姑娘说完话，心里就开心了，"我们进屋去写封信吧，熊猫慢递 10 年后寄给我们。"

阿阿阿："好啊！"

傻姑娘写给 10 年后的自己：

嗨你还活着吗？
嗨你还单着吗？
嗨你还笑我吗？
嗨我喜欢那顶绿帽子，
嗨我炒菜油放少了点，
嗨我晾了一条漂亮的小毛巾擦手，
嗨我把油烟机擦得好干净，也把桌子擦得好干净。
嗯呵呵我又年轻了 10 岁。

阿阿阿写的没给傻姑娘看，送信地址却写的是傻姑娘家地址，笑着拍了拍傻姑娘的头，"我做你的熊猫慢递吧，替你保管所有的信。"

绿军帽

做人得有人品又开传销会，一个会员招财猫想强奸做人得有人品的女儿野玫瑰，野玫瑰一着急就报警了。

警察来时，双方仍然在互相撕打，开会的会员分成两拨，一拨帮做人得有人品，一拨帮会员招财猫，警察好不容易拉开，双方各执一词，一着急，把对方老底都给捅出来了，越捅越丰富。

最后警察把他们都带走了。

做人得有人品案正式作为传销立案了。

阿阿阿："傻姑娘，这下你开心了吧？"

"是啊是啊，你真是我的福星。"傻姑娘仰着头，跟阿阿阿在一起，没法不是笑脸。

"你也是上帝送给我的礼物。"阿阿阿居然笑得有点腼腆。

"你知道吗？那时候我真希望自己是个女侠，三下五除二就把他给解决了，有时候坐他对面，手腕上的电话线发圈我会弄成弹弓样朝他射几下，都没办法，我就使劲地去吃东西。"

"呵呵呵，吃在你能解决任何问题。"

"刚认识的人都会觉得做人得有人品是个很好很好的人，我很抱歉给一个女孩胖妞牵过线，胖妞在他身上花了不少钱，他只需要胖妞的钱和身体。胖妞后来发现得了糖尿病，视力逐步减退，好在她现在找到了一个合适的人，已经结婚了，准备要宝宝。"

"好了，我今天带你去'红色经典'饭店吧，重返毛泽东时代。"

"好啊，我喜欢。"

阿阿阿已经习惯北京的开车了。

天色已黑，红色经典内红色灯光，门内站着一个身穿红军军装的男孩，下车就冷，屋里好暖和呀，傻姑娘兴冲冲地直往屋里冲，"砰"的一下撞玻璃门上了。

傻姑娘捂住额头站住不动了。

阿阿阿一步冲上去，"你怎么啦？"

傻姑娘捂住额头不说话，眼泪涮涮流下来。

阿阿阿掰开傻姑娘的手，"肿起来一个包。"

阿阿阿帮傻姑娘摁着，把傻姑娘拉到怀里，"你这个傻姑娘啊，怎么叫人放心啊！"

那个穿红军军装的男孩也过来了，"没事吧？""你们到里面坐着休息会吧！"

阿阿阿拉着傻姑娘进到里面，找了一个靠墙的座位坐着，阿阿阿仍然帮傻姑娘摁着，仍然搂着傻姑娘。

军装男孩端来一杯热水，又拿来一叠餐巾纸。

阿阿阿帮傻姑娘擦擦眼泪。

又过了好一会，傻姑娘挣脱阿阿阿，不好意思地笑笑，"你喜欢这儿吗？"

"喜欢，喜欢啊！"毛泽东时候的拖拉机，毛泽东时候的塑像，毛泽东时候的壁画，毛泽东时候的相片，一片红色，大木头桌子，大木头椅子，屋顶是毛泽东时候的报纸裱糊的，前面舞台拉着一个红色大横幅"毛主席万岁万万岁！"

还有一张结婚照，一对新人在这里举办的婚礼，新郎新娘都穿着红军军装，手拿那个时候的红色结婚证。

上茶了，那个时候的大陶瓷缸子。

上菜了，那个时候的小陶瓷盘子。

都有点脱瓷。

"下面请听《绣红旗》。"一个穿红军军装的女孩，斜挎包，紧腰带，手拿红色毛主席语录，走着忠字舞步主持节目。

唱歌的这个红军军装女孩，也扎两小辫，红头绳。

"一种好干净的感觉。"傻姑娘托着腮。

阿阿阿笑笑摸摸她额头那个包。

下面一个节目，几个红军军装女孩，几个红军军装男孩，跳忠字舞《在北京的金山上》，吃饭的好多朋友都站起来跟着跳，跟着唱。

看着看着，傻姑娘突然又笑了。

阿阿阿也笑："你笑什么呀？"

傻姑娘指指阿阿阿头上的绿帽子，又指指自己头上的绿帽子，"你知道吗？我在网上找绿帽子，查了好多好多，就找到一顶，然后，那天在街上，一直注意看绿帽子，就看到一个60岁左右的老太太戴了，而且，还镶了黄色边和黄色的球球。"

"初中同学看见我微信上的帽子好看，就让我给她和女儿织了两顶亲子帽，我问她要什么颜色，她说我有什么毛线就给她织什么颜色，结果寄去之后，她老公说'你敢公开戴绿帽，人家会怎么笑话我？'"

"你看，今天那绿帽子可多了，那军帽！"

"嗨，你这个傻姑娘！"阿阿阿笑着又摸摸傻姑娘那个包。

梦中情人

何为发来3张小孩照片，"这是第一个女生的小宝宝，这是第三个女生的儿子，这是第四个女生的乖乖。"

傻姑娘："你这样都有点病态了。"

何为："和你倒点酸水，现实中才不会这样多愁善感。"

傻姑娘："可是你保存了好多这样的照片，一般的人看过就算了，不会保存的。"

何为把当初在学校接触过哪怕是只有过一个电话的意向女生都编了号，毕业后101次相亲被拒99次之后，他通过各种途径把以前认识的女生全都加了QQ，经常和她们在QQ上聊天。

傻姑娘："你把相见恨晚上的照片换一下，太土了，哪怕是不放照片也好些。"

何为："知道了。"

何为："第一个女生，当年，也没约出来见几次，但打了十五六年的电话，开心地聊了十多年，几十次梦到她。"

"大约29岁时，一个白天我给她打手机，她说在睡觉。'那你爱人呢？他正躺你旁边么？''是的，'她笑着回答。'哇，你们好幸福啊！噢，不好意思，打扰了。'我立即挂了电话。"

"一次问他们现在爱情生活如何？她说，她现在是黄脸婆了。"

"我30岁时，还梦到她，梦到去她家。合川县，去了她家，这个梦中女生不在家，她妈妈在家，她妈妈接待的我，晚上留我住宿，我睡的这个梦中女生的床。"

"35时候，一次梦见她和一群女生，回寝室，梦里，我简直想跟着她们一起过去，这样的难受感觉，当年都还没有梦里这么强烈过。"

"一次暑假，我外出旅游，还专门到合川逛逛。在一个公用电话亭给她打电话，'我到你家乡旅游来了，''呵呵，热烈欢迎！'她在电话里说。"

"在合川，听到大家说话的口音，和她一样。"

"合川有条'考棚街'，大街上见到一个MM很漂亮，我居然写了一张纸条，写了我的QQ号码，递给她。不过没人加我，估计那MM看了之后就扔了。"

"电话告诉她，我去了考棚街。她回答，那条街，很熟悉很熟悉，离她家不远。"

"这就是用情至深，我现在还喜欢听那首歌《第一次爱的人》。虽然，这首歌写的是失恋，和我不太一样。失去第一次爱的人竟然是这感觉，总以为爱是全部的心跳，失去爱我们就要死掉。"

傻姑娘："不一定，这是因为现在你一直没碰到爱人，如果有，也许早就忘得一干二净了。"

何为："恩，是的，你说得对。"

傻姑娘："新人笑旧人哭，那是因为旧人没遇到更好的新人，旧人如果遇到更好的新人那也是不会哭的。"

何为："我这20年的青春岁月，冲动、无奈差不多就18年。感情一直单着，她就成了这落寞岁月的一种感情寄托，如果，有爱情、婚姻、家庭，感情有了着落，过去的事情，将会逐渐淡忘。"

爱情傻瓜

傻姑娘也给阿阿阿讲何为的事，阿阿阿笑："我也是你的情绪垃圾桶吗？"

"呵呵呵。"傻姑娘傻笑。

两人在颐和园西堤快走呢，傻姑娘今天臭美穿少了一点，冷啊，缩着脖子。

阿阿阿摸了一下傻姑娘的手，"哎呀，你的手好凉啊！"然后把自己的皮手套脱下来给傻姑娘。

傻姑娘戴上，很暖和。嗯，胳膊可以甩得老远老远了，傻姑娘调皮地冲阿阿阿笑笑，跟阿阿阿在一起，总是一种一种很放松很开心的感觉。

阿阿阿喜欢运动，他今天穿的是一双运动鞋。

傻姑娘穿的是一双黄色网眼运动鞋，因为冬天老穿皮靴，老开车，老宅家里，反正是没有冬天的运动鞋。好在一走起来，不觉得冷，袜子蛮厚的。

傻姑娘有时候侧着走，或者蹦着走，一阵风似的。阿阿阿个高，腿长，反正傻姑娘总还是落在他后面一点点。

颐和园西堤总是很美，哪怕冬天，总有一种大家风范，一种皇族气息，落在地上的一卷卷落叶，跟地毯似的，那么大的风都没能把她们从树根部卷走。傻姑娘总是忍不住大声欢叫："啊－好－漂－亮－啊！""啊－好－漂－亮－啊！"

"我的手不冷了，给你吧。"傻姑娘把手套脱下来，阿阿阿戴上。

又过了好一会，阿阿阿问："你的手暖和了吗？"

傻姑娘动动自己的手，"暖和了。"

阿阿阿："摸摸。"

傻姑娘："摸不着。"

阿阿阿取下右手手套，抓住傻姑娘左手，握着，摩挲着，傻姑娘由他握着，好温暖，一会儿又不好意思地抽出手来。

"我们去冰面上走吧。"阿阿阿建议，周四，偌大的昆明湖面上没几个人，有几个出租冰车的老人。

"好啊！"傻姑娘蹦起来。

阿阿阿在冰面上娴熟地划着漂亮的弧线，他抓住傻姑娘的手，傻姑娘就跟着他在冰面上溜，有时候快摔倒，他就搂住傻姑娘。

"好久没有冬天出来这么疯了。"傻姑娘开心地叫着，"原来冬天一点都不冷啊。"又大声点跟告诉老天爷似的，"原来冬天一点都不冷啊。"

阿阿阿："我每天都要出来走几公里，还经常游泳。"

傻姑娘："哦，你的生活安排得很好啊！"

一回到傻姑娘家，阿阿阿就抱住傻姑娘，轻抚着傻姑娘的头发，又摸摸傻姑娘额头的包，还有一点点没消。然后低下头，轻轻吻了一下傻姑娘，傻姑娘不好意思地别过嘴唇。

阿阿阿把傻姑娘的手环绕在他的身后，"抱着我。"他又紧紧地抱着傻姑娘，傻姑娘也听话地抱着他。他的嘴唇跟跳舞似的温柔地翻动着傻姑娘的嘴唇，傻姑娘有时由着他，有时候又配合一下。

阿阿阿就开始抚摸傻姑娘身上，喘着粗气，喘着粗气，喘着粗气，他就把傻姑娘抱床上去了。

傻姑娘做了一个梦，要填一张表，写自己的退休工资数，傻姑娘记不清自己工资具体数是多少，就打电话问老干办。旁边的人告诉傻姑娘电话号码是多少，办公室并排两张桌子上放了两部座机，那个电话线太长，傻姑娘拨了前面两个数字后，老是找不着"0"，恨不得到旁边一部电话机子上找"0"，好不容易找到"0"了，电话号码又记不住了，然后大家就都笑了，傻姑娘也笑醒了。

笑醒的傻姑娘突然想起，20岁那年，河边，一个男孩告诉傻姑娘，"我喜欢上了一个女孩。"

傻姑娘："谁呀？"

男孩深情地看着傻姑娘，"远在天边，近在眼前。"

傻姑娘只觉得这句话似曾相识，好像是一句情话，好像是说自己是吗？又不敢确定，又不敢问。

多少年之后，偶遇韩剧《浪漫满屋》，看到傻傻韩智恩，看到傻傻自己，听他们说话，突然想起，这是谁谁谁说过的话，这是谁谁谁说过的话……

前妻变小三

一起床，傻姑娘就跑去后面园子里，把那些枯树叶扒到一边，藏在里面的转基因青菜长得还很好，傻姑娘扯了满满一篮。

"这个转基因青菜，避孕，还有前段时间不小心买的转基因豆油，这两个加起来，应该不会怀孕吧？"大眼睛望着阿阿阿。

阿阿阿点点傻姑娘额头大笑，"怀上了就生下来嘛，混血儿，聪明，漂亮。"

傻姑娘："可是我不想生了。"

阿阿阿搂住傻姑娘，"好吧，尊重你的意见。"

"今天去那家小馆。"傻姑娘笑笑，戴上自己的绿帽子。

"辣椒小馆。"阿阿阿笑笑，戴上自己的绿帽子。

路上一对漂亮的小情侣滑着旱冰一溜烟而过，傻姑娘回头，早没影了。

北京的四合院，很亲切的木门，很亲切的四个童体字"那家小馆"，很亲切的冰糖葫芦，很亲切的很亲切的，木桌子木椅子木窗子木扶手木托台木雕花，很亲切的绿石板台阶，傻姑娘喜欢得不得了。

阿阿阿负责点菜，傻姑娘负责吃。

不过，如果一盘菜里有糊的或者什么不好的，傻姑娘现在已经习惯，先把糊的捡的吃了，跟儿子一块吃饭养成的习惯。

旁边桌上一个四五岁的小女孩，混血儿似的，举着两个一样的甜点，"爸爸，你把这双胞胎吃了。"

爸爸大笑，"你吃，你吃，我不吃。"

小女孩一噘嘴，"你不吃，我气得屁股都歪了。"

哈哈哈哈哈哈。

菜上来了，傻姑娘就不盯小女孩了，"这个虾是怎么做的呢？这么好吃。"

"我回去做给你吃。"阿阿阿信心满满。

傻姑娘吃完一只虾，左手托腮，右手拿着筷子竖在桌上，"你知道吗？我心里一直惦念着一个人。"

阿阿阿停住筷子，"谁？"

"一个姐姐，一个东北的博友姐姐，我们在博客里互来互往。她的文章很风趣很可爱，有一个18岁的女儿，文章里常常提到她那在外地任职的老公，文章里有他们相聚时相亲相爱相打相闹那种默契温馨的场面。"

"有一天，她不写博文了，写了一篇小说。讲的一个男子，外地当官，跟一个年轻女子好了，回家跟妻子说'我想要一个儿子，咱俩都是公职人员，又不能再生了，咱们就离了吧，让她给我生个儿子吧。'"

"妻子含泪答应了，结果那年轻女子给他又生了一个女儿，并且时常跟他吵闹，他便又想起前妻的好，时常过来，时常帮衬前妻，两人便又住在了一起，男子便开始两边走动。"

"一天，那年轻女子抱着自己年幼的女儿等在前妻单位门口，前妻看见了，也很心酸，这就是当年的自己啊！便绕道悄悄回去了。"

"前妻也很纠结，想断，可是感情啊！"

"故事太真，那文字，好伤感的美，我觉得那个前妻就是姐姐，我博客里问她话她老是不答，她再没有写别的博文，后来，她把博客也关了。"

"不知道她现在怎么样了，我们没有别的联系方式。"

"你吃吧，过几天我告诉你。"阿阿阿替傻姑娘夹了一只大虾。

"真的啊？太好了。"傻姑娘笑起来很好看，她也给阿阿阿夹了一只大虾。傻姑娘有时候不知道该怎么表达，或者说不知道该不该表达，反正喜欢一个人，就是喜欢跟他在一起。不喜欢的人，一分钟傻姑娘都不愿意浪费自己的时间。

撒娇的快递

对于一个 44 岁的女人，月经还正常来，洗澡还能单脚站立，双手还能洗到整个背部，这就是年轻。

傻姑娘觉得做家务是最好的锻炼了，全方位的锻炼，拖地时的弯腰，提水浇地时的收腹，套被套时唰地一下甩开去，儿子学校上下铺铺床，擦窗子脚尖踮得高高的，翻地可是个力气活，织毛线的手指活，等等。

一大早傻姑娘和阿阿阿去菜市场买了虾回来，傻姑娘剥虾皮，洗虾。那些技术活阿阿阿在做，他在虾背切了一道细长口子，然后又又又什么的，傻姑娘就按他说的准备配料。

听着刘一祯的《洗菜心》，李志洲的《厨师之歌》，傻姑娘总是忍不住摇头扭屁股的，阿阿阿就大笑，傻姑娘就大叫："当心你的手。"

傻姑娘给阿阿阿网购了一双凉拖，一双棉拖，也给花典网购了，去年买的凉拖已经裂了好几道长口子，去年买的棉拖已经破溃没有棉了。

每一件宝贝送来，每一个不通快递员打电话总是很"天真"地问傻姑娘："A 号楼在哪啊？"

"在 B 号楼南面。"

"B 号楼在哪啊？"

"在 C 号楼左面。"

"C 号楼在哪啊？"

"在 D 号楼东面。"

"D 号楼在哪啊？我在 1111 医院东门南 30 米邮局，您过来取一下快递吧！"

只好一个电话拨到不通上地负责人那里，老投诉，都知道他们负责人电话了，"你们的快递员每天都是新来的吗？"

"怎么啦？"

"不管他真不知道哪栋楼在哪，还是不想送假不知道哪栋楼在哪，给你一个建议，你们的快递员，凡是负责1111医院这一块的，上岗之前首先带他到1111医院认识一下每栋楼在哪。"

负责人赶紧说："今天这个快递员是新的，我给他说今天务必给您送过去。"

"可他刚才让我到1111医院东门去取，离这几里路啊！还说他的车推不上来，说回头再说吧！1111医院那么多自行车车棚，就算他真的推不上来，也随便都能把车锁在哪个栏杆上一会儿吧？"

"另外告诉您，我经常在淘宝上买东西，以后我只能买东西前先给卖家注明一句'凡是不通快递我就拒收！'还告诉您一下，我们1111医院这样生气的不只我一个人，随便一碰就是一群人想投诉，您看着办吧！"傻姑娘果断放下电话。

几分钟后，快递就送过来了。哦，不是不知道哪栋楼在哪啊！

后来不通快递员不问楼在哪了，"这儿有您的快递，您过来拿一下。"

傻姑娘："你送到家里来吧。"

快递员愣了一下，居然撒娇口吻："您过来拿一下吧。"

现在的快递员特别帅？居然都撒娇了，傻姑娘很严肃地说："请你送到家里来。"

快递员："我的电动车快没电了。"

傻姑娘："那你可以明天送过来。"

快递员这会儿终于正常语气了，"如果您不着急，那我明天给您送过去。"

傻姑娘："好。"

傻姑娘住在一个部队大医院里，平时快递送到医院门口，上班时间那些医生护士全都穿着白大褂出去取快递，成群成群的白大褂出去取快递。快递员都养成就地发上千件快递的习惯了，都懒得跑了，医院又大，家属区他们也不想送过来了，几里路远呢，就成天发短信打电话找理由让客户自己去取。

藏污纳垢的女人

阿阿阿暖暖地趿着新拖鞋，"你的那个博友姐姐，她的前夫，一次跟年轻妻子争吵后开车出了车祸，变成了植物人，年轻妻子就带着女儿走了。你的博友姐姐照顾前夫，在她的精心照料下，前夫刚刚苏醒过来。"

"哦，这也算一个比较好的结局。"傻姑娘叹口气，"女孩的时候，我们眼里容不得半点渣渍，年长懂事了，我们却都成了藏污纳垢的女人。"

傻姑娘上次想躲远点的那个好感男生"喂借个微笑"，青华毕业，分在市研究院工作，又给傻姑娘打来电话："你这两天看那个黑龙江诈骗犯的事了吗？"

傻姑娘："没有。"

喂借个微笑："黑龙江诈骗犯王东在监狱里骗了七个女人做他的情人，有一个女人给了他8万块钱，还有一个女人到监狱里去和他做爱。"

"看到这个，我又想到前妻那个男的，他也坐过牢，他又穷，没房，还打她。她说她看见他那样就想帮他，她说他打她是因为她刚开始没摸准他的脾气，他发脾气时顺着他就不会打她了。你看她对他还挺好的，还知道发脾气时顺着他。"这些话喂借个微笑重复几遍了。

傻姑娘其实不想听了，但他想说，还是耐着性子听吧，"我做你的情绪垃圾桶了，我还得让自己不成为垃圾。"

喂借个微笑："谢谢！谢谢！"

喂借个微笑："她说他如果要她她就给他，她觉得他特男人，每次很累很难受，但一做完后几天都特别畅快，天也是蓝的，饭也是香的，什么也不想，很快就睡着了。"

喂借个微笑："她很高挑，很漂亮，很性感。"

傻姑娘："一般家庭幸福的女人不容易发生这些事。"

喂借个微笑："我们刚开始挺好的，后来时间长了，也有些平淡了。后来女人比男人欲望更强烈，我又一老出差。"

傻姑娘："那你到底是怎么想的？"

喂借个微笑："我和她不可能回到过去了，只是看到黑龙江诈骗犯的事，又想到她的事，这些女人怎么这么傻！"

"这世上傻女人还真多。"傻姑娘看了看窗外，"傻女人需要找个好男人好好去爱她。"

"听听你的心在说什么，是否真的放得下。"傻姑娘看别人的事情蛮清楚的，"否则，不只是害了一个人，是两个人，三个人，甚至四个人。"

"就是当你认为她全错，你也可以原谅她。因为每一个人都可能犯错，你仍然愿意继续和她一起生活。还有一种就是当你认为她全对，你也觉得不可能再回到过去了，不能再继续一块生活了。所以现在跟对和错没关系，跟你的选择有关系，你选择了哪个方向，就朝哪个方向好好走。"

阿阿阿过来亲了傻姑娘一下，"你这个傻姑娘，自己的问题都没解决，还帮别人解决问题。"

"旁观者清吧，我一碰到自己的事情怎么就那么糊涂。"傻姑娘想了想，"或者有时候也是清楚的，只是想任性一下。"

"我把床单被套换下来洗。"傻姑娘有好几套呢，粉红玫瑰的、棕色条圆的、蓝色小碎花的，还有小动物的，纯色的，交叉搭配也别有一种风情，几套傻姑娘能搭配出十几套来。今天换上一条纯绿床单，玫红枕套，绿底红条被套，每次换了一套，就跟搬了一次新家似的。

一床多余的棉絮卷成筒，傻姑娘缝了个紫红碎花套子，两头用丝带系好，扔床边当沙发当靠垫。

顺手把快递袋套垃圾桶上，傻姑娘总不喜欢买东西，什么都喜欢就地取材。花落的季节，傻姑娘拿买衣服时的透明塑料包装袋到山上扫一大袋落花，回来扔墙角，塑料袋上扎几个眼，一屋子的清香。

好几条枯枯的丝瓜扔窗台上，当作艺术品啦，剥半条来洗碗，阿阿阿就拿这半条丝瓜瓤子琢磨半天，"我们彗星上没有，等到夏天的时候，我一定要吃一吃这丝瓜。"

"让你吃个够，去年的丝瓜，我老是9条9条地送人家。"想起夏天的菜园，真热闹啊，那么多菜，那么多小动物。

窗台上葫芦瓢里小葱长得好可爱。

我要给奶奶捏个爷爷

弯弯头儿子屋顶的青苔初中时就恋爱了，不，小学五年级就有那意思了，高中时老师同学都知道了，当然，弯弯头也知道了。高三18岁成人礼那天，屋顶的青苔把女孩拉过来，跟弯弯头打招呼，弯弯头也挺喜欢那女孩，不过，也跟儿子说，"这个不一定是你的结婚对像。"

女孩爸妈都是军人，爸爸刚去世，高考时，女孩妈妈想让女孩去上外地军医大学，屋顶的青苔听说，难过醉酒得一塌糊涂，被人从饭店抬了回来，女孩便选择了首都医科大学。

屋顶的青苔则考上人大，皆大欢喜。

后来，女孩学医挺忙，经常周末要做实验，而且，学校好多男生追她，屋顶的青苔感觉被冷落，屋顶的青苔便决定分手，两人赌气分手。

看着儿子失恋，弯弯头心疼得哟，又不能代替他，只能安慰自己，这是儿子成长路上必须要经历的痛。

屋顶的青苔学校有一个女生特别漂亮，大家都怕被拒绝不敢去追，屋顶的青苔也有点怕被拒绝不敢去追，但最后还是鼓起勇气，"你做我女朋友吧！"

"好！"没想到女孩羞答答答应了。

屋顶的青苔不敢相信似的蹦起来。

知道这事后，初恋女孩学校一群男孩儿在QQ微信上围攻屋顶的青苔，屋顶的青苔什么都没说，自己曾经爱过的女孩儿，不能再伤害她，弯弯头也支持儿子这么做。

弯弯头笑说："和这个女孩，第二次约会就去宾馆开房了，和第一个，是过了好几年才开的房。"

"这个也不一定是你的结婚对像。"弯弯头也给儿子说，说这些，只是为了儿子如果万一有万一的时候，能承受得住，而且，婚前有几次恋爱经历，婚后是比较稳定的。

红领巾的女儿奶茶妹妹去年高考过了三本分数线，但没被三本录取，又复读一年。

奶茶妹妹和114的儿子落花微雨是高中同学，落花微雨去年考上了人大之后，两人一直频繁短信，两人都是离异家庭的孩子，奶茶妹妹有什么心里话，都跟落花微雨说。

落花微雨考试作弊被退学之后，回家又猛学了几个月，今年考上首都医科大学。奶茶妹妹考上地质大学，也在北京，两人就好上了。

暑假时，奶茶妹妹去了落花微雨家，落花微雨小表妹也在，落花微雨妈妈笑着对小表妹说："等你长大了，给哥哥带小宝宝啊！"

可是，落花微雨现在天天宅宿舍了，落花微雨妈妈觉得不对劲，"你怎么啦？"

落花微雨觉得好没面子，"奶茶妹妹学校有人追她，她说这离得远，一周才能见一次，学校里的可以天天见。"

唉！

落花微雨妈妈就要去奶茶妹妹学校闹，落花微雨："你要去找她，我就死给你看。"

落花微雨妈妈只得放下这个念头，就使劲在家给儿子做好吃的，姥姥也使劲给落花微雨头好吃的，还给他添了好几套新衣服，还给了他好多零花钱。

傻姑娘呢，边揉面边唱：

我有一个孙女
我给她揉一大团一大团面
洒上柠檬汁
洒上蔬菜汁
拌上红糖
然后和她一块捏

捏出小虫子

捏出小毛巾

捏出小糖果

捏出小房子

捏出太阳月亮

捏出她喜欢的小裙子

再编几根面粉辫子

爱吃什么就捏什么

想要什么就捏什么

她捏出什么我就配上好吃的调料煮给她吃

然后呢

她突然说我要给奶奶捏个爷爷

一百多少次被拒绝了

"觉得，这女子，如何？"何为又发来一张照片。

傻姑娘："没什么特别的感觉。"

何为："相见恨晚认识的，她做药物、试剂、器材销售，去年，来我们学校找领导销售过东西，然后打电话，把我喊出来，于是就认识了。"

"我比较空虚无聊，她约我出来喝茶、打球，我一般不会拒绝，时间久了，就熟悉起来。"

"我和她没有任何越轨。她已结婚，在老家，经长辈介绍认识的一个小伙子。第一次见面，双方父母都到了。第二次见面，就说，双方没意见就把结婚证办了吧。于是半推半就办理了结婚手续，当晚各自回家，第二天各自离家外出上班去了。"

"春节，他们回到家，请了酒宴，举办婚礼，洞房，春节一过，又各自离家忙各自的事情。"

"她说，她的婚姻竟然这样，平时彼此也不联系。她和我认识之后，就说，在我没女朋友的时候，无聊时，大家彼此约出来一起耍吧，做个朋友，如果我有女朋友就为止。"

傻姑娘："你把她也归为相亲之列？"

何为："不算相亲，只是讲讲最近两年认得的女子。还有好几个这样的红颜知己，都是认识了，节假日约出去一起耍。"

何为又发来一张照片，"去年春节百合网认识的，算是女朋友吧。"

傻姑娘："还挺漂亮。"

何为："是的，QQ聊了几次之后，就约出来见面。"

"第一次见面，在一个商场，她见到我之后，主动伸出手。我稍微有点诧异，既然她都伸手了，我也伸手握手。"

"逛了一会，她邀请我去她家，就在商场旁边一个小区。我心里有点忐忑，这是晚上，第一次就去她家，如果她是坏人，我可能就出不来了。但又一想，网络骗子一般不怎么骗本地人，因为事后很容易被抓住。她的QQ也是老号，都几个太阳了，骗子的QQ一般都是新号，所以就跟她进去了。"

傻姑娘："这个社会，自信女孩的某些行为，常会被人怀疑为骗子。"

何为："她家房子很大，很漂亮，一个人住。我也时刻提防着，看着门是否开着，是否会有其他人。"

"她家逛了一会，就该返回了，她送我离开小区，刚才担心是多余的。"

"第二次见面，我请她吃火锅。她中专毕业，政府部门工作，事业编制，30岁了。"

"第三次，她又请我去她家，一起吃晚饭。一进门，她就主动抱上来，说她的电瓶车丢了等等。这样的举动又让我诧异，以后经常在她家，一起做晚饭，一起去外面散步。"

何为："她的性格不强势，属于娇小姐类型。她以前相了101次亲，有99个，她都看不上眼。"

傻姑娘："那么骄傲的一个女子，主动拥抱你，说明她是多么渴望爱，多么迁就你啊！"

何为："有时候，她下班来我家，和她一起，无非是做饭炒菜之类。她喜欢接吻，经常抱在一起，前前后后，接吻半个小时。"

傻姑娘："30多岁的两个人，经常接吻半小时，都没有上床，人家会觉得你有问题。女孩已经主动请你去她家主动拥抱你，你还想让人家主动要求和你那个？女人有的地方主动，有的地方是不敢主动的。因为觉得和男人那个都要自己主动一个是会觉得自己没有魅力，会觉得是对自己的一种侮辱，另外也担心，男人以后会不会因此对自己轻低一点，也担心以后什么事情是不是都会要自己主动，这样相处很累。"

傻姑娘："如果实在很憋实在碰到木头实在很珍惜，那也就主动一次顶多两次，如果都受挫了，那应该是没有勇气再说第三次了，我这指的是条件不错很骄傲的女子。"

傻姑娘："如果别的面子还能说的话，那这个面子是不能说的。"

何为："哦！时间久了，她觉得我不怎么喜欢迁就她，她让我见她父母。"

"她爸爸以前在政府工作，犯了错，自己下海做生意。她爸妈都属于很强势那种人，她爸爸眼露凶光。她说，她和爸妈性格都不像，她爸爸在外面很霸气，但在家里，厉害的是妈妈，她依靠父母的关系，进了局机关。"

"她让我见她父母，是想让她父母提点意见，让她坚定决心，重新选择。估计她年纪大了，她爸妈没提任何意见，但她决定再重新选择，于是就没联系了。"

傻姑娘："她也许在想，要么结婚，要么分手。"

阿阿阿走了？

傻姑娘梦见自己在自由市场烙饼，结果漫出锅了。

每次醒来记得自己的梦，傻姑娘就笑。有一段时间，傻姑娘自己也不懂自己，就琢磨自己的梦，因为梦不会说谎的。有时候碰到事傻姑娘不知道怎么做了，也等着再做一个梦告诉自己怎么做。

花典，酷酷地穿着加绒格衬衣，上面两颗扣子不扣，下面三颗扣子不扣，跟他妈妈一样懒。老师说他是班里最单纯的，就是喜欢动画啊游戏，上大学后不知会不会要傻姑娘拿着皮鞭催他谈女朋友。

一位战友讲，跟女人打交道，他十打十败，除了亲娘！不过，后来知道他背后有一个女人。嗨，敢情对他好的女人他都没有算在女人之列呀！

寒假，笑笑跟着吃货到英国旅游。林荫道上，笑笑的宽边布帽上有朵大花，吃货戴窄边布帽，可能嫌帽子戴着有点闷，笑笑把大花帽取下摞在吃货帽子上，拍了一下吃货肩膀，"司命神仙姐姐打了你一下，不能动，一动就要死。"吃货就乖乖地站着不动，直到司命神仙姐姐再打一掌解除咒令。

古人来，因为喜欢别人的老婆，被那女人的老公告到学校，学校对古人来通报批评，并予以处分。古人来颜面丢尽，主动辞去公职，仍旧回他那仓库画室去了。经历这一变故，古人来那依旧的光头上，头发茬子也一下子全白了。

小四月在家写论文《怎么要回欠债》。行义，也在家写论文，《怎么抹掉自己的债务》。

公输盘给行义打电话，行义也不接。公输盘又到处找中医看，"您看看我这放屁的问题，怎么才能解决？"

"你这个呀，吃得太多，拉得太少，不爱运动，光动嘴。以后要控制饮食，不是自己的不要乱吃，嘴巴也不要乱说。"老中医给公输盘开了一大堆一大堆泻药。

暖气好暖和好暖和，不知阿阿阿怎么弄的。

傻姑娘再也没什么短信了，除了 10001：尊敬的用户：您本月的套餐功能费 10 元已扣除，本月执行天翼易通卡资费，感谢您的使用！

今天是大年三十，阿阿阿的生日。

"生日快乐！亲爱的阿阿阿！一会儿我做饭，你歇着。"傻姑娘从腰间围着阿阿阿，头埋在他胸前，好温暖，"不过，你今天不许亲我，我嗓子疼，别传染你了。"

"我不怕！我不怕！"阿阿阿偏偏要亲。

　　左手搂着傻姑娘，阿阿阿右手按下音乐，任贤齐《浪花一朵朵》，"我们去拍中国传统婚服照吧。"

　　"好啊，那大红大红的，我好喜欢！"傻姑娘从没拍过婚纱照，包括第一次婚姻，傻姑娘一直在等，等一个人一块去拍中国传统婚服照。

　　网上搜索了一下，阿阿阿和傻姑娘戴着两顶绿帽子，很快来到这家"你来我等着"婚纱店，大年三十仍然营业。

　　傻姑娘凤冠霞帔，画面里还有爸妈笑得又是皱纹又是眼泪的脸。

　　傻姑娘穿着大红花旗袍，很认真地，左手拿着一个小铁锅，右手放了一包方便面下去，然后，又放了一块旺旺雪饼进去。

　　傻姑娘穿着状元服，阿阿阿披霞帔。傻姑娘给阿阿阿戴上绿帽子，阿阿阿给傻姑娘戴上绿帽子，哈哈哈，阿阿阿女装也很漂亮啊。

　　傻姑娘凤冠霞帔，阿阿阿状元服，阿阿阿把傻姑娘抛向空中。

　　傻姑娘穿着武媚娘的低胸装，领口比武媚娘稍微高一点点，妖艳万分。阿阿阿穿着状元服，使劲盯着那胸口看。

　　傻姑娘眼里泪花花的，"我一直担心这一天来得太晚啊，我不想等有皱纹了再拍婚纱照啊！"

　　阿阿阿用袖口轻轻吸掉傻姑娘的泪花儿，"傻丫头，你还小着呢！"

　　突然阿阿阿手机叮咚叮咚响了两下，阿阿阿和傻姑娘两脑袋凑着看：妈妈得了一种奇怪的病，速回！

　　"傻姑娘，我回去看看。"阿阿阿好着急，话说完，已没影，穿着新郎服就没影了。

　　窗外，慢慢慢慢慢慢慢慢飘起雪花。

　　红色的雪花。

第四章 写给谁的情书？

想你的时候我就使劲吃东西

飘飘的红色白色雪花之中，生了一个女儿。月经刚完，没有性生活，就怀上了，小女孩有点像外星人，那双眼睛，会说话。

四妹在医院照顾我，守在我们女儿床边。

四妹的女儿已经长成大姑娘，睡在我脚那头，故意把一只大脚伸在我脸前，我倒也没觉得什么。

梦醒之后，难受得不行，只得起来，打开电脑，放响音乐。可是，怎么掩盖得了？想给谁打电话，好像没人可打，好像也不想打扰别人。

你离开已经三个月了，一点消息都没有，到底出了什么事？

我不想把单身过得这么深刻啊，就想过简单的二人生活啊。心里好空好空，特想放一个人进去，感觉自己轻飘飘地，特想找一个点，固定住自己。

我拼命地写，以为写出来就可以忘了，我真心地说，以为说出来就可以放下了。

我习惯性地上相见恨晚，习惯性地去看看你上过没有，我又去我的空间看是谁来过，有没有你？

我看见小妹老是在微博上抒情，抒情幸福的生活。但我知道，他老公并不是一个合格的老公，因为，一个女孩如果把爱都撒娇在老公身上，她就不再有那么多倾诉了。

晚上这么醒来，我都觉得我是有问题了，听着音乐，我就能把生活调和成白天的颜色。

这会儿看见一张两人的图片，羡慕得不得了。

这会儿很想有个人说说话啊，很多很多话，但估计，说两句我就会睡着了。其余的话，在肚子里，你都听到了。

你有没有这么难过的时候？

你为什么要让我看见呢？我本来先对你没概念的呀，是你，几次单独分享照片给我，是你，问我找到男朋友没有，是你，问我见你后的看法，是你，牵了我的手。

可是，你为什么又走了呢？

你走了，我就使劲吃东西。想你的时候，我就使劲说吃的，吃吃吃。你看，我微博里有多少吃的：

吃了好多葡萄啊，今天。

今天是没油了，照样的，咱凑合。弄点肉丁在锅里滋，觉得肉不够多，又添点肉馅，然后放上咱种的辣椒、黄瓜片、丝瓜片、小西红柿片、南瓜叶梗、蒜苗，然后，再倒上酱油醋香油，撒上孜然粉，呵呵，蛮香的！吃去啦！

这么早就把早餐吃了，那一会儿早上吃什么呢？

人如果活着就是一天到晚吃东西一天到晚睡觉一天到晚晒太阳一天到晚养花一天到晚……小时候我认为所有不好的现在都认为特好特好！先去吃点东西再说。

开卤锅：鸡腿、翅根、鸡心、鸡珍、肉。

很正儿八经地坐在玻璃桌前，入冬前冻起来的自己种的鹅眉豆炒肉丝。天，什么调料都放了，就是没放盐。

我去缝裤子吧，然后弄点吃的……还是先去弄点吃的吧，然后缝裤子。

好冷哦！一脚凉拖，一脚棉拖，那只被我泡的红薯苗杯里的水打湿了，一会儿得记得把那只棉拖收进来，否则晚上野猫跑里面睡觉去了。

我去炒菜，穿着我的一只小凉拖，一只大棉拖。

想着你的时候，我还是在想着吃的，吃完了再继续给你写吧。

我最喜欢吃的玉米，老妈用昨天烧壶里的水煮的，我老妈总是特别聪明。吃掉大半了，我最喜欢吃了，把掉在睡裙上的玉米屑也捡起来扔在大大的嘴里，还舔下手指头上一粒。其实不光是玉米，我什么东西都喜欢吃，老妈嘴里心里不止一遍地感叹："小时候那么颠地的一个姑娘，没想到现在这么泼辣。"当作老妈对我的夸奖啦！

你有没有跟我一样，看着看着，就笑了，忘记了刚才的不开心？

我不是常人眼里能正确表达自己的女人，就像我炒的这些菜。

就像上次，问一个朋友，"外面复印多少钱？"

他说："我也不太清楚，你在网上查一下。"

其实懒得到网上查的，其实没想让他帮复印虽然他以前帮我复印过，其实我知道他有可能误会，但我就是那么任性，仍然在QQ上看见他随口这么一问。

他呢，果然追问："你怎么问这个？"

我："准备出去复印一点东西。"

于是，他就拉黑了我。

我跟没事似的。

很多其他事情上，我也是这么任性涂抹消费自己形象的，有时候似乎不怕人误会，因为自己本来就是自己嘛，但有时候，也蛮伤心的。

告诉你一个小秘密啊

告诉你一个小秘密啊，好困好懒好想说话的时候，我就给自己另外一个QQ留言啊，然后听一听自己那柔弱慵懒磁性的QQ声音，怜惜一下深夜孤独的自己。

告诉你一个小秘密啊，今天吃杏核桃什么来着，手指甲都剥疼了。

告诉你一个小秘密啊，吃开心果我大张旗鼓地把壳碎片扔得蹦出垃圾筐好多，然后，又乖乖地收拾干净。

告诉你一个小秘密啊，总是找不到手机上的记事本，也懒得找的，总是小心翼翼地把事记在谁的短信上。有一次，不小心发给人家了，那上面可有不少秘密啊！

告诉你一个小秘密啊，泡完脚，我把毛巾远远地投啊，看能不能投在那个杆上，却常常掉地上。

告诉你一个小秘密啊，这会儿没放任何音乐啊，这是我自己的声音。

告诉你一个小秘密啊，我又在看另外一个片啊，《何以笙箫默》。

还告诉你一个小秘密啊，我看那个《何以笙箫默》，有点事啊，就点了静音。再去消静音，怎么也消不掉，只有关了画面重新打开，不行，重启电脑，还是不行。最后，无意才发现，后面点的一直是音量调节那个小喇叭啊。

还有，我不知道刚才说的《何以笙箫默》这个名字对不对，但我看内容蛮仔细的。

电视连续剧，我不喜欢每天两集两集地看。等它全放完了，看回放，或者上网看，一口气看到结果，痛快极了。

晚上，舍不得关手机啊，一会儿你会不会找我？

给你发完信，不敢上去看，不敢上去看你来过没有，不敢看有没有回信。如果没有，就赶紧找别的事做，就假装我没给你发过信。

三妹四妹总担心我不会做菜养活不了花典啊，我告诉花典，花典就哈哈，"我不担心。"我不得不发几碗菜照片过去给她们看。我也很吃惊，表弟媳看到我的一碗菜微博都会惊呼，那到底是谁把我不会做菜的名声弄得这么大的？

年轻时脸形特有棱角，就喜欢大大的卷发，来柔和面部的表情。现在呢，脸部一切一切都已经自然柔和了，头发就是再直再直，也不怕了。

很贪心，建了好几个歌单呢，童谣，甜歌，忧伤的歌，军歌，霸道的歌，古诗词，但无一例外都是老歌。

有一点害怕情人节那天到来，好在今年的已经过了。

柠檬酸一下子就把水壶里的垢除得干干净净了，干净得我都有点舍不得用。

嫌前年留辣椒籽还得找张纸包着，去年直接留了两根最长最漂亮的红辣椒。后来我给忘了，当干辣椒吃了一根，第二根放在砧板上切的时候，突然感觉哪有点不对，这才给救下来，不过，辣椒籽不够了。

那天换下鞋，顺脚踢着玩了一下，然后吃饭去了。后来到处找不着那只鞋在哪了，找遍了整个卧室。不会啊，我也不会把它玩到屋外去，再说，也没有老鼠啊，蚊子也没有这么大力气啊！晚上关门睡觉，哦，门后呢。

晚上总不喜欢拉窗帘，也不喜欢开灯，但电脑屏幕很亮很亮，有点害怕，窗户外会不会有一个人在偷偷看我傻傻的笑脸啊。

这些秘密梦里悄悄告诉过你，你听到没有？

我要睡觉了，晚安。

还有一个秘密，很喜欢睡着了，被一个电话吵醒。

你是我的福星我是你的礼物

给你看一段聊天记录：

神话依旧：小说写完了吗？

傻姑娘：是。

神话依旧：发到我的信箱拜读一下。

傻姑娘把《前世日记》快乐出版社网址发给他。

神话依旧：几是？

神话依旧：看到你写的东西啦。你是一个对自己写东西毫不负责的人。你以前在用自己手中的药杀人，现在用自己的手杀人，有你的，呵呵。你见过的人是不是都是骗子？你是阴暗的人。

神话依旧：遇到木子美，哈哈，有机会再见见，一起喝茶，在武警大学边上。

神话依旧：你写东西不要用真单位，化名，不然涉人隐私。

神话依旧：另需加强个人素养。

神话依旧：你涉真实单位没人敢给你出，这道理你不懂，不要做真无知的傻瓜。

傻姑娘：你骗人那么多，谁知道你这个是真的啊！是不是啊？你让别人加强个人素养，那你为什么要骗人呢？我都没有指责你，没有跟你争这些东西，你就不要一副教训人的面孔好不好啊？

傻姑娘：如果真是真的话，这个是可以改的。换个单位，也没用真名字，而且也写的是"虚构"。再说了，你骗别人了，那些人用那么多手段来报复你，而我都没有对你说什么，就当是你骗人家了你所受的惩罚吧。

傻姑娘：坦白地说吧，我当时可能不会像别的女人那样用很多QQ啊很多化名啊浪费很多时间，和你去周旋，和你去闹真相。我也不会去调查这事那事是否真实，其实按说这样做也不难。我不想浪费时间，我就想用这个顺带地看一下，看一下是不是真的。就是在想，是真的的话，那就当你受的惩罚，不是真的的话，那也就知道这个也不是真的了。

是不是很痛快啊？他再不说话了。把他的QQ删除了，现在QQ上删除得很干净啊，就想过这种简单再简单的生活。

告诉你一个好消息，《前世日记》快乐出版社已出版。另一本小说《青蛙蛇》我换了10头羊，把后面院子围起来，一半种菜一半种草。有时，写作累了，就带它们到百望山上逛逛。

呵呵，牧羊姑娘，小时候可喜欢的牧羊姑娘，那些养宠物犬的人可羡慕我了。

另几本小说，发在起点女生网上，让大家免费看，就当是做好事啦。如果大家喜欢，那也是对我最大的奖赏了。

偶尔也会做做梦，梦见谁谁发现了我的《青蛙蛇》，就像当年张艺谋发现《山楂树之恋》。

不管怎样，我这么享受写作，这么认真地写，这么认真地去中大听中文课，每天比上班还认真地传几节到网上，这是我喜欢的生活。你说，我这么认真，这么喜欢，那文字，相信也会有人喜欢的，不管是生前，还是在我死后。

苏岑说单身没资格在家宅着。孤独的时候，我也知道，他们今天在汽车电影城看电影，他们在蓝色港湾吃吃吃，他们三朋四友唱歌跳舞咖啡红酒，就连70岁的老妈妈都说我在浪费自己的青春，可这是我喜欢的生活。

也很想去旅游，也知道，我会非常想念我可爱的小破家的。

还记得吗？

你是我的福星，我是你的礼物。

今天咱们谈谈那个什么吧

今天跟你说说性吧。

写下这句话，先去上了个厕所，憋着屎写出来的东西也不畅快。

生于70年代的我们，曾经也以为，这辈子只会有一个男人。刚离婚那会儿，也可以一年半载没有性生活，因为之前正常的性生活，我们有足够的底子、有足够的毅力控制我们的性行为性感觉。

但经历了没有正常性生活的10年后，就像一个人多年营养不良，已没有营养底子供应日常营养了，人开始变得烦躁，控制力开始差。再加上天天有人在网上或者在我们面前谈女人这个年纪就快更年期了，以后可能都没水没欲望没能力了，天天有人在谈有性的生活更健康，有性的女人更美丽。于是我们开始不知道我们的坚守为了什么？我们的坚守到底是好了我们还是害了我们？

有时候我也希望自己现在就没欲望，那样我是不是就不着急了，那样我是不是就可以安心一个人生活了？

我不知道你在慧星上是怎么过的生活？梦里你回答我："社会不靠谱，不用坚守。"那是什么意思？

回顾了一下自己的性梦，这些性梦的变化让我吃惊让我害怕让我不知所措。

有时也不断开解自己，想想现在的社会，想想现在的年轻人，想想自己也是单身，再看看自己有时会突然袭来的孤独感压抑感烦躁感失控感，我试图开始另外一种生活。

可是，做起来谈何容易。

我这样一个傻姑娘，有时候虽然很想很想，但遇到一个没有感觉的人，恨不得一下逃出十万八千里。

我这么一个傻姑娘，这么直接了当地说，会不会把人吓跑？

很多次，梦见大的小的粗的细的蛇，缠绕着自己脖子，手臂，全身。缠绕着，缠绕着，无路可逃，害怕，喊叫，呼救，都没用，喊不出声，每次就在快要被缠绕窒息死的时候，醒来。

一次梦见怀里抱吃的东西太多，想拿几个塑料袋把它装起来，一不小心，塑料袋从楼上窗子掉下来。保洁员说是后面的窗子，她领我转了一个弯，远远看见后面窗子下趴着一个大动物，保洁员并不太惊讶地说"那有蛇。"我问"那是蛇吗？"胖胖的像猪啊，四条腿，还有长尾巴，懒懒地在那动了动。我远远地站着，好像危险也不大，看了看，才决定不要袋子走的。

一次梦见一条好长好粗好壮的蛇，它在树上缠绕了一会，就伸长身子下来缠绕睡在床上的我，好害怕，但不敢动，就假装熟睡。大蛇轻柔地缠绕着我的脖子，然后手臂，然后身上。我让自己呼吸均匀，告诉自己假装熟睡，它也许就不会咬伤我。这个过程好漫长，好难熬，生怕自己稍有闪失，呼吸粗了，或者忍不住动了一下。

菜园里，各种各样的菜，我一直都没有摘菜。后半夜，突然想偷点菜，这会儿，却进来好多人。我摘了一大捧西红柿，扔了几个给认得的人。可是，菜园里，好多士兵拿着枪在巡锣，我就扔两西红柿到另外一个方向，他就会到声响的地方搜查，然后我赶紧跳过去，逃回到自己窝里蹲着。

最后一个大大的画面，指导员傻傻的笑脸，爱上了我的指导员，梦里我赶紧用力记住他的名字，黄明辉？还是黄家辉？可不能记错了！

还有一次，梦见喜欢上自己最可爱的女同学了。

醒来自己又吓了一跳，你可别等我成了一个性学专家后再回来，我还是喜欢和你在一起的简单日子。

春天来了，鸟儿窗外在歌唱。

你快回来了吧？

你今天在陪女朋友？还是在陪妈妈？

风吹过。

风风吹过，圆圆的树叶，在跳舞，好凉快！跑到客厅，看窗外的树叶，愣愣的，好想出去啊，你说过，黄昏，要出去走走的……

大多数的黄昏，我都躺床上睡觉了。

不过，走过的那个黄昏，好像也没什么不一样。其实也不一样，在某个风动的时候，心也会动一下。

一下，笑笑。

笑，看圆圆的树叶在跳舞。

我可以穿上随便一件什么衣服套上那双白平鞋冲出去的，去爬山。在风的包围中，一直看树叶跳舞，看够。

也可以就这么静静地躺床上的，把窗帘拉开，拉得再开一些。还好，窗前还有一棵树，不像右边，前两年竖起的一栋楼，只有一条裤衩在那儿飘啊飘。

就是这么不经意的，花两分钟捡起这篇文章，再不经意地丢在风中。

想你两分钟，也不经意地丢在风中。

嘴角带着笑意睡去。

你千万不要这样笑我不像做事的人，明天，你就会看见做事的人了。

而且，做得还不错。

你嘛，是谁？

你又该说我没心没肺了，呵呵，这个"肺"字，我好像是到了今天才知道右边不是市场的"市"，嘿嘿。

你在做什么？

陪着另外一个女孩在湖边逛啊逛，放着那首给我放的歌？给她说着带着你妈妈去湖边走啊走的，然后，问着问我的问题"为什么会异性相吸呢？"然后，看着她的眼睛，"你的视力是多少？""1.5"，"那你看见我眼睛里有什么？"

呵呵，是不是啊？

一阵风，吹过……

写两句，我就会躺床上，头朝着脚那头的，歪着头看那仅剩的一棵树，看不太清楚了，黄昏已经夜晚了，只有两片树叶在跳舞。

春天的树叶夏天的树叶秋天的树叶我都看过，当它只剩下最后两片叶子的时候，当白白的雪压在瘦弱枝上的时候，当第一个叶骨朵冒出来的时候……都有一种感动，你知道吗？

它们和我一样不懂规矩地向天空中乱伸放着枝子，恣意地生长……

你说过，我还很调皮：）那是，小时候没调皮过嘛！

我知道你不会看我的文章的，在那牢房一样的屋子里，你死死地盯着电视。

或者，你陪你妈妈走到哪了？

一个人也可以过得很圆满

听完课，炖鱼汤，生活好像不错啊。

好像不错，好像？假装？

外面阳光灿烂，我为什么不能把它过得真的不错呢？

是啊，一个人生活有好多好处啊，做饭很简单啊，想吃什么，想不做都行，想什么时候睡觉，想什么时候写东西都行。一个人收拾屋子很简单啊，满屋子都干净，穿着睡衣坐哪都行，床单被套干干净净，也不用洗那么勤。

一个人生活也没有那么多事，想多听几节课，想在校园里走慢一点也没事；想出去跟朋友喝喝咖啡也行，想多旅游几次也没事，说走就走，想谈个恋爱就谈个恋爱。

如果此生总以两个人为目的，那一个人的日子总觉得缺少点什么。虽说不着急找其实心里蛮着急的，虽说努力把生活调剂得快乐但心底总有失落，就跟一切都是假的似的，总有一种任务没完成累的感觉。

如果就以一个人为目的呢？此生已拥有了所拥有的，依旧年轻，美丽，健康，时间自由，可以写写喜欢的文，中大听完课又去青华听，有一个小院子，可以种种喜欢的菜，住百望山脚下，可以天天免费逛逛颐和园西堤，有吃的有住的有穿的有开的，还有一个已经长成帅哥的懂事儿子。

如果将来，真的遇到你，那也是锦上添花的事。

是啊，外面阳光灿烂，柳枝已长出新芽，小快步笑在青华校园，和旁边那些小女孩一样充满朝气。

回到院里，前面走着吴主任两口子。第一次婚姻10年，第二次婚姻已经30年，两老人手牵手，穿着颜色不一样的情侣装。老伴依然美丽，玫红直筒绒裤，天蓝色修身羽绒服，吴主任褐色直筒绒裤，深蓝修身羽绒服。慢慢走在他们身后，他们那么专注，并没有发现身后的我。

他们是否还像刚结婚时财产分得那么清楚？谁家的子女分得那么清楚？

30年的婚姻，早已长过第一次婚姻几倍。而且，年轻时候，男人宠女人比较多，年老时候，女人照顾男人比较多。女人有时候并不会计较那么多，可是，男人会想比较多是吗？

看看身边微笑的女人，她还要牵你的手走很远很远，也许还有30年，你即使把天上的星星给她，也不为过的。

他俩慢慢走着，慢慢说着，手始终牵着。我轻轻跟在后面，不想吵闹了这样的美丽。

我亲爱的亲爱的阿阿阿，不管你是不是真的曾经来过，都谢谢你陪我的这些日子，我以后也会仍然给你写情书的，会写情书的女人才是鲜活的。

今天把好久没穿的黄羊绒连衣裙拿出来，以前总嫌它洗着麻烦就不穿。我还是应该让自己活得更多色彩一点不是吗？

又想起当初织的那套白色毛衣套裙，那是看见一个同事姐姐穿着漂亮，我花了几天时间，就织在自己身上了，头上还编了两小辫。然后，那个来实习的以前一句话不说的军医系小男生还跟我说了几句话。

有照片，到时给你看啊。

这是想骗什么？

清理 QQ，看到一想不起来的号：你是哪位？

阿辉：我是香港人，在杭州做房地产。

我把备注改成"香港人"。今天给你讲的这个故事有点长，而且香港人废话比较多，有些你看得明白的我就会把它省了，我的一些会话也省了，只留下他关键的一些词句。

香港人：你总是一个人生活吗？

香港人：哦，那你现在身体还好吗？

香港人：你前夫是做什么工作的，你儿子多大了？

香港人：你看过我的个人日志资料吗？

香港人：平时忙很少上网也不喜欢网上闲聊，我喜欢真实的感情，如果不介意，方便留一个你的随身电话吗？你方便接听的时候我打给你，好吗？希望能有缘与你相识，相知，相爱余生！谢谢。电话13333333333。

中午，他便打给我了，感觉他说话的声音是一个很年轻的男孩，语气内容定力等等都跟他身份不太像。下午，他又找我要电话，团体协作分工出错？

有一搭没一搭地聊着，他有时留言，我在线，便语音回答他，他很喜欢发一些玫瑰拥抱亲吻的图片。

一天有空，我终于想起来看一下他的空间：

　　本人谷辉68年生于香港，祖籍四川，现在杭州管理银都房产集团开发公司。我是个有过一段不幸婚姻的人！

　　28岁那年，我和秘书结了婚，次年生下一个可爱的女儿，幸福的生活就这样一年一年的过去。可时事变迁，谁人能料？我忙于打理公司，前妻有强烈虚荣心，她清闲之余打打牌，后来就染上了赌博去地下赌庄。更伤心的是她居然和一个美国人有了婚外情，她知道我无法接受她的背叛，他们就私奔去国外了。

　　我是个商人，也是个非常爱面子的人，失败婚姻给我打击太大，我的一切都受到影响而发生改变，我内心受到的创伤难以抚平，无心过问公司事务……离婚前一年，一度让我恐惧爱情，现在终于走出来了。

　　我要重新寻找真爱，其实赚钱多点少点不是问题，能够有个幸福快乐的家庭才是人生快乐的真谛……我要以我自己的方式寻找真心实意的爱情，善良踏实想过日子的伴侣。厮守余生！特借助平台真心寻觅知心爱人，只要能够知我懂我有一颗真诚善良的心，在感情上能够真诚的相待，我想以旅游散心的方式相互了解，结缘牵手。旅游交往期间你最好要放下手上的工作（特殊工作情况除外，如不能离开，也可以在你当地约会，散步，喝咖啡，游玩……）

　　有缘女士请认真对待我的感情，只要通话满意，我就会去找你。当然我不会去你家里找你，也不会去你工作的地方找你（这样你不必担心会受到什么影响），我一个人会去你当地附近找家酒店住下，见面之前我会通过律师付给你50万人民币作为我给你法律保障的诚意订金（作为耽误你的工作和生活的补充）。同时我会叫我律师给我和你签一份责任担保书，因为我们如果要出去旅游，万一发生什么意外，我们会受到法律的保护，这对我们双方都有个保障，这样你也可以放心旅游。旅游交往期间的一切费用都由我谷辉本人来支付，这个你不用担心。旅游结束回来，有缘我们就定结为夫妻，如果感觉我们之间真的无缘，我还会再支付一定的酬金给你（作为你陪我的精神时间损失补偿，以表谢意！）也可以做密友长期交往，就看我们相处交往的缘分了，婚友随缘吧！

　　下面是我对你的几个小小条件：

1. 年龄不是问题，两颗心合得来就行，工作，地区不限，长相合眼缘就行。

2. 感情必须专一，不能好赌成性，尽量温柔，贤惠。

3. 目前是单身或是夫妻关系名存实亡者均可。

4. 身体要健康，没有任何传染疾病和家族遗传疾病。

5. 还没有正式确认恋爱关系之前，顾及双方会受到的影响，最好暂时先做到保密。

另外，在我们通话满意，我决定去你那里之前，为了证明你对这件事是认真的而不是开玩笑的，我必须要我律师对你暂时收取诚信押金。【诚信押金不管多少，只是证明一下你的诚意，看你对这件事情是否认真的一种态度，(如果你不方便也可以到你当地移动营业厅或手机店给我手机充值一点话费，随便充多少都行，没有关系也是一样的表示)】，是为了争取一份真心友情或真诚爱情吧，希望你能够理解、况且这押金我会在约你见面之后一分不少是退还给你，现在只是暂时收取，（其实我来你当地的机票以及费用远不止这些诚信金）只有金钱才能证明一个人的真心诚意，因为再有钱的人也不会拿金钱来开玩笑的，你说对吧？诚意也是一种考验的形式，不想我们之间在感情这件事上开玩笑，希望你能够理解，明白。

如果有缘的你是真心的，通话满意，理解认同我的交友方式，我会告诉你我律师的账号和电话，办好诚意之后通知我，并把你的地址发给我，我才好安排去你那里的行程。同时请你把底单保留好，等我们见面的时候可以证明是你本人，我会把诚意金退还给你。只要你有诚意我也一定履行我对你的诺言。

让我们真诚地交往吧！期待你真心实意的来电！希望我们有缘相识，相知！电话13333333333。

你给过谁 50 万?

想起来了,以前聊过,上次没说要充话费作诚信押金,只是要看身份证,傻姑娘没给,就搁下了。

看了更早的聊天记录,又想起来了。相见恨晚上认识的,他就是那个相亲的上岛没喝成咖啡的绅士 QQ,不知这是不是他们公司的公用 QQ,感觉这次聊天的人水平不如那个绅士,至少空间文章水平比较差。

这个骗局也太小儿科了,不是有点像那种中奖了先寄邮资的骗局吗?

我想逗他一下:

傻姑娘:你给过谁 50 万吗?

香港人:只有一次,那是今年初的时候。

香港人:你在忙吗,吃早餐没有?

傻姑娘:讲讲。

香港人:那时候我朋友介绍我在有缘网上去试试看能不能找到属于自己的爱情。

香港人:认识了一个叫杨小莉的四川女人,她说她离婚了,有个女儿,问我会不会介意。

香港人:我说不介意,只要两个人能够合得来,心与心相连,相互理解尊重,踏实过日子就可以了。

(他回答得特别特别慢,傻姑娘想像着他们那边几个骗子估计凑在一块商量怎么编吧。)

香港人:说来话长,过去的就过去吧。

傻姑娘:我想听啊,这种故事还没有听说过

香港人:我们一直聊了一个多月,我说我要去成都见她一面。

香港人:她也答应我了,她说她 3 岁的女儿病了,等她看好女儿的病我们再见面。

香港人：第 2 天她打电话哭着告诉我女儿得了很严重的病，急需要很多的治疗费，她目前手上经济不好，问我能不能先借点帮帮他女儿。

香港人：她说急需要 30 万，我就给她汇了 38 万。想到我们聊的还好，她也可怜，我也是比较相信她吧，所以……

香港人：第 4 天她叫我去成都见她，我连夜坐航班去成都住在酒店里。一大早我给她电话，她哭着告诉我说她老公和她离婚是名义上的，但是没有离婚证明，她老公知道了我给她的钱，又缠在她身边……

香港人：她说她老公还打了她，说她很可怜，她都想去死了。

香港人：因为不方便见面她，叫我等她 2 天，可是我等了她 3 天，最后她告诉我，说她老公看她非常紧，手机也没有。

香港人：就是知道了我和她准备见面的事情，所以就这样再也没有打通她电话。哎，钱是小事情，就算是认一个教训吧。

傻姑娘：她给你什么诚意金了吗？

香港人：所以我现在必须要求双方认真负责的去对待感情。

香港人：那时候我根本没有要求什么诚信金，也就没有任何的法律保障了。

香港人：谢谢你分享了我伤心的故事。

香港人：你愿意让我也走进你的心里吗？愿意和我真心交往吗？其实赚钱多点少点不是问题，能够有个幸福快乐的家庭才是人生快乐的真谛，所以我要以我自己的方式寻找属于我的真心实意的爱情，善良踏实想过日子的伴侣。

傻姑娘：您好，我现在有事不在，一会再和您联系。

香港人：你在忙吗？你对我的交友方式认同吗？

傻姑娘：呵。

香港人：我想去忙了，考虑一下期待你的答复，但愿我所有的付出，只为能够找到一份真实的感情。

好像不只骗邮资骗话费那么简单，估计那是第一步先骗一小点，如果遇到大傻瓜，就做大生意。

要不然，他一下子出 50 万干嘛？还要签合同怕旅游出意外担责任？还要保密？还要问对方是不是一个人生活？前夫是干什么的？儿子多大了？

他一再强调诚意诚意，估计找他开玩笑的人还是不少，或者说，诱惑还是有的。

其实我也开玩笑地想过，去探探险？为民除除害？但这个太危险了，如果真是一个女子在外头，真被掳走了，真的肾被切除了，肝被割了，眼角膜被挖了，那……

你如果跟着，我就去试一试，嘿嘿。

你那顶绿帽子还在吗？

哥哥：

我今天这么叫你，你奇怪吗？

一个有五个女孩的家里，爸妈一直想生个男孩。而我们呢，一直想要个哥哥。曾经，我以为有个哥哥了，后来又没有了。

这么多年，时不时总会突然叫一声"哥哥"，一个人做饭的时候，一个人拖地的时候，一个人发呆的时候，一个人洗澡的时候，一个人听歌的时候……叫出来有时候都吓自己一跳，然后再赶紧偷偷看看周围有没有人，甚至听听门外有没有人。

很多年很多年前，那会儿花典还很小，厨房里洗碗刷锅的我又不小心叫了一声哥哥，那会儿还很小还很小的花典在他的屋子做着作业调皮地说了声："妈妈，你在叫我吗？"把我给乐得哟！

花典就说了那么一次，后来没再说。

"哥哥，我喜欢你，我讨厌你，我没有哥哥。"

"哥哥，我爱你，我恨你，我没有哥哥。"

"哥哥，我没有哥哥。"

"哥哥，哥哥，我没有哥哥。"

"哥哥，我没有哥哥，我没有哥哥。"

"哥，我没有哥哥，我没有哥哥。"

这么多年，这么几句话，自觉不自觉地，自觉不自觉地，有时候，我也会发愣，怎么会这样？

1点多钟，现在已经是4月1号了，这是一个给人勇气的日子，这是一个没有卑微没有骄傲的日子，所有举动都可以用一笑来结束。

刚才走神了，看到桌面花典搞笑的照片，又看了他搞笑的日记，每次都会让我笑不停，就这么笑着我又不知道该怎么跟你说刚才的事了，没法继续刚才的情绪了。

我们一起长大的那些日子，我还是为花典做了不少事的，只是，一个不做饭的女人，在别人眼里就是一个懒女人，就是一个什么都没做的女人。

小时候的花典也按大人的说法也以为妈妈是个懒妈妈，虽然他写了个好看的"M"都会让远处的妈妈过来看而不是让就在身边的爸爸看，不过，现在花典说了，"妈妈是个闲不住的人。"

这小子，知道我是个闲不住的人，就开始欺负我，"妈妈，我的袜子在哪呢？""在你柜子里呢。""还要我自己找啊？"我呢，想着这小子快飞了，以后想为他做点事都难，就很珍惜他给我的这些表现爱的机会。

你看，本来想写情书的，变成写家书了。如果有一天，又是三口之家四口之家，该多好。

刚才蚊子没咬我，我却拍死了它。

它饱了？它懒了？它休息了？它发善心了？还是咬了我没感觉到？要不然它靠什么活啊？家里只有我和它。这家里就只有它陪我游戏了，它咬我，我追它，我拍它，苍蝇拍被我藏找不着了，又买了一个。

4月1号，今天要做点什么呢？

肯定还是要给你写封情书的，因为今天可以好好好好骗你，把这一年所做的坏事所不敢说的话，都告诉你，如果能把你从慧星骗回来，那是最好了。

另外，喝点红酒，炒点绿菜。

在这漆黑黑的夜晚，听点歌，写点文，发会呆，弯一眼笑，抹两滴泪。

这几本小说都快写完了，下一个，想试着写剧本。

写东西，四十多岁，才刚刚对生活有点感悟，才刚刚能写出一点点东西，六七十岁，那写出来的才是宝贝。所以我现在一点都不迟，而且还会老觉得自己太小，这种感觉也很不错是吗？

他们好像对写文的人感觉不太好。其实，我也这样感觉，不过，只是觉得写文的男生不太好，可能那个顾城闹的吧，当然，不只是顾城。

相比较，理科男生好像很可爱，追着老师几里地问："老师老师，舒婷那个'我不告诉你他是谁'他到底是谁啊？"不过，实际生活中，这么不解风情的男生，也很让人着急也很让人生气的，看样子，文跟生活就是不一样啊。

说到这里，我又不得不佩服花典，这家伙总是先我一步，死活不肯学文，一定要学理，总是把我想让他念文的哪怕一点点念头都要掐灭掐灭。

不过，写文的女生，好像很生活的。会织毛衣，虽然现在只织帽子了，会缝衣服，虽然现在只缝靠垫了，会做饭，虽然炒菜不是特别好，会种菜，这个倒是送了不少菜给人。我的意思就是说，希望你更喜欢我一点点。

我想睡一会儿了，4月1号还长着呢，等起来，再慢慢折腾你。奇怪，对于4月1号，我竟有一种比过节还过节的顾喜，不像其它的节挺害怕的。

不过，结婚还是不想选在4月1号。

你的那顶绿帽子还在吗？

写给别人的情书错发给你了

我看了一下前世日记，那会儿你对我太好，给我写了999封情书。然后，我现在把每封情书删减一下，印上我的吻，送给你。

也有点小小的生气，你这辈子没给我写情书，生气的时候我就安慰自己，下辈子，又该轮到你了。

找了 N 个理由给你写信，却不小心蹦出 3N 个不给你写信的理由。

那个已婚的美女同学，她说，单身，很令人想像呢！傻姑娘甚至想像得到千里之外她托腮羡慕的可爱样子。

她不知道，北京也有一张托腮羡慕她的可爱笑脸。

荡气回肠的爱情，平淡生活的她想像。

简单的陪伴，正常的性，资深单身她的想像。

琼瑶写那么多爱情的时候，是不是也单身？

后现代的爱情，就真的是自己跟自己吗？就真的是好人跟骗子吗？就真的是女人跟女人男人跟男人吗？就真的是人跟电脑吗？就真的是人跟动物吗？

当你让我觉得没面子的时候，我写信的时候，就假装自己是个骗子，就假装自己逗你玩呢，就假装写小说呢，就假装发错了信呢，就假装听歌呢。假装假装，假装脑子关了，假装失忆了，假装调皮呢，闭着眼睛写，写完了赶紧跑。

昨天一口气看了 11 集《武媚娘》，武媚娘这个角色似乎率真可爱，但总感觉，是个芭比娃娃。不知道是作者写得不够到心里，到骨子里，还是范冰冰永远是表面上的漂亮。

她简直让我把宫廷剧看到再不想看。

听《浪花一朵朵》：我不管你懂不懂我在说什么，我知道有一天，你一定会爱上我，因为我觉得我真的很不错。

有时候想想，咱们假装走一走吧，就当演场戏，就当开个玩笑，就当做了个梦，就当一回冬天里的暖气，就当一回床上的芭比娃娃，就当一回临时厨师，就当安慰一下父母，就当我想笑给你看一回。

你不给我写信，害得我给你写得都不够好，我假装怪你一下，你假装拥抱我一下。

有点后悔，年轻时，那么多那么多宠爱，怎么那么不知道珍惜。

也有点后悔，你对我那么好的时候，我干嘛不假装乖一点呢，非要非要那会儿想任性一下。不过，告诉你个小秘密，我 1% 的时候有点任性，99% 的时候蛮乖的。

还告诉你个秘密，嗯，又不想告诉你了。

我亲爱的绿帽先生，你生气了吗？这可是写给那个帅老头的情书。

你回来吗？

昨晚梦见洗衣机洗衣服，一条黑的一条白的两条又粗又壮的大蟒蛇，拼命地往洗衣机里挤。我拼命地想拽出来那条黑的大蟒蛇，结果它被拽断成两截。洗衣机里的那段黑的和那条白的大蟒蛇，就都变成一截一截的有些细的东西，但都还在洗衣机里，我愣在那里不知所措。

傻姑娘

2015-4-1

终于拒绝了女孩一次

何为："没多久，相见恨晚网认识了第二个女子。比我小10岁，硕士毕业，政府事业编制，经常约出来一起耍。她已经买了房，还没修好，于是经常去她的出租屋，一起做饭、炒菜。"

"她做家务很强，洗菜，切菜，下锅，饭后的收拾碗筷，一气呵成。"

"但她性格比较强势，比我厉害多了。遇到一些事情，也经常和我赌气，

有时候一个星期，彼此都不联系。"

"我走路的脚步声大了，也是过错。"

"就这样磕磕绊绊，恋爱了半年。"

"到见彼此父母了，坐车去她老家。"

"她父母看出来，我和她的恋爱远没有到那种如漆似水的地步。她妈妈直接问我有什么顾忌，我说她性格太强势。这女子，心机还不深，直肠子。"

"我不敢接受太强势的人，跟家庭有关。我姥姥就是很强势的人，童年、少年时，姥姥在家最霸道。大人们经常吵架，几次把我妈妈逼得拿刀自杀，我一个孙子辈的人，几乎都无法在那个家呆下去。早晨5点钟，他们就开始吵架，天还一片漆黑，我就出门，骑自行车到野

外去，躲避他们的吵架。姥爷，是被气走的，60岁，办理离婚手续，一个人在外面过世的。"

傻姑娘："一个女人如果这样，男人也肯定有问题。有时候男人让一下，哄一下，女人就是一个很乖的小女孩了。"

傻姑娘："你也开始很挑了，感觉自己现在受欢迎了。不过，如果不好好把握机会，再过几年，黄金期就过去了。现在比你小一些岁数的女孩还愿意生孩了，再过几年，愿意生孩子年龄的女孩就嫌你年纪大了，而原来那些比你小一些岁数的女子都不愿意再生孩子了，你就会再一次感到尴尬。"

傻姑娘："你对未婚女子，分寸很注意把握，就是说很注意防护，很注意自身安全，倒对已婚女子很亲切地接近。"

傻姑娘："而我，对于已婚男子，拒之千里之外，不想把自己丢进一个痛苦的漩涡，不想去伤害另外一个女子，虽然有不少已婚男貌似很深情地纠缠。"

喂借个微笑也电话继续讲他的前妻：

"她年轻漂亮性感。"

"她说，就算他不讲卫生，身上有气味，就算夏天天那么热，她也愿意躺在他怀里睡觉，她觉得特有安全感。她说'他爱打人，他打外面的坏人，他又不打自己的女人，我是他的女人。'"

"她说'他条件差就差呗，我又不是要嫁给他，再过几年我就更年期了，我要抓住这最后的末班车，女人经常做爱会更年轻更漂亮。'"

"经历了这次婚姻，我已经想通了很多。如果再结婚，对方再怎么，我都不会在意了，再乱也不会有前妻这么乱了。"

傻姑娘："你这样说也不好，这个年纪了，虽然要包容，但如果两个人过日子，还是要站在对方角度考虑问题的。"

喂借个微笑不停地重复不停地重复这些话语还有上次那些话语，我真的听烦了，忍无可忍，"你要觉得她年轻漂亮性感，你去找她好了。"

"好，不讲了。"他愣了一下终于不再讲前妻了，又开始讲别的故事，都是女人，都是性，都是反反复复讲，而且压低声音那种。

今天，喂借个微笑："我有一个亲戚，远房侄女，老和她老公老吵架，昨晚吵架，又把我叫去劝架。她那孩子一岁，哭闹，她当着我的面就在那喂奶。你说，一个女人，这样当着别人的面喂奶好吗？"

傻姑娘："这种情况也很正常，看具体情况啊，什么情况都有，一般不会在人前喂奶，如果没有办法，那也只有这样了。"

喂借个微笑："她当着我的面就在那喂奶，你说，一个女人，这样当着别人的面喂奶好吗？"

傻姑娘："这种情况也很正常，看具体情况啊，什么情况都有，一般不会在人前喂奶，如果没有办法，那也只有这样了。"

喂借个微笑："她当着我的面就在那喂奶，你说，一个女人，这样当着别人的面喂奶好吗？"

我愣了一下突然就想起，鲁迅《肥皂》里的四铭："还有两个光棍，竟肆无忌惮的说：'阿发，你不要看得这货色＊脏。你只要去买两块肥皂来，咯支咯支遍身洗一洗，好得很哩！'哪，你想，这成什么话？"

亲爱的阿阿阿，你是不是听着也有点烦？我是他们的情绪垃圾桶，你说过的，你是我的情绪垃圾桶，嘿嘿。

第 900 封情书

你还好吗？

离开得太久，我都有点不知道该给你说什么了。

不过，想起来时，总是一个温暖的笑。

或者，我自己也试图淡忘所有一切的孤独，只剩下一个微笑。

我们每个人的故事，吵闹也好，安静也好，掏肺掏心窝子的时候，总还是能赚很多眼泪。

听《粉红色的回忆》，好似快乐的。

他们有的人，很享受这寻觅的过程，而我，总觉得是种浪费。

无法游戏爱情，即使假的开始，也会慢慢地真的。

或许因为我们成熟了，看到一件事一个人时，我们都会有一个判断，或许因为我们成熟得还不够，我们忘了这只是其中一个面，这个面判断得并不错，但这也仅仅只是其中一个面，我们还有几十个面，几百个面。

第四次见面，是在家里，我挽了发髻，你说，"如果你到外面接我，我会认不出来你的。"

那三次，都是披着长发，穿着不同颜色小花袄，围着不同颜色围巾，那时你说："你总是这么不食人间烟火吗？"

你傻呢，我至少有一千个造型，你至少会有一百次不认得我。

说来说去又说这些了，可是，我不说这些说什么呢，你留给我的记忆只有那么一点点，时间越来越久了。

我也并不是要把自己飘在空中，总得给自己心里填点什么吧，真的也好，想像也好，或者，我去使使坏吧，开一个小小的玩笑。

你不会生气吧，如果我去找别人开一个小小的玩笑。

你回来后，我就会乖乖地呆在家里，只开你一个人的玩笑，我想揪你的耳朵，我想拉你脖子上的项链，让它勒着你。

昨天前天大前天，我把46集《离婚律师》看完了，那里面有一个好可爱的画面：罗鹏爸爸以为自己得了绝症留下离婚协议书自己一个人去旅行被抓了回来，罚站呢，然后借说话机会突然就坐下，罗鹏妈妈便甜甜地训他："谁让你坐下了，站着。"罗鹏爸爸又乖乖地站回去，低着头可怜巴巴地说："我饿了。"罗鹏妈妈便站起来给他做饭，"坐下吧。"罗鹏爸爸便乖乖地坐下了。

我什么时候能跟你玩这么一个可爱的小游戏呢？

我已经给你写了900封情书了，是不是我也写到999封时，你才会回来？

干嘛那么计较嘛，非得要我把你上辈子写给我的情书都写给你吗？

你说我会不会偷懒呢，抄你的呢？

有时会觉得自己很傻，比如你给我点过一个菜，我老是吃那个菜，但昨天发现，二妹比我还死脑筋，她居然买了五盆一样的君子兰，要我，顶多买一盆，一般地是一盆都不买，直接找人家要一个芽来栽上，或者，种上一颗菜，我是挺会过日子滴，滴。

很喜欢一个女孩，不知什么相亲节目看到的，一个男孩手握一支玫瑰走向那个女孩，男孩走了三步，女孩说："你站在那，别动。"然后她自己向男孩走了两步，"我不想让你走得太累，我走两步吧。"当然，最后那句话，是我说的，她的原话记不住了。

给你说完一段话，我就会托腮笑一会。

整个日子还是蛮开心的，虽然有时会有一种突然袭来的孤独感，尤其是过节，那你就在那个时候给我打个电话吧，我要求也不高，真的，陪我说几句话就行，几句话就行，就能改变那个节日的颜色，就能让突然欺负我的烦躁孤独感滚得远远的，就能让我睡得香香的，真的，我是一个很容易满足的女孩呢。

还记得，你为我点了一盘鱼，我笑嘻嘻地吃得昏天黑地的，吃完鱼，盘子我都拿手上当二人转的红手绢玩了半天。

等你回来，我会流着泪笑着给你讲好多好多故事，平时轻易不讲给人听的，足够你听下半辈子了，你说过的，跟我在一起，一点都不会寂寞。

当然，我也很想听你讲故事，不管别人怎么听，在我听来，那都是世界上最美最美的故事，跟那些电影电视比起来，他们那些算什么啊！

只是，你这个大傻瓜，到现在还不知道回来。

你的小傻瓜，都快等睡着了。

还有一个秘密，你表现好，才会告诉你。

梦里说梦

一次梦见，两条长得像青蛙一样的蛇，电脑里还有两张相同的图，和那两只歇在树枝上长得像青蛙一样的蛇一样，他们虎视眈眈地盯着我。那青蛙蛇的头顶中间有一个小尖尖，如果变得特别大就会喷出毒素，就会伤害人。我就不看它，它就慢慢地变小了。

是说我们寻找青蛙王子却只遇到蛇了吗？是说遇到两条蛇有可

能是青蛙王子吗？

一次梦见，一个人正觉得躁闷的时候，旁边被窝里的女同学，掀开她的被子，暧昧地笑着看着我，慢慢把她的被子一点一点地盖在我身上。我呢，愣了一下，还觉得躁闷呢，还觉得不知该跟谁好呢，这不她就在身边吗？然后迅速钻进她的被窝，钻进她的怀抱，好温暖。

两人慢慢试图着摸对方的下体，她老公突然来了，看见我们俩那个姿势在一个被窝里，惊讶地指着女同学："你们？"她老公手指都指向被头边了，就差没掀开被子了。

是说没男人可爱了吗？

昨天梦见，一床白白的被套，铺在门前白白的场地上，我懒懒地坐着。一个白中山服的高高男子，骑着自行车过来。我站起来，他盯着我看，然后自行车便斜斜地直冲向床前一米的悬崖。我死死拖住他拉回他的自行车，他退后把自行车停好，走到悬崖边惊魂未定地看了一眼，返转身抱住我。我拨开他的手，从被子上踏过去也想看看悬崖，结果脚下一滑，也冲向悬崖，他紧紧抱住我。

是说男人女人都有问题了吗？只有互帮互助吗？

醒了，记得，那之前的梦，不记得了。

梦里这么热闹，可是陪伴我的，只有一只蚊子，有时候咬咬我的蚊子，我有时候打打它的蚊子。

你也不要笑话我，好女人才做性梦呢，性生活得到满足的女人是不会做性梦的，或者很少做梦。

经常有男生听说我喜欢写作，就会说，他喜欢哪个大作家哪个大作家哪个大作家，然后问我喜欢谁，我一直不知道怎么回答。

一位老北京男生居然说，你还要准备一些什么什么工具书。

他是个好人，长得也很好，条件也很好，对我也很好。

只是，想着那本大新华词典，我便躲开他了。

窗外麻雀喜鹊吵吵闹闹。

昨天，那只大黑猫，趁我翻地撒种子，把我放石头上碗里的排骨给偷吃了，然后一溜烟跑到5米开外别家门前转过身看着我。我指着它又指着它训了好一顿，那么好吃的排骨，它看着我，舔了又舔舔了又舔它的舌头，那长长的猫须开心地跟着舌头不停转圈圈。

昨天，老师课讲得太好，雨水洼笑着蓝天白天，空气像蒸出来的一样，太阳随我笑咪咪笑咪咪走向车站，就要坐上公交车的时候，突然想起，我是开车来的。

昨天，老师课讲得太好，我都有点跃跃欲试想把小说给他看了，他肯定能看得懂。

梦里，老师在课堂上分析我的小说：

后现代的爱情，写给谁的情书？真实的阿阿阿？想像的阿阿阿？现实生活某人影子？前世情人？小说男主公？亦或交错？不会是写给陪伴傻姑娘的蚊子的吧？

学生们在那数，一二三四五……这里头共有 250 个梦，梦，才是真正的心理描写。

每一篇都像结尾但又都不是结尾

一个林志颖式的男老师，一个罗丽式的女老师，一个傻姑娘式的女生，朦朦胧胧的，还有一个男生，大家都有点朦朦胧胧朦朦胧胧的感觉，都没有表白。

女生跟男生出去玩了，女老师给男老师打了个电话，说一会儿过来。女生家好像出了什么事，男老师一下子给女生卡里打了几十万块钱。女生一下子愣住了，"你怎么打这么多钱啊！"停了一下，"我一会儿去你那。"

女生来了，把门大敞着，一个阿姨在拖地，男老师："你把门关上，你把门关上。"女生还是把门大敞着，还是在忙着干活。

"我家有人，到你家来换件衣服。"女老师来了，她进到小浴室，换上了一件高开叉的大红旗袍，高挑的个，坐在远处凳子上。

女生，穿着同样的高开叉大红旗袍，同样的高挑，坐在床边。男老师乱乱的头发，侧躺在床上。突然，两人的大红旗袍一下子都没了，两人黑黑的那个地方，特别醒目，男老师突然低下头疯狂亲吻女生那儿。

你会不会奇怪现在怎么能这么大方地谈论这些梦，因为微博好友里有一个70岁的老太太，出口成经典，她也经常拿性来说事，不论国家大事，还是小猫小狗，都比喻得让人捧腹，让人叹服，让人感觉到的是健康，是正能量，绝想不到一点点肮脏。

她坦然得就像说自己是妓女别人也不会相信，绝不会把这种事真的跟她联系在一起。我有时想，那是因为她失去这种功能了吗？我们难道也要等失去这种功能后才这么坦然吗？我们为什么不能现在就把这些说得这么健康这么幽默呢？

有时候也会有一种突然的胆怯，突然的怀疑自己，怀疑自己，怀疑自己写这些东西是否都在胡闹，是否一时冲动，是否是一种类似梦里的勇敢，是否一种幼稚，别人所说的幼稚……有时候，也会怀疑的。

听了一节心理课，纯理论。正赶上平常午休时间，趴桌上了一会，我很认真地琢磨琢磨了老师的脸相，俗话说，人不可貌相，但有时候，是可以貌相的。

老师的笑像机器人，知道太多人的心理秘密？然后归于机器？橡皮筋箍着的马尾辫朴素，墨绿色薄袄朴素，不化妆朴素，脸上几颗斑斑点点朴素，甚至在想，她老公眼里她是什么样？朴素，倒不是什么坏事，只是怎么就感觉不到一点活气？感觉不到一点真实？

最后觉得，这张脸实在没什么魅力，估计也讲不出什么特别特别的魅力，我便在太阳底下从容回家了。

相见恨晚网上遇见一男子"兜兜里有糖"，部队转业干部，丧偶6年。第3年，谈了一对象。2年后谈婚论嫁了，女方提出各卖一套房然后买一大房子住在一起。兜兜里有糖房子由于还有亡妻名字，卖的话牵涉到孩子及亡妻父母，便没有同意卖房，没有吵架，女子就不接他电话了。

又谈了一个，半年。出去旅游一次，回来后，女子又不接兜兜里有糖电话了。说好春节去探望双方父母的，机票都买好了，临时变了。

没想到的是，那个谈了2年的恋爱，那个谈了半年的恋爱，他们都没有发生性关系，哪怕一起出去旅游。兜兜里有糖由于几年都没有性生活，下体都有时候有点疼了，医生说，可能输精管堵塞。

这个社会，这个年纪，这也算是少有的好男人了。

做着梦写着情书

以前被我拒绝过的一位同事告诉我："这一年我的心都在好好身上。"好好后来成了他的老婆。

画面迅速出现两美女，一个短发时尚有点纯情有点娇羞，叫小艾。一个更短发有点瘦干净利落那种，叫茉莉。茉莉挽着小艾，小艾犹豫着："哎呀，我还是不想去了。"茉莉停了一下："你不想去那就回去吧。"趁小艾高兴转身准备回宿舍时，茉莉一路胳膊肘把她拐进了车里，迅速关上车门，迅速进入驾驶座，开动车子，前车门却被树枝挂着。

小艾和茉莉，我都认识。茉莉要带小艾去见的那个男的我也知道，就是带去后要强行跟人家发生关系。

后面的我都看到了，迅速开近一点想看清车号，京J边岸624114。茉莉发现了我，拨开树枝，调转头撞我。我马上调转头斜刺里冲上楼前一个小坡，边冲边拨手机，好不容易摁了两个"1""1"，这时茉莉也冲上了这个小坡头，我擅抖着手终于拨出了"4"，茉莉的车正冲向我的车……

吓醒了！

不明白为什么要做这个梦，也不明白自己为什么不是拨的"110"，而是拨的"114"。

眼前晃过以前追自己的好几位同事，他们比以前更帅了，更有魅力了。还有，那个当初就帅得像电影明星一样的同事，不知调哪儿去了？老是记得，当年他穿着绛红色西装，帅帅帅的。老是记得，他的眼睛跟着我，从食堂门口，到打饭窗口，到饭桌坐下，被同学们笑得低下了头。

当初自己什么眼光啊！

现在自己又什么眼光啊？

这一路要错到什么时候？

第二觉，又梦见以前的同事小花姐，那个长得小巧小巧不是特别好看但很阳光很善良的女子。印像中最多的就是她在说她在笑，她爱跳舞，老公拿剪刀把她跳舞的漂亮裙子剪成一块一块的，就离婚了。

一个外地来进修的男医生，跟科里好几个已婚护士都有关系。周一跟谁睡，周二跟谁睡，周三跟谁睡，周末跟谁睡，都悄悄安排得好好的，最后大家才发现。

可是，单身的小花姐都没有跟他胡来。

单位要分大房子，小花姐只有复婚才能分。不管真的还是假的，他们复婚了。复婚了，男人仍然很少回家。

得了乳腺癌，小花姐谁也没告诉，连她姐姐也不告诉，她也不去治疗，虽然乳腺癌现在不算可怕。就这样，直到有一天，姐姐闻到她胸前有恶臭，强行扒开衣服看。可是，已经晚了，没多久，小花姐就走了。

她女儿小苹果已经长大，已经30岁了，高挑，漂亮，长得像爸爸，仍然没谈男朋友，没结婚，一个人住在她妈妈分的然后又买的大房子里。

小花姐，你在那边过得还好吗？

你也许没想到，当初那个倔强骄傲的女孩，现在会常常想起你。

你还会跳舞吗？那件像婚纱一样的漂亮舞裙！

还记得，在你家吃过一顿饭，那么不爱说话的一个女孩，在你家安安静静地吃饭。饭很好吃，可是当初我不知道怎么在别人家吃饭，就是不知道该说什么，或是就该低着头扒饭。你女儿小苹果那会儿还是个好活泼的小姑娘，看看她，就能缓和一下我的尴尬。

那会儿我还羡慕过你，"为什么你有这么一个名字，'小花，小花，'大家叫你都好亲切啊！"

你说："那你以后也取一个这么亲切的名字吧。"

外面阳光很好，可是我心里怎么这么这么这个，那会儿，我怎么也没想到会为你哭。

也许，你比我好，也许将来，都没有为我哭的人。

唉呀，怎么又搞得这么悲伤，外面阳光很好，外面阳光很好。

阳光下，远处小树林里，你穿着白色的舞裙，旋转着，旋转着，旋转着……

阿阿阿，你是不是想逼我把小说写多啊？你回来，小说便结束了。你不回来，我可不得一直写下去，一直写下去……

有一只蚊子死在我床上了。

独居老人

隔壁独居老人从窗子里伸出脑袋，"傻姑娘，我那树上香椿是你摘了吧？"

傻姑娘："不是我。"

他跟听不见似的，"你把它都摘了哈，摘的吃吧！"

他应该明明知道不是傻姑娘，傻姑娘自己屋后两棵香椿树都吃不完。一个人，哪吃得了那么多，傻姑娘又加大了声音："不是我摘的，是那边那人摘的。"

老人："是谁摘的？"

傻姑娘："是那边种那一大块地的人摘的。"

老人："他怎么不跟我说一声呢，这是我的香椿树啊！"

老人从家里走出来，走到正在香椿树旁翻土的傻姑娘身后，"这香椿树是有主的啊，他要吃没关系，他得给我说一声啊！"指指整栋房子屋后又指指傻姑娘身旁两棵香椿树，"这一排香椿树都是我栽的，这两棵香椿树也是我栽的。"

傻姑娘可知道这一排香椿树都不是他栽的，这两棵香椿树更不是他栽的，他自家屋后的一棵香椿树也是他那死去的第二任老婆栽的。但傻姑娘并不想跟他辩论，他大概忘了傻姑娘也在这房子住了十多年了，他是想让傻姑娘吃自家屋后的香椿树也得谢他啊？

老人："他也是军人吧？"

"是。"老人好像去年也问过这句话。

老人75岁，湖南工人，退休后"嫁"到北京第二任老婆这。第二任老婆是跟前夫随军来的，她前夫大概是院里军人，生病去世了。这是傻姑娘搬来之前的事，不太清楚。第二任老婆在院里当工人，住着前夫分的房子。傻姑娘搬来后几年，第二任老婆也得癌症去世了。这个老人仍然住着第二任老婆前夫分的房子，有个小菜园，有棵葡萄树，有棵香椿树。

第二天，老人又敲着他阳台左边的窗子，问他左边邻居的婆婆，"你在跟谁说话呢？"

半天，邻居婆婆才明白老人在跟她说话："哦，我在打电话。"

"那棵香椿树是你家孩子摘得吃了吗？"他指指自家屋后那棵香椿树。

邻居婆婆："哦，那我回头问问他。"

老人："他要吃倒没关系，跟我说一声就行。"

邻居婆婆："我回头问问他，打扰到您了不好意思啊！"

傻姑娘正坐园子里摘菜，站起来想告诉老人是种那一大块地的人摘的不是他左边的邻居。半站起时突然想起来他问过的"他是不是军人"，他其实知道不是左边邻居摘的。左边邻居搬来2年了，天天穿着军装在眼前晃啊晃的，他挨着问这个人那个人摘没摘他的香椿只是想人家重视他。

半站起来的傻姑娘便又坐下，听他继续跟左边邻居婆婆说："要知道这棵香椿树是有主的，我在这都住了24年了。"

左边邻居婆婆仍然客客气气："那我回头问问他。"

大家都在后面园子里晒太阳时，傻姑娘问过老人："您干嘛不找个老伴呢？"

老人："找个老伴还得给500块钱。"

老人孩子住得远，有什么事，就经常敲傻姑娘的门。有一次傻姑娘早上还在睡觉，老人敲门："我家燃气怎么点不燃，你看看你家点不点得燃啊？"傻姑娘还迷迷登登的都没想起来燃气是自家买卡的，"我在睡觉呢。"

又有一次傻姑娘睡午觉，老人又敲门，"你看看我这手机，怎么打不出去啊？"诸如此类，多着呢。

老人每天去隔壁院里跳舞，每天上午，每天晚上。傻姑娘有段时间天天宅家里，被老人被老人左边邻居婆婆劝说应该去跳跳舞去接触下人，不能老一个人呆家里。

傻姑娘便真的去跳舞了，有时候老人也请傻姑娘跳。舞场上大家都叫他"主任"，可能是看见年纪大，以为是退休军医。

老人教舞倒是很在行，但因为年纪大吧，有时两个步骤简化为一个步骤，三个步骤简化为一个步骤。傻姑娘年轻，喜欢快节奏有活力的。有时候便假装有事几天不去，等他有别的舞伴再去，再说傻姑娘出来跳舞是想接触人的，如果只跟他跳那还不如就在后面院子里跳好了。

据说，他的舞伴在跟他闹别扭，因为他跟别人跳舞。他说，他学生多，有时候都想顾一下。但据傻姑娘观察，学生们会了之后都是不想跟他跳的。

有一次他请傻姑娘傻姑娘说歇歇没跳，第三支曲子别人请时傻姑娘跳了，后来傻姑娘为了赔罪再请他时他便径直走向别人。

唉呀，反正麻烦死了，傻姑娘现在都不敢去跳舞了。

小菜园也是，前年他给左边邻居婆婆种，去年他又让傻姑娘帮他种，"我年纪大了，没法种了，你种，你摘葡萄吃。"结果他又不给左边邻居婆婆说不让她种了，左边邻居婆婆便觉得傻姑娘跟自己抢似的。

傻姑娘便不想再掺合这老人的事，也不想帮他种地了，哪怕自己田里种的菜，有时候给他点吃。

院子里飘着老人各色各样的花短裤，还有秋裤，老人晾秋裤总是很别致，总是很夸张地从男人前面那个裤洞里把衣架穿过来。

亲爱的阿阿阿，你说30年之后，我们也会是这样的独居老人吗?

楼上的秘密

下午，楼上说话声音好大好大啊！方言，老公小媳妇，公公婆婆，我都分不清楚到底是在吵架还是说话。最后，他家小媳妇哭了。

半夜，楼板很有节奏地啪啪啪啪啪啪啪啪，很沉稳，很均匀，一点都没有加快节奏的中间，也没有突然的缓慢。

楼上这间房住的是公公婆婆，大概也是70多岁吧。平常天天听到是小孩滑板车声音蹦跳的声音倒凳子倒椅子的声音，这还是第一次听到如此清晰的秘密声，谁一听都知道是秘密声，如此标准的声音如此标准的节奏。

谁会偷看我的秘密呢，如果我有秘密，枕边的蚊子？还是隔壁门缝里、窗玻璃内跐着脚尖老人那双圆溜溜的眼睛？亦或隔壁楼上某扇窗子不小心撒下的目光？

我慢慢地听着，持续的时间很长很长，有点发愣，后来不知怎么睡着了。

兜兜里有糖发来消息：《前世日记》挺吸引我的，我以前不太注意女性心理，《前世日记》像一扇窗。

兜兜里有糖：先前我是觉得遇到骗子了，先前我是觉得自己委曲了，觉得自己一片真心，总是受到伤害。读了这本小说，我觉得是自己伤害了别人。

兜兜里有糖又开始使劲给前女友打电话，打电话不接发短信，发短信不回，就直接跑过去找她了，兜兜里有糖跟变了一个人似的。

又挽救了一对恋人，可是，我只能把兜兜里有糖删除了，本来还在考虑他是不是自己那个人的。

但愿好人有好报吧！

我蹲下来慢慢用团纸擦着白白地板砖上唯一一个湿脚印儿，细数着掉地上的一根根头发。灶上的稀饭瀑了，关小火，又没声了，开大火，又瀑了，再关小火。

唯一顾慰的是，没人来打扰，我的时间是大把大把的，可以可以一直做我喜欢的事，可以可以慢慢地改我的文。

就是，爬山的时候，也想有一个伴，要不找根绳子拴只蚊子上去？笑死我了。

昨晚的季菜炒鸡蛋还剩一点，就着稀饭吃了。菜没了，舀了勺糖，小时候吃过的半碗糖稀饭。好吃，再添一碗，白稀饭。

三种口味的早餐，你羡慕吧？

中午麻婆豆腐，晚上葡萄酒烤鸡翅，甜辣两重天吧？不过，一周有三天，我都乖乖地围着五四围巾坐青华教室听课，听课的认真一点都不亚于我小学听课中学听课。

把儿子的临摹画本翻出来，找了根铅笔，很认真地描摹。哪天再一高兴，偷跑去青华美院，听说画画的美女也很美的，一点都不亚于中文系。鬼知道我是想去看美女还是想看帅哥还是想看别的什么。

我还在想，要不要再去听那个帅哥教授讲的课？昨天走错教室了，结果是一个很帅很帅的教授，讲着革命文学。当然，我不知道他的年龄，也不知道他结婚没结婚，当然，我也不知道他的名字。

当然，我还记得，有一听课的帅哥，从我进错教室东南门，一直到我不慌不忙在教室西北角找到座位，那双眼睛一直紧跟着转啊转，然后，我还假装不看他。虽然，我现在很想狠狠狠狠地再看他一眼，再看他一眼，看到他跑来跟我说话最好了。

年轻时候，好像很排斥帅的，不过，现在没得选了，只能看帅的了。

昨晚倒是没梦，不知这又告诉我什么。

也许，小花姐姐在保佑我了。

不过，她可能也没能力给我掉下一个"贾哥哥"，"林妹妹"都没有接住贾哥哥呢。

右眼皮一直卷着，跳，网上查了一下，周五右眼跳预兆：将发生一件幸福的事。

哦，幸福的事！什么幸福的事？什么幸福的事呢！

期待着，期待着，现在是上午 10 点，现在是下午 3 点了，现在是下午 5 点了……等不及了，睡觉了，看样子，幸福的事只能来到我梦里了。

花树路

温北路现在都成花树路了，以前只有在植物园才能看到的各种各样的花树，现在随处可见，你再也不用担心河边一路到底都是那种什么栅栏样的植物。

领导提着脑袋治霾就是不一样啊，不光治霾，现在整个北京城的审美都提高了。过几年，国外的是不是都想回来了。

你也想回来了吧？

绿叶深处几闪红灯，各色花树就像一个个藏猫猫的少女，一不小心就调皮地探出头来，总是忍不住地顾喜，总是忍不住地东张西望，总是忍不住地大声告诉花典："你看，你看，多漂亮啊！"然后，总是在撞上前面车的最后一秒及时停住，我真拿自己没办法。

嗯，我不能告诉别人太漂亮了，因为，百望山漂亮了，这条路就堵了，再告诉他们这条路漂亮了，那基本上我们就应该走不动了，那香山植物园就得退休了。

奇怪，好像多少年前，就有人给我说过类似的话。有多少话，我总是不小心地忘记，又不小心地想起。

嘿嘿嘿嘿嘿嘿。

送花典到学校，准备去宿舍帮他把床铺了。花典背着一个书包左腕挎着面包袋双手抱着牛奶箱，我一手提着衣服袋子，跑上前撩起门帘。

"美女，你不能进去。"门卫大姐紧跑过来。

我又看了一下自己，一身红色运动服，长发披肩，"我是他妈妈。"

"哦，怎么这么年轻！"门卫大姐一下停住，她刚才盯住背影跑过来但没吭声，等我转身撩起门帘她看到面部才赶紧喊住。

有点小小的得意呢，是不是？当然，我不是第一次被挡住了。

楼上邻居媳妇探出脑袋，"唉呀，你家小青菜好可爱啊！"

"想吃的话，下来摘的吃。"我仰着脑袋吃着桑椹，嘴唇上紫紫的桑椹汁跟抹了性感唇膏似的跟女鬼似的。

"好啊！"蹬蹬蹬的脚步声。

我还在园子里把晾的衣服收拢一下，窗子里又冒出脑袋，"我从哪儿进呢？"

"你等一会，我去给你开门。"赶紧把菜地边的衣服挪到菜地上面晾衣绳上。

"好。"又蹬蹬蹬的脚步声。

楼上邻居媳妇带着她家小小帅哥一块下来。她家小小帅哥呢，在菜地里的石板上，跳过来跳过去跳过来跳过去，在我晾的小花袄下面蹭过来蹭过去蹭过来蹭过去。

一会儿发现小羊羔小小帅哥又去追小羊羔，没想到小羊羔倒转过来追他，小小帅哥就一溜烟跑到我家里，我赶紧跟过去，深怕他穿着泥裤子一屁股坐到床上。结果，他开前门上楼回家了。

我给楼上邻居媳妇摘了一袋小青菜，剪了一把大葱。她还羡慕了我的土豆惊讶了我的郁金香数了数冒出来的玉米苗又查看了一下破水缸里还没钻出来的藕，"唉呀，住在一楼就是好。"

"你下次喜欢什么就下来摘的吃，反正我一个人也吃不完。"夏天就是我的送菜季，送很多很多菜给人家，感觉特别富有特别开心。

亲爱的阿阿阿，你想吃的丝瓜，就－快－长－出－来－了！

他有女朋友？

人来人往的雨巷，屋檐下偶尔还滴两滴雨，忙碌，合作者低头看手中文件。简简单单的门框内，一张大大的床，傻姑娘以前睡过的，傻姑娘现在睡另外一张床，把这张床借给他。被子乱乱的，傻姑娘就帮他理一理，一抖被子，床上横趴着他女朋友。他有女朋友？黄色纱质短袖女子，黑短裙，斜挎小包，满头短卷发，趴着一动不动。

又做了很多别的梦，梦见三妹的家庭聚会，梦见她漂亮的姑姐，梦见……不记得了。

睡了几觉，都以为是明天了，结果还是今天。

这两天在网上看《亮剑》剧本，以后我经常写剧本给你看，把情书写成剧本，或者说剧本情书，好不好？

想你了，阿阿阿。

上次说过，我有时候拿 QQ 自己留言，还有就是想起什么事，也是拿 QQ 留言，就当记事本了。

不像古人来，他每次逛商场，都会跑到卖衬衣的柜台，"你们有多余的硬纸板吗？就是那个衬在衬衣里面的硬纸板？"他呀，睡觉啊什么的，突然灵感突然想起什么，就拿笔记在上面，这是他在课堂上告诉我们的。

古人来经历了那个大变故，他现在又肯静下心来画画了。朋友圈里看到过他发的好几副画，比以前更…更……唉想不起来合适的词，还是用"好看"吧。

没准哪天我也跟着他去学画画了，真的蛮想学的。你说文字吧，可以说说心里话，画画吧，好像能描摹心里某个隐藏的角落。当我不会说的时候，它有一种文字所没有的简单。

多少文字，也形容不出一个女人的可爱，当然多少幅画，也不一定勾划得出女人的美丽。一个真实女人的美，是动态的，两者结合，可能会稍微好一点，我努力吧。

今天老师讲王安忆的《长恨歌》，我没有读过这本小说。老师读了几段她的文字，长段长段的环境描写，表现心理，寓意丰富，文字也很朴素，我挺喜欢的。不过我不会那么长那么长地景像描写，因为我担心你会累，我担心你也会压抑，我担心你也会变得琐碎。

那种压抑的心境描写，那种女人的寓意景像，男读者是很难入境的，即使是女读者，如我，也会有一种沉重的感觉。这种读小说的感觉，是我一直想摆脱的，也是我努力不想让读者在我的小说中感觉到的。

老师很奇怪王安忆为什么总是否定自己以前的作品，我一点都不奇怪，因为她一直在成长，因为她追求完美。

那个114，也会想起，偶尔，或者经常，因为他确实给我的生活带来很大的变故，因为他那个朋友做人得有人品。摘香椿的时候，不会想起他了，我把香椿树锯矮了。而且，我去收费站卖废品的时候，遇到一个阿姨，她正好卖旧梯子，看见我感兴趣，"那送给你吧。""那我给您几块钱意思意思吧，谢谢啊！"

哦，也许不该叫阿姨，该叫大姐，那个形象是我记忆中的阿姨。可是，我忘记了自己现在的年龄。

夏天来了，菜园里的小朋友们都回来了。

蝴蝶穿新衣，当然，也许不是那只蝴蝶。一面翅膀黄白条纹，一面黑白条纹，萝卜花上翩翩起舞。

绿绿大菜叶上，长长的条纹黄蜂，低头吸着什么，屁股翘得高高的抖抖滴。绿叶上转圈圈的小蚂蚁碰了一下它的脚，它倏地就飞走了。又飘来一只小水飞虫，小得都看不见似的，碰了一下蚂蚁，蚂蚁又走了。小小飞虫贴在叶面上，跟死了似的。

一只蓝眼睛一只绿眼睛猫，悠闲地观光。看见傻姑娘坐菜园小道上，蓝绿眼睛猫愣了一下，退回去，绕到菜园另一边的墙根，慢慢地走过去，边走边盯着傻姑娘，傻姑娘也盯着它。

我可不可以留在自己的世界？

两方女队在打架，好像是日本方，有一重量级女子，胖得都是肉，一头短卷发。中国方有一妈妈级女子，和胖女子打斗时，肚皮上的衣服被风吹开，结果怀孕了。

AB花双人被，傻姑娘垫一半盖一半。翻了个身，继续睡，短短的花睡裙蚯上去了，露出半截白花花的大屁股，一只大白腿压在AB花被上头。

谁给傻姑娘买来一把小红剪刀，傻姑娘："家里有啊！"他："哪啊？"傻姑娘在床头红斜盆内掏出一把小红剪刀，又掏出一把大红剪刀。

无意中翻到 2008 年一篇日记《我可不可以留在自己的世界？》，想笑，又有点想哭：

小时候，我会的事，学习，做家务，干农活，这些好像都是跟书本打交道，跟器具打交道，跟农作物打交道，没有跟人打交道的。

学校的生活也很简单，就是我拼命地学习，老师拼命地表扬我。

工作的很多年里，两点一线，跟病人说的话远比跟同事说的话多。

做生意了。

有时，也想请人吃饭。

鼓起半天勇气，终于开口，不过人家会拒绝，不知是想替我省钱，还是觉得跟我在一起吃饭没话说……拒绝了，有点不知所措，也有如释重负，真的，我宁可帮他们很多别的忙，只要不是去吃饭，我不会喝酒，不会点菜，不会安排座位，不会说客气话……坐饭桌真的比上战场还难！

有时，好佩服那些能喝酒的人！

有时，也想下决心学会，可那啤酒怎么就跟泔水似的，那白酒就跟毒药似的……

抹了半天眼睛，吸了半天鼻子，肚子饿了，我先去弄点吃的吧。

你知道吗？我是那个打开自己博客听歌无意中看到点击数增加那么多还在悄悄得意的女人，"我都好久不写博客了，怎么还有这么多人关注？"

知道吗？我今天不知不觉点自己博文听歌又点了不少数。

说说那个喂借个微笑吧，他给我送打印稿来了，地铁口我的车内，"哪段文字是写我的？"

"这段。"他在读写他的那段文字，傻姑娘很紧张，"你不要生气啊！"

"不生气，你的文笔挺好的。"他貌似很轻松，"那个骗子，你弄清他的身份了吗？"

"我不是跟你说过了吗？"

"你跟那个阿阿阿怎样了？"

"我不是跟你说过了吗？你干嘛老重复啊！"

"你今天干嘛了？"

"下午去听课了，你如果早点说来，我就直接在地铁口等你了，我是回家才看到你短信的。"

他不说话了，又说话了，"我今天中午吃了点辣椒老拉肚子，早点回去休息，你也早点回去休息吧。"

他打开车门，走了。那背影，慢慢的，背后都能看得见两鬓的白发，竟看得有点心酸，又伤他自尊了！

可是，我也不能老当个复听机复答机啊。而且，那个骗子故事，如果是真的，你老问，会伤我的心的，如果是假的，又何必这么当真？

类似钻牛角尖、强迫症，我有一段时间也有。坦然对它吧，就没事了。

一只小蚂蚁爬车里来了，揉一团纸，压死它。翻过来看，没，哪儿去了？哟，手背痒痒的，嘿爬我手上来了。

阿阿阿，还是没写剧本情书，这样随心所欲写着舒服。了解小说和剧本的不同后，我也知道了，我还是适合写小说，还是喜欢写小说。喜欢做一个人的主，不喜欢顺那么多人的意，喜欢简简单单直接表达，不喜欢那么多解释那么多说明那么多安排。

那些女孩儿

无梦。

无梦。

傻姑娘歪着脑袋，厕所外墙角，去年或者前年或者更前年，拍死的一只蚊子，血早已经黑干了，那些触角，还在那耷拉着，不再那么有形有力，但还在那耷拉着。

那个弯弯短发女孩，嘴角一丝不羁，那个乖乖女孩，短短的篷篷白纱裙，那个黑黑女孩，关不住的野性美，那个五官一点都不漂亮的女孩，笑得大方得让你觉得自己绝没有她漂亮，那个女孩眼睛亮得，让你觉得完全没必要看别处了。那个女孩的精致，那个女孩的朴素，那个女孩的媚，那个女孩的破书包，那个女孩的花丝巾，那个女孩手里的香蛋糕，都撩拨着我……

阿阿阿，你在的话，会是什么感觉？我挽着你的胳膊一起看那些女孩儿吧。

真正觉得，年轻人怎抵得住这许多诱惑，"世间有百媚千红，我独爱你那一种，"是否只有风景都看透，才能陪你细水长流？

知道吗？我偷偷看那些女孩的时候，各种不同味道的女孩，老在想一个问题，这些美能在一个女孩身上吗？或许，能在一个女人身上，不同的时间段，也得需要不少衣服。

有一个女孩，前面头发中分得很平整，后面扎的牛尾巴，后头顶有一处头发，老是叉开，形成一处鸡窝。每次都让我感叹，这种应该是千年才遇一次的瑕疵，而她，好像是千年才能不遇一次。

而且，没有人告诉过她似的。

我又看看她，胖胖的不白，脸上很沉着，是那种学术型女孩。

还有一个男孩儿，特别像花典。我老是忍不住看他，不过，他可不像我这么喜欢看女孩儿。他只是听课，听课的空儿，他就低头看书。从来没见他认真看一眼旁边的女孩儿，虽然旁边总是坐着女孩儿。

难道现在真是女孩儿追男孩儿的时代了吗？

不过，昨天男老师还在课堂上自嘲，家里电视机都被女儿媳妇占领了，男人只是牲口，"牲口，干活去！牲口，交钱！"

女孩儿们听了这话在笑。我，没有笑。

风，老是把门吹开，我都觉得有人来了，电脑自己在家唱着歌。

衣服一定是掉地上了，也不知道谁帮我捡起来了，袖口沾了一层灰。菜园里老是悄悄来一些观光者，有一些是带着孩子来的。

前两天说没西红柿苗吧，地里就冒出来了几棵。老天爷还真喜欢我，或者说我还算聪明的，没西红柿苗嘛，前两天就买了个西红柿吃，零碎就扔地里了，这一下雨，苗就起来了。

如果小说，如果老公，也这么幸运，就好了。

好久没说"老公"这个词，说的时候，都感觉是偷来似的。

好长时间没有性生活，月经量明显少多了，两天就没了。四妹都曾经笑话我，"你怎么卫生巾一包就够了？"有性生活时月经量立刻增多，满满 3 天。

经期女人，一种别样的美，恬淡，脸上白白的。不像平时，脸上有很多想法，比较红黑，分泌物很多。

噼噼啪啪，噼噼啪啪，噼噼啪啪，谁家又结婚了？

每次都假装听不到，真得感谢北京政府，幸亏没让放太多鞭炮。

第五章　相相亲亲

调包相亲？

一个军校男生出现在画面内，帅帅的，画外女音："你是哪个学校的？"男："一军医大的。"

一个军校女生出现在画面内，画外男音："你是哪个学校的？"女："三军医大的。"

傻姑娘睡得迷迷糊糊的，电话响："我明天休息一天，你明天有时间吗？可以去你那边玩吗？"

傻姑娘："你是谁啊？"

"我是快乐。"

"哦，好。"傻姑娘挺高兴的，这个快乐，海军转业干部。第一次电话聊得挺好的，后来几次聊，傻姑娘正沉浸在小说构思纠结中，总是小说来小说去的，还让快乐讲讲他的故事，快乐便嗫嚅了一句："搞文字工作的……"后两人之间便有点客客气气了。

"你有空的话，过来爬百望山吧。"傻姑娘还是邀请了他一次，傻姑娘想，见面就知道合不合适了。

"你有时间过来我这边吗？我这边是城里，好玩一点。"快乐又说，这个快乐怎么突然跟变了个人似的？平时总忙总拖拖拉拉，今天怎么突然……电话那头很嘈杂，好像是在外面，傻姑娘很疑惑，平时周六日都要加班，怎么周二休息？看看手机，晚上11点半了。

"还是你过来吧，你不是想爬百望山吗？"不管是有好感，还

是非常有好感，傻姑娘现在牢记一点，第一次见面，还是让对方跑路吧，因为有时一见面，好感非常好感都化为乌有。

第二天早上 7 点半，快乐："刚才看见好像要下雨，现在好了，我已经出门了，大概一个多小时到你那儿。"

傻姑娘："好。"

一个小时后，快乐："我到了。"

傻姑娘："你在那儿等我一下，大概 5 分钟，我们去爬山。"

傻姑娘突然发现月经来了，裤子都弄脏了，怎么办？本来穿的一套黄色配图薄运动服，那现在？算了，换条牛仔裤吧。

傻姑娘手忙脚乱的，电话又响了，"我跟你说个事啊，我穿的衣服比较多，你拿个塑料袋来，我把衣服脱了装里头。"

傻姑娘："哦，这样啊，那你到家里来吧，把衣服放家里。"

傻姑娘到门外接他，远远地，有些失望。矮墩墩的，革命帽，背个肩包，看着那个人走过了的时候，傻姑娘真希望不是他。电话问清路，他又走回来了。越走越近，丹凤眼，五官按说长得不差，但总觉得缺少点什么。这就是平时那么那个的快乐吗？傻姑娘怎么都无法把他跟 QQ 上的快乐联系在一起。

一到家里，他就脱衣服，黑外套，白衬衣，只剩件白针织短袖，满脸汗珠子，"洗手间在哪？""在这。""里面有纸吗？""有。"还没等傻姑娘说完，他又说："哦，我拿自己的吧。"

只听厕所里面"嘭"的一声，天啦，他得憋了多久！一会儿，又听见厕所里面淋浴头在放水，傻姑娘没说什么。

"那我也上个洗手间，然后我们去爬山。"傻姑娘进厕所了。他在外面问："在哪洗手啊？"蹲在厕所里的傻姑娘不答话，他又问："在哪洗手啊？"傻姑娘只得说："你等一下吧。"

他在厨房洗手，傻姑娘站旁边，突然想起快乐发给自己一张单眼皮军照，"你跟照片不一样啊。"

傻姑娘眼前便出现这么一个画面：昨晚喝着茶，快乐把傻姑娘的电话号码告诉了战友，"我不太喜欢玩文字的女人，这个女人条件还不错，你要喜欢，你去见吧。"

快乐脸晒得黑红黑红那种，"你是说不是一个人啊？"

傻姑娘："是啊。"

快乐："我就是快乐啊！"

傻姑娘有点生气，真想马上就请他走。又想想，人家大老远来了，不管他是不是快乐，就陪他爬爬百望山吧，反正自己也喜欢爬百望山，走人多的那条道就行了，"那走吧，咱们去爬山。"

快乐："好。"

傻姑娘给他找了个绿色塑料袋，"这个给你装衣服，还是拿着吧。"

傻姑娘高高扎着的马尾，跟跳舞似的。黄色网眼运动鞋，侧着走，跟滑冰似的，一溜就溜好远，快乐跟不上。

"你工作忙吗？"傻姑娘弯腰捡树叶，装作不经意地问。

"工作一点都不忙。"可是快乐说过工作很忙。

"你做什么工作啊？"傻姑娘问时故意走得比刚才还要快一点。

"在汽车班做后勤，以前是海军，在舰艇学院上的学。复员后回北京，现在国企。"都是海军，快乐是海军团职转业干部，做行政。快乐，你即使不喜欢玩文字的女人，也不至于让这么一个人替代你来呀！傻姑娘有一种屈辱感。

傻姑娘蹲下看一蜜蜂在山路上，还有两只漂亮大蚂蚁跟醉酒跑似的，快乐便也蹲下看，"你别看蚂蚁比蜜蜂小，可是在一起的话蚂蚁会把蜜蜂吃掉。"

"那试试看。"傻姑娘便把一只蚂蚁往蜜蜂那儿踢了一下，大蚂蚁就侧躺在路上动不了了，另一只蚂蚁呢不知跑哪儿去了。

傻姑娘："你去过武汉吗？"

快乐："八几年去过。"

傻姑娘："去那儿干嘛？"

快乐："修船。"

傻姑娘："后来再没去过？"

"嗯，后来去过，也是八几年。"快乐可是几个月前跟傻姑娘电话时当说当天中午要去武汉出差。

"这儿能上去吗？"快乐往树林深处石碑那儿走，傻姑娘还是站在主道不动，那边人少，傻姑娘可不想去，快乐便又回到主道。

快乐也适应爬山了，很快就爬到山顶了，再没有气喘吁吁。有时候，还拿着手机假装拍山景，偷拍了傻姑娘几张。

"你平时写东西吗？"

"以前写，那还是在当兵的时候。"快乐可是经常说他在写报告什么的。

"你为什么觉得我不是快乐呢？"

"这些都不用说了，我不没生气吗？陪你爬一趟百望山吧。"

"我真的没骗你，我在相见恨晚网上说 QQ 联系不太方便，让你留了一个电话给我。"

"你没骗我，可是快乐骗我了。"傻姑娘又侧着一溜烟似的滑到山下好远，嘴里这样说着，脑子里却好像确实有另外一个快乐飘过。

快乐："这条道去哪？"

傻姑娘："你来过百望山吗？"

"没有。"快乐可是说他去年来过。

傻姑娘："我下午 1 点要听课，一会儿就得回去准备了。"

"按你的时间安排吧，别迟到了。"停了一下，快乐又说："下次什么时候有时间再来找你爬山吧。"

傻姑娘没吭气，平时最喜欢走的百望山长木桥今天没走，那边人少。

"一会儿回去我给你摘点青菜吧。"因为傻姑娘给快乐说过给他摘青菜的。

快乐："不用不用，我家多的是。"

快乐："我自己会修车，会保养车。"

傻姑娘最头疼的就是修车了，本来不想说，忍了半天，还是没忍住，"我那车，上次跟别人撞了之后，也没修，就那样放着的。"

快乐："那一会儿我帮你看看。"

傻姑娘："是蹭掉漆了，是刷漆的事。"

快乐："那我也可以帮你看看。"

"不用，不用了。"傻姑娘并不想再跟他接触，也不想欠他一个人情，也不想他知道自己车牌号那些。

很快下到山底，傻姑娘："那今天就这样吧。"又觉得就这样把他扔开有点过意不去，看了看路想问"你知道怎么走出医院吧？"

还是没问。

快乐却回答了："好，我知道怎么走出去。"

那个结了婚的三聚氰胺

白衬衣男，比划着自己办公桌上的文件夹，想拍一张照。另一角落的女同事转过身来鼓掌，远处便跟着其它掌声。傻姑娘看着，没有鼓掌。男子突然跑过来抱着傻姑娘，亲傻姑娘脖子，使劲地亲脖子。女同事转过身做自己的事。

男子停住，看了一下傻姑娘，试探着亲了几下傻姑娘的嘴，傻姑娘并没有反抗。男子便突然紧抱傻姑娘，紧紧抱住，抵到墙角，下面有一个东西抵住傻姑娘那儿，"我早应该拥抱你的。"

玫瑰花被里裹着的傻姑娘，睡着了，那么像小女孩，脸上竟有一丝微微的笑意。双人被老是没用处，傻姑娘已经换成单人被。

正在午休，美梦呢，那个门铃非常非常响，把傻姑娘给弄醒了。傻姑娘醒了但没反应过来那是门铃，中午喝了点葡萄酒，睡得还比较深。等傻姑娘反应过来那是门铃门铃刚刚停，肯定又是那个结了婚的三聚氰胺，不会有别人这么突然来不说一声的。

这个三聚氰胺，都不想说他，他是结了婚的嘛！他之前也给傻姑娘写了封信实言相告，本来以为这也就结束了。

他其实是个很帅的男人，1米85的个，晒得很黑很健康很像少数民族，政府部门工作，负责部门刊物，是个有地位有尊严的人。他给傻姑娘看过他写的诗歌，很有味道，给傻姑娘讲他曾经动心的女子，都是别人追他，就是没讲他的妻子。

他QQ上经常聊，傻姑娘并不怎么答话。他就问，他问十句，傻姑娘答一句，或只是给一个笑脸。

这样做傻姑娘都觉得自己很伤他自尊了，他却仍然经常问很多话，经常问傻姑娘有没有时间他过来，他想看看傻姑娘的菜园，他想过来帮傻姑娘种菜，他想过来帮傻姑娘搬东西，傻姑娘都说今天有这事明天有那事，没有时间。

后来傻姑娘就懒得答话了。

后来傻姑娘就把他删除了。

他又加。

傻姑娘又删除。

他加微信，匿名。

傻姑娘又删微信。

他又加，这次加了安静地看着，不说话了。

傻姑娘也就没删了。

有两次，他自个儿来傻姑娘家菜园，悄悄转了一圈，敲了敲后门。傻姑娘午休睡着了，没开门，他以为傻姑娘从阳台玻璃看见是他不开门。

第三次，他不知怎么进了单元电子门，直接敲傻姑娘家前门。进来就抱着傻姑娘使劲亲，傻姑娘使劲挣脱，又抱着亲，又使劲挣脱，最后，傻姑娘终于找理由把他赶走了。

傻姑娘很庆幸刚才没反应过来那是门铃，没迷迷糊糊给他开门。

唉，不说他了。

傻姑娘写小说，就很少写博文了。偶尔，还会翻两翻，看到以前的博文，有的会笑，有的会不好意思，有的，把它藏成私密博文，过了几天，又会把它恢复成公众博文，有的干脆删除。

就像傻姑娘 08 年写的：04 年的日记，读着好累，忽然有些同情那会儿跟我呆在一块的人们。现在不一样了，可是是另外一种不轻松，现在身边这些人，等过 4 年了我再来同情吧。

2015 年了，傻姑娘但愿自己身边的人不再令人同情，而是令人羡慕，如果身边有人的话。

有一点没变，傻姑娘还是喜欢一只脚穿一种颜色的袜子，只要不是特别正规的衣服。当然，特别正规的衣服也可以这么穿，只要袜子不是特别醒目。

或许，也不一定喜欢，懒得仔细看罢了。

写到高兴处，傻姑娘笑笑地看着窗外："阿阿阿，你给我买条漂亮的连衣裙吧，好久没穿男人买的衣服了，很想有一下那种感觉了。也不是好久没穿了，穿着的有，很多年前的，我是说，你为我买新衣的那种感觉。"

又右眼皮跳，傻姑娘赶紧又查了一下：星期天，右眼跳，有好运气。

唉，好运气好几次了，怎么还没来呢？

妈妈总偷偷给傻姑娘算命，算命先生每年都很认真地说："明年，明年就会转运了。"

可是，什么时候是明年呢？

情人节那天，傻姑娘闭着眼祈祷：收到一束玫瑰花，哪怕是送错了的。可是，送错的，都没有。

多少年了，多少事了，傻姑娘还是那么喜欢相信别人。

那天上山，傻姑娘唱"七个铜板就可以买两份报"，快乐说是"一个铜板"，等傻姑娘信了，他又说是"七个铜板"。

18岁那年毕业刚分到科室，大科练集体舞，楼上科室一个姐姐掐指给傻姑娘一算："你家有五个女孩子。"然后，傻姑娘就惊讶得，惊讶得信了她会算。

第好多天好多天，傻姑娘才想起来，她老公是傻姑娘科的。

绿帽喜鹊

半推开门，菜园里歇着一群喜鹊，并没有像往常那样听见动静一飞而走。最前面一只，头顶羽毛居然是绿的，它看着傻姑娘扇动翅膀。傻姑娘怕吓着它们，赶紧退进屋里。

绿羽毛，喜鹊，从来没有见过哦！傻姑娘就惊醒了。

一个人的夜晚，有点害怕，那把大红剪刀小红剪刀，总是放在床头玫红斜盆内，手机也总是放旁边，门口，有时也会放些障碍物。一个人的夜晚，有点害怕，很想很想找个人了。

抱着你去月亮看地球，相见恨晚网认识，公安部的，做过刑侦，

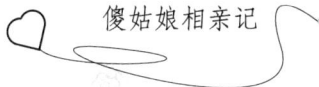

当过法医，在上海工作了很多年，现提前退休，返聘在公安部北京下属单位。

这个人，聊了有些时候。而且，可能以前就在相见恨晚上碰到过，就聊过，就删过，因为，有种似曾相识的感觉。

这个人，看相见恨晚上的资料，条件是不错的。见面，觉得长相也还像照片。一米八的个，他在北宫门出地铁，傻姑娘开着车在路口等他。

"我们去颐和园西堤走走吧？"傻姑娘有军人证可以免费走西堤的。

钻进车内的他稳坐着不动，"不去颐和园，随便找个地方坐坐吧。"

傻姑娘开着车慢慢往前走，抱着你去月亮看地球说："到河边坐坐也行。""到河边，好像车拐过去还得走好远，而且，现在的河边没有足够宽的地可以停车。"而且，傻姑娘家里米吃完了纸用完了一会儿想去超市，去河边的话就跑远了。

傻姑娘便顺着马路慢慢开想着把车停哪儿，抱着你去月亮看地球："就开着车在这路上跑吧，看风景。"

"切，不是开的你的车，不是浪费你的油。"傻姑娘心里想，这一路的风景，傻姑娘看了几亿遍了，天天从这过，堵车堵得要死，"要看风景，去颐和园西堤看不是更好。"

抱着你去月亮看地球："不去颐和园。"

傻姑娘："那我找个地方把车停着。"

抱着你去月亮看地球："好。"

傻姑娘停在红色经典饭店门口，也就是在美廉美超市旁边，"停在这超市旁边，我一会儿要去买东西。"

抱着你去月亮看地球："你要买什么？"

傻姑娘："米，纸，还有……一会儿看见就想起来了。"

抱着你去月亮看地球："我们买的房子，我本来也可以要这儿的，后来还是要了上海的。"

"为什么不要这儿的？这儿不挺好吗？西山。"

抱着你去月亮看地球："这儿不安全，上海的是在部队院内，做我们这工作以前得罪了很多人。"

傻姑娘："那你的条件应该很好啊，怎么到现在连孩子都没有？"

抱着你去月亮看地球："前妻是我们老家的。每次我一回家他们就要给我介绍对像，我就经常不回去。一次，一熟人介绍一家的老三，我家人就去她们家。结果老二在镇里工作，下班早，老二勤快，又是做饭，又是待客的，老三工作远，回来晚，回来累了坐在那什么都不做。他们就回来说老二好，老二在镇里工作又经常发这东西发那东西的，过日子好。他们就定老二了，逼我回去，不回去的话，就断绝母子关系。"

"那岂不是每次看见老三都觉得那才应该是自己的老婆啊？"傻姑娘大笑。

抱着你去月亮看地球也笑，"后来一直没遇到合适的。"

傻姑娘："我可不想生孩子了。"

"那你可以为对方做一下牺牲嘛。"抱着你去月亮看地球居然有点激动。

"那得对方对我有多好，我得多爱对方啊？"傻姑娘笑笑。

傻姑娘："你在北京上的学，怎么分上海去了？"

抱着你去月亮看地球："我们那一批，因为给当时的领导做过保卫工作，后来就都分到外地去了。"

"哦———"傻姑娘有点没想到。

抱着你去月亮看地球："你那门口有什么公交车啊？"

傻姑娘："251路，114路……"

抱着你去月亮看地球："251可以到我们单位，114可以到我住的地方，还挺方便，我以后去你那吧？"

傻姑娘："好。"

抱着你去月亮看地球把傻姑娘搂到怀里，傻姑娘并没有挣脱，靠在肩膀上还是有一种温暖的感觉，就这样靠着。

他突然又扳过傻姑娘的头，慢慢地亲。

突然又给傻姑娘揉肩膀，从衣领处，揉着揉着，"你的颈椎有一点问题。"

傻姑娘："我没感觉啊！"

抱着你去月亮看地球："有一点小问题，问题不大。"

傻姑娘："你这样揉一下就能揉得出来？"

抱着你去月亮看地球："我学过法医嘛。"

"你爱穿裙子吗？"

"夏天基本上都不穿裤子。"

抱着你去月亮看地球："那穿裙子得穿平底短裤，省得别人不小心从下面看见。"傻姑娘大笑，只以为他开玩笑呢。

抱着你去月亮看地球："就穿裤子吧，别穿裙子了。"傻姑娘又以为他开玩笑呢，"穿裙子多漂亮，多凉快！"

抱着你去月亮看地球："你现在住的是单位的房子？"

傻姑娘："是，我们以后要买部队安居房，便宜的。"

抱着你去月亮看地球："我在北京也住的是单位房，一居室。"

傻姑娘："那你上海的房子谁在管？"

"部队在管。"抱着你去月亮看地球犹豫了一下才说，部队管，跟地方的人这么说地方的人信，傻姑娘也是部队的，部队才不会管你买的房子呢。

抱着你去月亮看地球："你也可以不买房子，让你儿子住女方家。"

傻姑娘大吃一惊，从他怀里挣脱出来，坐直身子，"我肯定要给他买啊，至于他如果有能力住更好的地方不住我这，那是他的事。"

"你让儿子找一个女方有房的，你不就不用累给他买了吗？"

"我们有部队安居房的指标，买很划算啊！不买指标浪费了多可惜。"傻姑娘很不高兴，我不能让儿子在女朋友面前气短，我肯定得给他准备房，至于他如果有能力，他不需要住那是他的事。再说了，我买部队安居房了不给儿子住给你住啊？我都没挑你，你有房住你的，北京没房住我的也行，但你不能……

他赶紧解释，"我是担心人家女孩看不中你买的便宜房子。"

"内部价便宜啊，市场价也不便宜啊。"

"现在说清楚好，否则以后会吵架的。"

傻姑娘想，是啊，现在说就不用吵架了，我根本就不会要你了。

抱着你去月亮看地球看着傻姑娘，"下次我去你那吧？"

傻姑娘也看着他，拖拖拉拉了好半天，低低应付了一声，"嗯。"

抱着你去月亮看地球："走，去超市买东西吧。"

　　傻姑娘选了个浴花，抱着你去月亮看地球："这个一用就散了，洗澡不用这个。"

　　傻姑娘喜欢用，还是拿了。

　　傻姑娘又拿了袋面粉，抱着你去月亮看地球："你拿这个做什么？"

　　傻姑娘："做面条。"

　　"做面条用这个不好。"傻姑娘不管他说的，也拿了。

　　收费口，傻姑娘进到收费通道，把购物车里东西搬到收费台上，抱着你去月亮看地球退出收费通道，站在通道外的旁边，收银员："一百一十八元。"傻姑娘拿出信用卡，抱着你去月亮看地球手里攥着200元钱在后面说："拿这个吧。"

　　傻姑娘调过头看了看那红红的200元，真想生气地就拿那200元，看你站到收费通道外面！不过，傻姑娘不想要他了，不想再跟他扯上这钱的关系了，傻姑娘把自己的信用卡递给收银员。

　　抱着你去月亮看地球抢着帮傻姑娘拿东西，走出超市，"微信你收到过红包吗？"

　　傻姑娘："没，我不会弄那些，好像收红包了还得把银行卡绑手机上。"

　　抱着你去月亮看地球："你可以收了再发嘛，我上次给单位同事发了500元的红包。"

　　傻姑娘撇撇嘴。

小鲜肉

　　花典从学校骑车回来，路上遇见傻姑娘，一冲而过。傻姑娘后来反应过来是不是花典自行车刹车出问题了，就赶紧跑回来。果然是，花典拐了十弯九弯费了九牛二虎之力好像还摔了一跤才把车停住。

　　梦还依稀记得，傻姑娘起来写小说，相见恨晚网挂着，蹦出我们勾过小指头一条消息：很想认识你！

傻姑娘："在写相亲故事。"

我们勾过小指头："你给我一个相亲机会呗。"

傻姑娘一愣，便把自己的QQ号给他了。

我们勾过小指头："姐姐好！"

傻姑娘又一愣，"我现在把小说写完，有空再聊。"

我们勾过小指头："好呀。"

我们勾过小指头："还要多久呢"

我们勾过小指头："忙吗？"

傻姑娘不想理他了，自从他叫了一声"姐姐"，傻姑娘就不想理了，以前还会解释一下，现在解释都懒得解释了。男生年纪可以小，但心理不能小，傻姑娘可不想找一个弟弟，有5个妹妹，当姐姐当够了。

虽然，以后在恋爱婚姻中，可以有多种角色互换，当妹妹，当姐姐，当妈妈，当女儿，但肯定不想以当姐姐为主的，肯定不想天天被那个人叫姐姐的。

傻姑娘有时很懒得说话的，静静地坐着，看着这些小男生在信里在QQ上自说自话自生自气，就像当初有些老男人对傻姑娘那样。

就像2011年一个老男人笑着说傻姑娘写这封情书是神经病一样：

如果有一个时光穿梭机，我就让它回到刚认识那会儿，你天天给我发短信，发了一条短信又发一条短信，发完短信又打电话，说的都是一句话：你什么时候想回家就告诉我！干着活的我接到这短信都有点发愣。

回咱家，咱家！你一遍遍地重复，似不经意地，笑着地，你说你的家是咱家。

我就很快乐地坐在副驾座，感觉真的真的非常好！开了这么多年的车，我才发现坐在副驾座上可以这么为所欲为，我试着在副驾座上弹蹦一下，我侧过头笑着看着你，你问："笑什么？"我诡秘地笑笑："笑不需要理由。"然后，你微笑继续开你的车，我微笑着继续微笑。

我就给你讲，小时候我们家没有男孩子，人家的男孩子又好多鱼好多青蛙，看着直流口水啊！所以啊，后来每一到餐馆吃饭，我就狠命点青蛙点鳝鱼，吃得辣得畅快淋漓，你就静静地笑："回家我给你做鱼。"

"你知道我第一次开车吗？本来要上西四环的，结果上了北四环，上反了方向，那就练练车吧，我绕着四环开了一整圈，比那些车跑得还快耶，嗨，当时我觉得我自己好行哦！"我咧着嘴笑，你在旁边抿着嘴笑。

我好像有很多讲不完的故事俄，我也忘了会不会影响你开车。

你的车上总是放着那些老歌，不知道到哪才能找得到的老歌，有些老歌好听，有些太老了，听着有点土哦，不过，一种很沉静的感觉。现在，我一点都不觉得它土了，我觉得它是世上最好听最好听的歌，我真的想再听。

长安街上，那些灯，就像星星眨着眼睛，"好漂亮啊！"夜晚很少出来的我孩子般地大声欢叫，你仍然微笑，"我以后每天带你出来看夜景吧！"歪头看看你，我得想一想哦！

我知道我是世上最笨的女人，我总是把一切攘在门外，可是，自己却进去了。现在我想好了，愿意每天坐你的车去看夜景，可是，你在哪里呢？

你还买了一个大大的背包，说要和我一块去爬山，用来装东西的。现在，春天已经来了，桃花已经开了，我想去爬山啊！可是，你在哪里呢？那包里，是不是已经装了别人的东西？

你在哪里？

三楼绅士夫妇

傻姑娘好像是男主身份，一个女学生来找傻姑娘玩，两人一块聊天啊玩啊很开心。傻姑娘宿舍那些男室友的女朋友周末也过来了，他们在玩牌，傻姑娘前男友也在。

晚上9点，女学生："还不走吗？"傻姑娘才想起来快没公共汽车了，便送她出来。傻姑娘有车，但也没想开车送她，傻姑娘对这女

生有好感，但也没有那么多好感。楼道里两个男生看见傻姑娘送女友走，张大嘴做那个大大吃惊状，"怎么送走啊？"

傻姑娘也吃惊地睁开眼，外面天亮了。一群喜鹊麻雀唱着歌儿，蝉儿还没出来，一个冬天了，一个春天了，还挺想它们的。

一骨碌爬起来，昨天又点种了花生黄豆，去浇水吧。

推开门，滴滴滴滴滴的水就滴在傻姑娘头上衣服上，傻姑娘抬头，是不是下雨了？见鬼，又是楼上浇花。

唉，都不想说他们了，三楼那一对看起来很时髦很绅士的夫妇。那女的穿过一件漂亮的花呢大衣，让傻姑娘都好羡慕。那男的，经常西装革履的，头发梳得齐齐整整的。

楼上不光是下雨，有时扔下一只坏了的烧鸡，有时一个长了霉的玉米棒子，烟盒饮料瓶飞下来是常事。有时是一袋系好了的垃圾，没掉下来，挂树枝上了。有时候，也会落下一条女人的花内裤。还有一次，飘了一份简历下来。

傻姑娘认真地读了一下简历：某某公司董事长，某某会副会长，某某国际副主席，还有一大串一大串。怎么就让傻姑娘想起了那个做人得有人品，还有那个很相信做人得有人品能做成大生意的114。

傻姑娘拧开水龙头浇水，三楼那个女人又在浇阳台的花了，刚才是浇厨房窗台的。傻姑娘："您那个浇花呀，刚才又滴了我一身，刚换的衣服，刚洗的头。"上次就是刚换衣服刚洗头后浇了一身。

那个女人笑笑："我刚浇这边的花，还没浇那边的花呀！"

傻姑娘："那那边的水是怎么回事呀？"

那女人笑笑缩回了脑袋。

这些人都喜欢租部队的房子，楼道老是贴着一些求租部队房的小广告。可是部队住户不喜欢他们呀，看着挺光鲜挺有身份的，可这些行为！不是没说过，说过好几次了，仍然时不时地飘下点装修零碎或者包装盒之类的，傻姑娘就在自己的漂亮菜园捡啊捡啊。

好在菜园里有这些可爱的小动物，让傻姑娘忘了生气。

那只蜜蜂练飞行军姿，一不小心掉到傻姑娘的破水缸里了，又练游泳，最后不动了。

两只小麻雀追逐，从树枝追到树根，又追到井盖，又追到窗子，又追到树枝，又追到一根竖挂的绳子上，一起荡秋千。

阳光好好，整块地里都铺满了蚂蚁。盯了半天，也没看明白它们忙碌什么，这么浩浩荡荡的队伍，忍不住想数一数呢。两只蚂蚁跑着跑着碰着了，就抱在一块亲了亲，又各自忙去了。

那个快乐，通过手机号加了傻姑娘微信，加的时候特别注明了他的真名。傻姑娘礼貌性地通过了验证，快乐："能在青华大学上课是我从小的梦想，追求知识是我终身的快乐，能告诉我一下青华上课的时间和教室吗？"

傻姑娘可不想跟他一起听课，把自己那么美妙的听课时间变得那么难受。傻姑娘并没有马上回答，等当天的课完了，告诉他："每个教学楼一楼都有本周的课程表，你看你喜欢听谁的课喜欢什么时间的课你就去听。"

快乐："哦，谢谢啊！"

抱着你去月亮看地球，傻姑娘先不声不响地把他的微信删了，过段时间又不声不响地把他的QQ删了。他呢，也不声不响，不声不响去相见恨晚上看看傻姑娘。一次看见傻姑娘也在线，就发个聊天过来，"昨天我也去青华了？"

傻姑娘："你去青华干什么？"

抱着你去月亮看地球："他们想开个培训课。"

"好事啊。"傻姑娘说完就下线了。

我们勾过小指头还在QQ上问："吃饭了吗？"

傻姑娘还是回答了一下："你喜欢找姐姐你去找别人，我可不想找一个小弟弟。"

我们勾过小指头："年龄并不是距离，年龄小并不一定不成熟。"

哼，成熟，就是不停地"姐姐姐姐姐姐"地叫啊？不过，通过我们勾过小指头这么一闹腾，傻姑娘也静下心来想了一下，老男人中找不到合适的，没准真的可以考虑一下小鲜肉，不过，绝不考虑天天喜欢叫"姐姐"的。

坐过牢的光头

傻姑娘和妈妈出去哪儿玩了回来，20 多天妈妈和爸爸都没在一起。傻姑娘清洗床单被套，家里有很多张床很多床单被套，爸妈卧室有一张床，客厅还有一张床，两条长板凳搭着大门板的床，傻姑娘把客厅的换上床单被套。

小姑来了，卧室还有另外一张床，因为大家都没有洗，就睡一晚上，第二天再换干净的。傻姑娘就给她随便拿了一床，那个棉絮是破的，而且只有堂心，没有包被。小姑气得一下子就把它掀地上，傻姑娘就给她又换了一床新被子，那个被套跟床单不是配套的，妈妈和小姑睡一张床。

傻姑娘好像在客厅打扫卫生，有一个点蜡烛的小盆，里面有一些碎碎的可以用的和不可以用的小细蜡烛，傻姑娘把可以用的蜡烛捡出来，把没用的扔垃圾桶。墙角还长着很多草，还有蘑菇，还有一盆点过的大蜡烛，把那有用的部分就留下来，没用的也扔了，把草和蘑菇也拔了扔了。

夜里睡觉关手机的感觉真好，虽然一样是没电话，不过，觉得这个是在自己掌握之中吧，是自己不想接电话，不是没有，而且，减少辐射。白天有一个没有接到的"私人号码"，没法回拨，几星期前也有一个。这不免让傻姑娘充满想像，是谁呢？会不会是阿阿阿新换的电话呢？

今年蚊子好像不太喜欢傻姑娘似的，都 5 月份了，才插了两次驱蚊器。

蚂蚁呢，倒是常常在傻姑娘身边转啊转，也常常在傻姑娘的青菜叶上爬啊爬。很多天里，菜叶并没有什么变化，傻姑娘便也以为它们逛菜叶跟傻姑娘逛公园似的，及至今天，发现菜叶上也有了许多小白点许多小洞洞。

无意／寻觅什么／在有人捷足／践踏的陌上／一朵欲睡的花／幽婉地／散发着淡淡的异香／嗜酒如我／初识／那异香／竟至／未饮而先醉了／若说是有缘相聚／何以／未谋面便已离开／若说是无心叩访／何以／门未启就已关上／而所谓幸／易寻而不易得／而所谓命／片刻也够长／阡陌纵横间／仰望着云的聚散／浑然两相忘

光头的独白，光头写的？不对，席幕蓉的？傻姑娘只是觉得喜欢，而且觉得它用来形容交友网站的缘来缘去再合适不过了。

光头："作者虽然同是台湾人，但不是席幕蓉，是位男士。我喜欢这首诗，词句在细腻内视的心境下透露着隐隐的霸气！"

傻姑娘却读不出霸气，也读不出光头所说的壮志未酬，更没想到……

光头："我坐了12年牢，走私汽车。90年那会儿的，没收了我的房子车子票子，大概一百多万吧，当时判了14年。"

光头一直在黑社会混，事发却不是因为混黑社会，"当时走的比小平同志讲的话步子大了一点吧。"

傻姑娘："划不来。"

电话那头的光头也连连："划不来！搁现在一百多万……"

"牢里重体力活比较多，我也看了一些历史和别的方面的书籍，最主要的是让人变得坚强。"光头依然乐观，不过又说："从牢里出来的人大多心里有阴影。"

不想勾起光头一些伤心的回忆，傻姑娘没有继续这个话题。

傻姑娘在看光头的照片，3张，光头选了最模糊的一张头像作为形象照，就像隔着脏脏的玻璃，不知是不是照片发霉了又找出来扫描的？眼睛和嘴角却有一丝笑意，光头戴着一幅眼镜，文质彬彬的眼镜。

第1张几乎是全身照，有些潇洒，还能找寻得出些许他当年的风光吧。第2张，也是头像，眼睛和嘴角却流露些许纯粹。

不知哪张更像他？或者，都是他。

"出来后，我先做了2年的旅游，后开始做广告，可这世道已经大变，刚出来得做三年傻子，然后才慢慢适应。做广告，你不垫资自然有别人垫资去做，做了钱又收不回来。想想还不如那年头呢，那年头人就是胳膊断了退袖子里头也会还你钱，现在，欠钱的是大爷！"

"我从07年开始已经没做广告了，开始收债。"虽然无奈，光头的语音语调还是快乐，那浓厚的北京腔里也多了一份平稳。

妇产科男医生

傻姑娘和一个男子A坐在哪儿，男子A握了一下傻姑娘的手。另外一个男子B从身边走过，傻姑娘伸出自己的手和他握了一下。A看到了，便把傻姑娘的手捉过来放在自己的手心里握着。

夜里醒了，上厕所，碰到瓷砖墙面，不小心跟墙亲了一下，冰凉冰凉的。

打开电脑，桌面是秋天的红叶，是傻姑娘和花典。那时候傻姑娘还很年轻，那时候花典还很小，一个穿绿衣服一个穿红衣服。

春天看秋天，还是有点不太想看的，春正浓，绿正意，花正羞。春天看秋天，虽然也多色彩，却总是缺少点生命力，没有春的清新。也许，只有到了秋天，才能真正安心秋天的美，体味另一种生命力，才觉得，那种熟悉也挺好。

一变俩变仨，相见恨晚上照片很帅，也有点似曾相识的感觉。

照例QQ上聊，傻姑娘直接粘贴：我是武警，前些年有个病退机会，就退下来了，现身体健康。在外面做过生意，现把它扔掉了。只在家种种菜，有时去中大青华听听课，有空写写小说。有个儿子，住校读高三，性格很好。

然后一句：你呢？

一变俩变仨：我是妇产科医生，你介意吗？

傻姑娘心里还是介意了一下，不光是他天天看女人那儿和那儿。还有，傻姑娘那个美女同学，学校时谈了一个军医系男生，男生毕业分到妇产科。他自己连续悄悄给美女同学刮了三次胎，他自己也担心美女同学以后没法生育，就悄悄悄悄悄悄地疏离那个美女同学，直到最后分手。

虽然有点介意，傻姑娘还是说：我是1111医院的，你哪个医院？

一变俩变仨一愣，赶紧又跑到相见恨晚网站看了一遍傻姑娘的资料和相片，最后不吭气了。

傻姑娘也突然想起为什么有似曾相识的感觉了，他他他就是那个，就是那个军校男生，就是那个分在妇产科的，那个美女同学的初恋男友。

他甩了美女同学后，又断断续续处过几个女朋友，最后人家都受不了他是妇产科医生。最后，娶了一个有点丑的黑老婆。再后来，听说这个有点丑的黑老婆还没法生育。再后来，听说离婚了。

一变俩变仨，现在已经50岁了，天天接生别人的孩子，就是没有自己的孩子。每次看到别人的孩子，他就想抽烟，把燃烧的烟头往花盆上戳，往垃圾桶上戳，塑料花盆塑料垃圾桶上都是满满满满的洞洞洞。

好在傻姑娘的美女同学最后嫁了一个老公很体贴，生了一个儿子很帅。

楼上又扔下来一袋垃圾，扔在了傻姑娘后车玻璃上，那天是扔在前挡风玻璃上。傻姑娘今天还没发现，只是楼道里进进出出的人都多看了一眼，多看了一眼那摔破袋子的垃圾，烂梨子皮烂香蕉皮烂菜叶碎鸡蛋壳细烟头被雨水一冲，流了傻姑娘一车。

一只蜗牛静静躺在菜园菜叶上，叶子已经有两人洞了。小蜗牛好漂亮啊！深浅棕斑纹壳，身体是那种半透明珍珠粒边缘似的。一只小蚂蚁也跑到这片叶上，看到蜗牛，又小跑到别的叶上去了。

昨天嫁接了几棵果树，梨，桃，杏，石榴，多余的枝，便直接插地里了。不停地浇水，那嫁接的叶子还是有点枯了，直接插地里的，倒是鲜嫩嫩的。傻姑娘网上查了一下，原来，这几种果树都可以直接插活，傻姑娘准备嫁接的樱桃也是，嗨，费那么大劲干嘛？

去年移栽的小枣树已经活了，那棵琵琶树太娇气了，稍微少浇点水，它就又枯了。傻姑娘也懒得管它了，爱活不活的，反正傻姑娘也不知道琵琶好不好吃。

人生何处不相逢

傻姑娘去厕所，门口遇到一男子，堵住傻姑娘，傻姑娘说"先去厕所你等我一会"。四男子就在厕所门口玩牌，厕所里还有另外一姑娘，两姑娘商量怎么逃走。好像傻姑娘穿了一件黑色大衫，像蝙蝠一样地飞起来了。

又突然在一个楼里，有很多女人和孩子，大家商量怎么逃走。靠近楼道口的一扇门先打开，然后楼道所有门都突然打开，女人和孩子们都出来，楼道口外监守的男人只看得到靠近他的一扇门打开了，并没有太在意。女人和孩子们就悄悄地走到最里面集合想办法翻墙逃走了。

好像是一个老乡去说情了，习大大生日，100老乡聚会，好多生日礼物。傻姑娘自言自语，"我忘记他生日了。"老乡："你怎么知道是他生日？"傻姑娘："之前听一个老乡说的。"

街上，傻姑娘突然看到三妹四妹，还有坐在推车里面的小外甥女，她一见傻姑娘就哭，傻姑娘就做了一个举拳头还是变魔术什么的动作，她就不哭了。以前有一次她也是见傻姑娘就哭也是傻姑娘做了这个动作她就不哭了。

不知道是出去旅游，还是相亲什么的，很多姑娘，也有三三两两的帅男人，并没有说话。还有一个男的，也挺帅的，他是监管傻姑娘们这群队伍的人，是对手，他也不说话，也只是打了个照面，也只是仔细看了一眼。

傻姑娘捡了一根大竹筒，高兴地叫美女同学，"嗨，你知道我拿这个竹筒干什么吗？当望远镜呢，相亲呢！"几个还算帅的男人，站一块看傻姑娘和同学疯疯笑笑的。

梦越做越长，傻姑娘感觉有点累，起来冲了碗蛋花水，这是傻姑娘最喜欢的早餐。因为它最简单，当年贫穷的家里，妈妈是每每在大考前才给傻姑娘冲蛋花水喝的。

傻姑娘有空检视了一下当年的日记，当年怎么那么多愁善感啊，当年怎么那么傻乎乎啊，比现在傻多了。当年怎么那么那个啊，估计这样吓跑了不少男生。有些男生又重新在相见恨晚碰到，印像中傻姑娘还是当年那么多愁善感还是当年那么不食人间烟火吧？

2012年傻姑娘的一篇日记：

光着身子坐在那。

空气中夹着着许多空气，稀薄如空气，压抑如空气。

你说，有没有一首歌，听起来不要那么欢快，也不要那么忧伤，不要那么吵，也不要那么静，只是有那么一种旋律，有那么一点声音？

你说，能不能把今天写成昨天，把昨天写得满满的，把今天空着

你说，掉下的泪也可以是甜的。

你说，还记不记得，那个女孩骂了一句国骂，那个男孩逃得远远的，那就是青春；今天，你觉得哪个女人不会国骂，那她都不是一个完整的女人。

曾经的妖精，曾经的疯子，曾经的……那么些那么些不好的词，今天变得如此有内容，曾经的骨感女人，变得如此丰满，没有一定重量的男人，是盛不起的。

找到了那种音乐没？她不改变你的心情，不影响你的心情，只是烘托你的心情。

你在《红烧肉和土匪的肌肉》里配了歌曲《人生何处不相逢》。

你面前出现的，居然是那个女娃裙，飘飘的长发，怀里紧抱着两本厚厚的书，平静地眼望着前方。

陶伟死了，大家翻起他和吕丽萍离婚的故事，此时此刻，离婚的那个人是什么样的心情？

此时此刻，很多人在牌桌上，很多人在饭桌上，还有很多人在床上……饭桌上的人会骂敲字的人是神经病。

你来了。

有人听了，话就不那么多了。

原来，我们的心我们的眼睛都可以定在一个点上。

响起一首很好听的曲子，你听不太清楚词，或者故意听不太清楚词。

就像有的歌词，需要配曲子吗？或者有配她的曲子吗？

就像有你在，很远。

或者知道，世界的某个角落，有一个人，他在。

他远远地看着你的眼泪，他什么也没说，他点着了一根烟。

有点冷了，你把长长的花T恤套在身上，拉到腿下。

你也去过单身交友会，你认为获得的最高奖赏是妈妈级的女人跑过来喜欢地问你："我儿子单身。"

年轻时候，会是男孩子喜欢你，男孩子的爸爸妈妈不一定会喜欢你的。

掉完眼泪，你就笑了。

他也笑了。

丧偶美国男人

朦胧里一条长长的道，一男一女，转身，招手？挥手？微笑。

今天的梦只记得这个画面了。

最近怎么有那么多丧偶的美国男人天天在相见恨晚上给傻姑娘发信，美国男人都丧偶了吗？傻姑娘可不想跟外国人折腾，不回信，阻止。

不停地换人发信过来，不停地发，丧偶的美国男人都来中国了吗？傻姑娘就给他回"欢迎点评我写的小说《前世日记》。"

傻姑娘不喜欢谁就给谁发这个，一下子就会把他们吓走。

古人来：跟我聊的一个女的也碰到这事，都是聊着聊着，看你对他有感觉了，就说有什么发财的机会让你投资。

傻姑娘：真是外国人？

古人来：不是。在这之前她还碰到两江西人，两江西人连续骗她。

傻姑娘：连续两个江西人？

古人来：第一个江西人说想跟她结婚，她一听就很激动。那个江西人就说来看她，在一起了，又说家里出了什么事，这女的就给了他 2000 元钱，他就消失了。

傻姑娘：这女的是干什么的，很有钱吗？

古人来：也不是很有钱，就是有份工作退休了，家里又拆迁，有几套房子。

傻姑娘：哦。

古人来：过了几天，又一个江西人说想跟她结婚，但没钱过来北京，让她给汇 700 元。她就又问我，我说是骗子。可是她说人家想跟她结婚，我说那你就给他买江西到北京的火车票，不要给钱，她不听。

古人来：江西人来了，不住她家，还要住宾馆，让她花钱，住了几天，走了。回去之后又说以前一个女的太爱他老缠着他，告到派出所，派出所要抓他，除非他交一万块钱的赔偿金。这女的又给他汇去了。

古人来：汇了，男的又说，那女的让他买两块情侣表留做纪念。我说他们做纪念让你花钱？不要买。她又不听，买了。男的就又失踪了。

古人来：她还给我说，'你怎么那么聪明啊，每次都被你猜中。'

傻姑娘：我也在群里看到一个女的，不停地问这个人认不认得谁谁，不停地问那个人认不认得谁谁，她说她给了他十几万，他就消失了。

噼里啪拉，噼里啪拉的，谁家又结婚了？政府好像也不太管结婚的鞭炮哈。

两只小羊羔一起把傻姑娘用坛子搭的桌子给拱倒了。傻姑娘用菜叶打了它们一下，把换下的两个汽车轮胎摞着，搁上那块大地板砖当桌面。摇几摇，嗯，这样很牢实，还有缓冲力。地板砖是方的，要是有一个圆的就好了，木板或者玻璃更好。

桌旁，傻姑娘种的辣椒西红柿油菜花，还有大葱毛豆玉米，还有葡萄苗黄瓜苗丝瓜苗，到时看谁先爬上树吧！不能吃的，只有一株月季，花骨朵还包着，不知道什么颜色？

傻姑娘倒杯红酒，坐在倒扣的花盆凳上，树影摇曳，阳光点点，风儿若有若无，只缺一个他。

骗子真人秀

赶紧补一下课，之前相见恨晚网站遇到一个"你我他的故事"，傻姑娘觉得他很正常，正常得傻姑娘都没想起来说他。

"我是导演。"你我他的故事在相见恨晚信里就直接告诉傻姑娘。

写小说的傻姑娘当然对导演感兴趣，而且还是个帅导演，篷松的头发，长长的脸，大大的眼睛，绿色T恤，"你导演过什么片子？"

你我他的故事QQ上：导演一个节目，有点真人秀那种。

傻姑娘心里在说有一天我也想上你们真人秀。

有一搭没一搭地聊着，傻姑娘知道了他是湖南传媒学校毕业的，新到北京工作，他们的节目现正在筹划阶段，忙着筹划。他还说他在读傻姑娘的小说，他笑着说有一天他可能成为电视剧导演呢！

直到有一天，你我他的故事：干脆我投奔你去吧。

傻姑娘大笑：好啊。

你我他的故事：那我到哪里去找你？

傻姑娘：一会儿我要去中大听课，理教606教室。

傻姑娘又想起：你不用上班吗？

好久好久，你我他的故事：我感冒了，身上只剩下10元钱，你照顾我几天吧。14号发工资，我请你吃大餐。

傻姑娘：你是说想和我一起去听课吗？

你我他的故事半天不回答，傻姑娘：你偶尔过来玩一天可以。我现在一个人生活习惯了，儿子7号就要进行一模考试。

傻姑娘其实相信你我他的故事，新到北京找工作的导演也有可能这么拮据，刚租房子，作为导演新工作又不好意思找领导找同事借钱。现在是1号，他想在傻姑娘这住两周吗？吃傻姑娘的用傻姑娘的，如果他要去上班坐车坐地铁傻姑娘还得帮车费是吗？

傻姑娘养了儿子花典，还得养你我他的故事？不可能，即使他人真的很不错，即使他真的很有潜力，即使他真的困难，但他困难的时候可以找他家人，不用找认识不久的傻姑娘，虽然傻姑娘有时候也是只有勇气跟生人开口。

　　不过，今天洗澡的时候，光着身子水龙头下转转转的傻姑娘突然有点晕了：

　　你我他的故事出现在骗子简单之后？

　　骗子真人秀也是真人秀？

　　傻姑娘问他自己小说写得怎样，他借口开会忙没有回答，忙完后也没有回答，而那天还是星期天？

　　简单知道傻姑娘的小说网址。

　　你我他的故事表现很像傻姑娘小说里唯一成功的一个骗子神话依旧的言行，话语很少，常常半天不回答。一堆骗子在商量？故意装深沉？吊傻姑娘味口？傻姑娘当时是以为他忙碌的。

　　他配发的刚租房子照片也可以是配的，而且他说住得远，就是为了选一个独立一居室，而傻姑娘怀疑简单最初正是因为他合住引起。

　　他不止一次说想和傻姑娘一起去听课，傻姑娘问"你不用上班吗？"他也没回答，只是后来他没有来，那天是周一周二或者周五。

　　后来，他就上班时间一直很忙了。

　　下班后他发消息问傻姑娘干嘛，傻姑娘说已经睡觉了。

　　一段时间没聊之后，周末他说忙了一段时间刚好休息两天想过来玩，傻姑娘说周末接儿子回家要照顾儿子，马上要高考。

　　停滞阶段，又有一个网名"简单"加傻姑娘微信，傻姑娘："你是谁？"

　　简单：一个网友。

　　傻姑娘：我不喜欢聊天。

　　简单：知道了。

　　又一段时间没聊之后，你我他的故事就主动删除了傻姑娘。

　　最后，来把欲擒故纵？

　　删除傻姑娘之后，就不停地有丧偶美国男人发信来。阻止，马上又换人发，跟集中轰炸似的。

　　简单也是在傻姑娘说要看房产证之后立刻主动删除傻姑娘的。之前傻姑娘还细细地给他讲了为什么会有怀疑，其实给他说这些，傻姑娘还是有一半相信他的，只有一半怀疑。

而简单删除傻姑娘之后，你我他的故事就出现了。

这一切都是巧合？

如果不是巧合，他们会知难而退？还是骗逢对手愈战愈猛，再换别的角色？他们跟之前的骗子有没有关系？

那个神话依旧，昨天还跑到相见恨晚傻姑娘的资料处逛了逛。

梦：

隔壁邻居家的那个啪啪动静好像开关一样地起伏，好像是孩他爸告诉傻姑娘，隔壁邻居搬走了，他的女同学搬走了，她把钥匙给了一个老乡，女同学好像和她的同学男生住这。

相亲 200 次

何为：我一直在希望，一直在失望，不断前行。

傻姑娘：你又有什么故事？

何为：无非是一些见网友，相亲的故事，其它，就谈不上，伤心流泪的时间过了，一切都淡然了。

傻姑娘：你真的淡然了吗？

何为：昨天就见了两个

何为一下子刷刷刷发过来四张女子照片：老了的好处是，年轻时得不到的东西，老了就不想要了。相亲，就是去完成人生的一个任务。

傻姑娘：你得保存多少照片啊？相亲 200 次了吧？每个女人几张，一两千张了吧？见一面不继续交往的照片也留着干嘛？

何为：我的电脑里充满了照片，喜欢保存照片。

傻姑娘：其实我一点都不喜欢看这些照片。

何为：哦，知道了，那我就不发了。

傻姑娘：除非是你定了的女朋友。

何为：我喜欢看，也喜欢发哈。

傻姑娘：你要这么喜欢保存照片，估计你以后找着女朋友也处不了。冲这个特点，女孩就不会喜欢你。

傻姑娘：把感情用在你该用的人身上，全部浪费在这些女人身上干嘛啊？你知道吗？我现在看人家的信都懒得看，不管条件好也好坏也好，除非我看到他认真了，我才会去看他的资料。他如果对我不认真，这世界上表面上看着条件好的人太多了，我哪有时间去仔细看他。他发给我的照片更不用说了，如果没缘分在一块，我删得比垃圾还快。你得留出空间给你自己，给你准备爱的女人，你都把时间浪费在这些跟你不相干的女人身上干嘛呀？

何为：哪里哪里哦，我发觉，看得起我的，好像并不需要我做什么事情。

非要死要活的跟我好，看不起我的，无论我怎么样，人家就是不答应。

傻姑娘：你不觉得人家看不看得起你是跟你那个行为啊习惯啊有关吗？

傻姑娘：除非你有什么别的目的，想把这些照片做成一个什么《相亲女子图集》，但照片那也不能用啊，否则侵犯肖像权什么的。

何为：哦哦，知道了！受益非浅。

何为发过来傻姑娘小说里的照片插图：你看，这是我保存你的照片。

傻姑娘：我的这些照片你也可以删除，你也不要把我跟那些人比较。这些人跟你可能有一点关系，跟我一点关系都没有，你发给我了，我还得清除垃圾。我已经给你说了几次我不喜欢看这些照片，你还发。如果那照片特别有美感，那看一看倒也罢了，可是像这种女人满大街都是。

花典帮傻姑娘把手机亮度调了一下，傻姑娘现在坐菜园也可以聊QQ了。不像以前每收到一句话都得跑家里来才看得见，不像以前黑着屏幕拍蜗牛然后跑家里才能看见拍出来啥玩艺。

蜗牛还知道换口味，昨天吃傻姑娘的菜苔叶，今天吃菠菜叶。傻姑娘把拍到的漂亮蜗牛发微信上，一朋友说让傻姑娘把蜗牛做菜吃。

傻姑娘嫌梦长，这梦就开始做简单了：

一个男的，老在那胡思乱想，低着头胡思乱想，就是不敢走到对面。傻姑娘走到对面，拿书本重重地敲了他一下。

公共汽车

车辆起步，请扶好扶手，刚上车的乘客请您往里走，没卡的乘客请投币。

因本车采用分段计价，为避免不完全交易，请您上车刷卡，下车再次刷卡。

下一站是巴沟站，请您前后门下车，下车前请您刷卡。

巴沟站到了。

前中后三个车门都打开了。

1111 路车，只剩下傻姑娘一个乘客。这是一辆有些老的车，椅套还是帆布的，蓝色车帘并不太被需要地被乘客两边推，车的震动很大。路两旁绿色匆匆，前些天还嫩的绿，竟这么快有些倦了。

车辆起步，请扶好扶手，刚上车的乘客请您往里走，没卡的乘客请投币。

因本车采用分段计价，为避免不完全交易，请您上车刷卡，下车再次刷卡。

下一站是三十六岁站，请您前后门下车，下车前请您刷卡。

三十六岁站到了。

前中后三个车门都打开了。

傻姑娘看看司机的背影，车站一个人都没有，司机还这么全面服务，傻姑娘竟有一点上帝的感觉，不过，是个孤独的上帝。外面阳光很好，风很好，要是车的震动声好听一点就好了。

车辆起步，请扶好扶手，刚上车的乘客请您往里走，没卡的乘客请投币。

因本车采用分段计价，为避免不完全交易，请您上车刷卡，下车再次刷卡。

下一站是四十岁站，请您前后门下车，下车前请您刷卡。

四十岁站到了。

前中后三个车门都打开了。

车站有几个人，侧着身的，背着身的，低头看手机的，大家似乎看都没有看一下这辆车。

公交电视正在播放相见恨晚网站广告：飘乎乎的一个男生，被从天而降的漂亮女生团团围住，迅速蹦出几个彩色大字：2亿5千9百8十4万6千7百8十9人在相见恨晚注册！

车辆起步，请扶好扶手，刚上车的乘客请您往里走，没卡的乘客请投币。

因本车采用分段计价，为避免不完全交易，请您上车刷卡，下车再次刷卡。

下一站是四十四岁站，请您前后门下车，下车前请您刷卡。

四十四岁站到了。

车站一个人都没有，司机把车往路边靠了靠，犹豫地意思性地停了一下，并没有打开车门。傻姑娘看了看空无一人的车站，又看了看司机的背影，又看了看这么长这么长的一辆车。

慢慢走，慢慢走。

慢慢等，慢慢等。

车辆起步，请扶好扶手，刚上车的乘客请您往里走，没卡的乘客请投币。

因本车采用分段计价，为避免不完全交易，请您上车刷卡，下车再次刷卡。

下一站是四十五岁站，请您前后门下车，下车前请您刷卡。

四十五岁站到了。

前中后三个门都打开了，没人上，又关门。

傻姑娘："师傅，这一站有没有 520 啊？"

师傅："你要去哪儿？"

傻姑娘："我要去 1111 医院。"

"这一站有 520。"师傅慢移车到站牌，看清了，车门又打开了。

"谢谢啊！"傻姑娘高兴地跳下车，师傅还没关车门，傻姑娘赶紧又跳上车，"还没刷卡呢。"又跳下车。

520 来了，上车的人很多，傻姑娘夹在中间被推上了车。傻姑娘把卡贴刷卡机上，没听到声音，还贴在上面，回头看，上面显示"0.00"。女售票员语气快快地说："刷上了，下车再刷。"

傻姑娘："哦。"

今日限车，坐公交车上，傻姑娘竟有点坐副驾座的感觉。原来不用自己开车就可以有省心的感觉，就可以安心看外面的风景。

那个做人得有人品，上次不是被警察立案查传销吗？他那当副局长的姐夫不知找了谁，都放回来了，哈事都没有。只是因为影响不太好，做人得有人品把公司的法人变更为他弟弟了。傻姑娘起诉他那个案子也判下来了，意思性地判做人得有人品赔丢失傻姑娘仪器设备 5 万元钱。傻姑娘也累了，5 万元就 5 万元吧。

傻姑娘上午来法院申请强制执行，来晚了一分钟，只好等下午。中午找了家小吃店，给一页书屋打了个电话，她第一句话就是："你结婚了吗？"

傻姑娘："男朋友都没有，结什么婚啊？你呢？"

一页书屋："我还是一个人。"

傻姑娘："你那个厂长呢？那人不是还可以吗？差不多就行了。"

一页书屋："没有处。唉呀现在这种孤独的感觉好明显啊，你体会不到的，你赶紧吧，可不要拖到我这个年龄。"

傻姑娘："我体会得到，我也单身 10 年了。"

一页书屋："你体会不到的，不是单身 10 年的问题，50 岁一过，你会发现，追你的人数追你人的态度追你人的结构明显变了。40 多岁正是找的好时候，赶紧找吧。我50岁之前一点都没有这种感觉，自从姑娘出国之后，我这种孤独的感觉太明显了。"

傻姑娘："我有点理解了，就像30多岁追我的人，跟40多岁追我的人态度大不一样。当初他们都把我当公主，见面时总感觉到他们有点自卑，当然这也可能跟当初我在做生意有关。但现在，明显感觉到他们大多有老爷的感觉，虽然我不显老，但有时甚至都没有见面的机会。他们可能在别的女人那儿积聚了足够多老爷感觉，而我们自己，也因为这么多年不顺，有了足够的谦卑，足够的包容。"

"赶紧找吧，可别拖到我这个年纪。"一页书屋语气里多了很多焦灼，再没有当初那份气定神闲。

"也许我们是该找个年龄比我们小的，那些把我们当女神的暖男。"傻姑娘心里说，难怪那些军校同学都找了比她们小的。

车辆起步，请扶好扶手，刚上车的乘客请您往里走，没卡的乘客请投币。

因本车采用分段计价，为避免不完全交易，请您上车刷卡，下车再次刷卡。

下一站是1111医院站，请您前后门下车，下车前请您刷卡。

1111医院站到了。

心

今天网文课请的嘉宾是耽美作家风弄老师，"我有一个同事，很优秀的一个程序员。他在大学时谈了一个女朋友，毕业后两人结婚了，生了一个女儿，两人创业也成功了，什么都有了。老婆如此温柔，女儿如此漂亮，所以他每年都要带她们出去旅游。"

"有一年，又出去旅游，一家三口坐在一辆大巴上。突然，司机撞车了，车身倾斜。那一瞬间他脑子转得很快，一会儿人群就得压过来了，就没法逃生了，就没法救他的妻女了，先机很重要，窗子现在正在他的头顶，他推开一跃就出去了。你们猜发生了什么事？"

同学："车失去平衡了？"

同学："司机？"

同学："他的老婆孩子……"

风弄老师："对了，就在他站稳转身准备救他的妻女时，却发现，车内的人把司机前面的车玻璃打破了，大家正从那个口往外走，他的妻女也从那儿在往外走。回来后，他的妻子就要跟他离婚，他的女儿也恨他，她们认为他在最危难的时候丢下她们，只顾自己。任凭他怎么解释，她们就是不信。"

风弄老师叹口气，"这就是一个'心'的问题。编辑部收到过一位作者的小说，她的文笔很美，故事情节也很吸引人，就是感觉没有心。"

风弄老师又讲了一些她的写作经历。一个自称为圈外人的民间文学研究生发言之后，傻姑娘终于也鼓起勇气举起了手，"对于同性恋，我以前也是尊重，不干涉，但对他们还是敬而远之，还是不理解，心里还是会认为是怪胎。直到有一天，我做了一个梦，补充一下，我也是单身，10年，一直遇不到合适的人，我梦见我喜欢上我那个最可爱的女同学。那一瞬间，我突然理解了，那是一种无奈，那是一种在异性间遇不到合适的人，才会转向同性。那一瞬间，我突然明白，同性恋离我们一点都不远，那不是一个怪异的小圈子，只是我们比他们幸运一点，在异性中遇到了喜欢的人，如果我们也经历很多挫折遇不到合适的人，我们其中每一个人也可能走向同性恋。"

傻姑娘讲话时不停地做着手势，似乎要掩盖将要发颤的声音。一直乖乖地听讲，一直想要把自己藏起来的傻姑娘，似乎已经忘了当初主持活动时的大方，似乎已经忘了自己本性中的爽朗，继而也真的影响到了藏在自己内心的那一点点自信。

下课路过菜市场，傻姑娘去买鸡蛋，结果买了两只小鸡回来。

用绿碗给它们弄了点饭粒和水，又扯了几片青菜，傻姑娘就去冲澡。出来没听见小鸡叫，赶紧开门，黑猫正蹲在纸盒旁边左右看，小鸡没了！

气得傻姑娘！

破黑猫跑得快着呢!

想像它们被吃的样子,好可怜!绿碗歪了,米粒和水洒了一盒,两滩大鸡屎,两粒被血染红的米粒。傻姑娘要是不抹香香,是不是还来得及救它们啊?傻姑娘心里又一紧,幸亏花典已经长大,自己现在怎么连两只小鸡都保护不了?

心里难过,傻姑娘到菜园再看看它们只呆了多少分钟的盒子,那个黑猫,居然又蹲在纸盒旁边!气得傻姑娘冲它大吼,这次是真的大吼,作势要拿手机砸它,它一跃步又跑了。

傻姑娘决定:以后再不给它倒剩菜鱼骨头肉骨头了,就是扔垃圾桶都不给它吃。

晚上,猫叫春。

已经睡觉的傻姑娘悄悄走到阳台,那只黑猫,居然又在吃掉小鸡的地方转悠,难不成它还想?

边转悠,边从喉咙还是肚子哪儿传出特低沉特圆润的声音,响应着不知从哪传来的另一猫声,这是它们的情歌吗?怎么有点像哀曲?听着好似那么有感情,可那两只小鸡,不也是它一个吃了吗?

你后悔吗?

几次课都遇到一个身穿棕黄色翻领连衣裙的女子,或者说是修身风衣,里面银灰色的才是连衣裙,还有一条银灰色的围巾,短发略微有点点卷,额前小卡子向后别住流海,双肩皮包。

几次课都穿这身衣服。

傻姑娘:"你也是来旁听的?"

"是啊。"笑淡淡的,"你是哪的?"

"我是1111医院退休了,喜欢写作,来听的。"

"你哪年的?"

"70的。"

"真小。"

"你不是和我差不多吗？"

"我是五几年的。"

傻姑娘吃惊地又仔细看着她，她好像并没有化妆，"天啦，一点都不像，我以为你和我差不多。"

她叫红颜淡了，她是在北京买了房的外地人，她也是医院退休的，她是一个海员的前妻，她从周一听到周六的课，晚上也听，她没有孩子，她只有三年的婚史，她前夫是一个有名人物大老婆生的儿子，她自己的爸爸以前参加过革命，她妈妈家是地主，她的包是弟弟买的，她三千多块的缝纫机是姐姐买的，她无意中说起喜欢什么，过几天姐姐弟弟便给她网购过来。

傻姑娘已经感觉到了，她就像自己。一样什么都不包含的笑，只管笑得那么没心没肺，只是什么都比傻姑娘做得过一点，听课听得多一点，年龄长一点，生活更简单一点，更依赖家人一点，对爱情看得更淡一点。

红颜淡了："不想找了，他们说我有精神洁癖。"

"你是真不想找了，还是碍于面子假不想找了？"因为傻姑娘以前也碍于面子说过不想找。

红颜淡了："他们给我介绍过一个退休省部级官员，可是年龄太大了，70多岁，他的条件倒是特别好，保姆都有5个。"

"那性欲呢？用工具吗？"傻姑娘现在可是觉得用工具比跟不喜欢的男人在一块好多了。

她好像永远是那淡然的笑，"没那方面的欲望了。"

傻姑娘："你从多大年纪开始没什么欲望的？"

红颜淡了："我年轻的时候就很少想。"

傻姑娘："周一听到周六的课，晚上还听，你听那么多课不累吗？"

红颜淡了："可是我一个人，回去干什么呢？"

她背着双肩包的背影是那么青春，看着她，傻姑娘有种心疼的感觉，看着她，傻姑娘仿佛看到将来的自己，寂寞而美丽。她像个孩子般地把手机里所有自己的照片翻给傻姑娘看，傻姑娘肯定地说，"照片没你本人漂亮。"

傻姑娘："你为什么离婚啊？"

　　红颜淡了："结婚前挺好的，他挺帅，又高，家庭条件又好。"

　　红颜淡了："结婚后，他是海员，很少回家，大男子主义。他妈妈，每天让我看书练琴，不让我回自己的家。"

　　傻姑娘："你后悔吗？"

　　红颜淡了："不后悔。"

　　红颜淡了："他说，你再也找不到一个像我这样条件还对你这么好的人。"

　　红颜淡了："我给他说，你不要看你们家条件比我们家好，以为我高攀了你，其实从内涵来说，是我下嫁你了。"

　　上课的时候，傻姑娘突然想起什么，低声说："你不觉得你现在过的生活，就像当初你婆婆让你过得生活吗？"

　　她愣了一下，"是，那时候年轻。可是，她让我学党章啊！"

　　傻姑娘也一愣，马上又说："老师现在不也是在给你讲革命史吗？"

　　红颜淡了张张嘴没说话。

　　傻姑娘："他现在又结婚了吗？"

　　红颜淡了："又结了，他找了我8年，后来他去了加拿大。"

　　傻姑娘心里在替她后悔，不管她是真不后悔还是假不后悔，听了傻姑娘的问话，她也一定有点后悔。

　　傻姑娘晚上做了一个梦，办公楼上，一个削短发的女子，看出了傻姑娘的心事，转过椅子亲吻傻姑娘，摸傻姑娘胸部，傻姑娘居然有感觉。两人一块走过街桥下楼，也晃过傻姑娘那个最可爱女同学的面容，傻姑娘还用手拉了一下她的衣服，结果傻姑娘发现前面走着的怎么变成了一个高高壮壮的男人。

　　傻姑娘转头，后面有许多人在看傻姑娘。

相亲餐

一页书屋邀请傻姑娘参加相亲餐会，傻姑娘已经几年没去了。

傻姑娘今天的课是下午 1-3 点的，后面没有爱听的课，便慢慢地往那边踱。由于张馨予穿着红绿床单布戛纳电影节走红毯，使得傻姑娘这条穿了十多年的大红花床单长裙又特别受路人注目，绿色无袖针织衫，黄色高跟凉鞋，傻姑娘走起路来风情万种。

太早到，傻姑娘报刊亭买了根冰淇淋，翻了下长篇小说杂志，又聊了下杂志好不好卖。一页书屋想介绍傻姑娘认识的那位男士也提前到了，透着粉红的白衬衣，戴副眼镜，1 米 80 的个，外形还不错。

傻姑娘："你是做什么超市？"一页书屋只说他是外地人在北京开连锁超市，其余条件好，其余的让傻姑娘自己跟他聊。

超市男："红绿黄超市，北京开了十多家，全球三百多家。"

傻姑娘怎么觉得超市名字听过，"你自己开的超市吗？"

超市男："公司搭的平台。"

"哦，咱们在 QQ 上聊过。"傻姑娘想起来了，他做市场拓展。

超市男："是吗？我没印象啊。"

"相见恨晚网站认识的，聊过几句。"他旁边的另一位男士移别的桌上去了，傻姑娘还没说，聊了几句后就把他删除了。

一页书屋来了，全场一亮，小卡子将头发轻轻卡在脑后，网眼白底小绿圆针织衫，绿色长裙，脸上白白的。"好漂亮啊！"傻姑娘感叹，双手掰过一页书屋的胳膊，"你的眼角纹怎么都那么漂亮呢？"

一页书屋却开始亲切地数落傻姑娘："你怎么也不化个妆啊，晒这么黑，也不打把伞，男人都喜欢看白的……"

白好看，但傻姑娘也并不觉得黑难看。青华有一小黑妹，傻姑娘看着她从冬天的白逐渐到夏天的黑，到黑透，甚至黑出了一些青春痘痘，可傻姑娘觉得美极了，那是一种真实的美，黑得坦然黑得自信黑得健康黑得亲切。

"我喜欢这样嘛！化妆我觉得脸上涂了一层好难受。"傻姑娘赶紧给一页书屋倒了杯水说别的。一页书屋是重点中学数学老师，退休来女儿这，每周三次家教课，仍然保持着那种活力，保持着那种工作作风。

"不是夫妻胜似夫妻"，一页书屋和她左边格衫男互相调侃，超市男便使劲撮合他俩，一页书屋笑："我们俩熟得都没感觉了。"

一桌人边吃饭边自我介绍。

"我是70后。"70后说话时嘴歪扭扭娇媚媚的。

一页书屋："70后，你是71，还是79呢？"

"用说那么清楚啊？71。"70后爱笑。

70后旁边是一位拉丁舞老师，头发弄得小女孩样子，但人感觉蛮成熟。拉丁舞老师旁边一位很白净很端庄的女子，超市男老乡，和傻姑娘一样不怎么说话，坐超市男右边，她时不时看看超市男左边的傻姑娘。

蓝衣女子，光吃饭。

红红的黑脸膛："我是老北京，家里有生意。我喜欢有经历的女人，我想寻找灵魂伴侣，最好找个对手。"

傻姑娘："1111医院的，寻找精神伴侣。"

大眼睛男："那你跟他挺合适的。"

傻姑娘："他不行，他是找对手，我可不想找对手，只想找一个包容的人。"

一页书屋语重心长地跟红红的黑脸膛说："你呀，年轻女人可能还好斗，这个年纪的女人，都想过安稳日子了。"

男媒婆过来敬酒，拍着大眼睛男肩膀，"他呀，给一个心仪女士打电话，先写好稿子，打电话的时候拿着稿子念。"

大家大笑，可是不太像啊，大眼睛男一直说个不停啊，尤其是跟一页书屋，傻姑娘："那这样都没有打动人家啊？"大眼睛男没答话，拿水壶去加水。

一页书屋："我朋友的女儿，刚从英国留学回来，26岁，你看看你们单位有没有合适的男孩子。"

大眼睛男："好，我回头看看。"

　　一页书屋永远是桌上的核心，举止也好，说话也好，特有号召力。傻姑娘都觉得桌上每位男士都会喜欢她，当然这一桌也是男媒婆特地为一页书屋安排的无烟桌。

　　超市男偶尔给傻姑娘夹下菜，傻姑娘赶紧说："我自己来。"

　　那个做服装的帅哥，被旁边桌上小学老师看上了。男媒婆让他过去聊聊，他不肯，"那边没座位啊。"末了又悄悄跟男媒婆说，"我看上的是小学老师旁边那位。"

　　男媒婆一直把旁边桌男士往这边桌那边桌赶，"你们吃完后挪挪桌，都认识下。"那些男士都没动，最后，拉丁舞老师和70后坐他们桌上去了。

　　"姐姐，你看，那个女的，看着好舒服。"傻姑娘盯着一个斜流海两鬓短发不一样长的女子，一页书屋："年纪好像不小呢。"

　　傻姑娘仍然盯着看，"是，气质好。"

　　一页书屋赶紧回过头来教育傻姑娘："你看人家多会收拾，你再看你这大胳膊露的，你这头发……"

　　"我明天换一身衣服就是另外一种味道了，做百变女人嘛，姐姐你不要说我嘛，你这会儿应该多夸我才对。"傻姑娘拽着一页书屋胳膊撒娇，格衫男一直看着这姐俩。

　　傻姑娘："我喜欢你喜欢她也喜欢我自己啊，我觉得你们收拾得很好看，但我也没觉得自己弄得不好看啊！"

　　一页书屋："他们男人都喜欢看白的，都喜欢看头发梳得整齐的……"

　　"为什么男人喜欢看什么样我们就把自己弄成什么样呢？应该是我们喜欢什么样就把自己弄成什么样啊！"傻姑娘在一页书屋的强力话语下感觉没法申辩但还是小声说出来了，再说傻姑娘也没觉得男人不喜欢自己这个样子啊。

　　"这倒是。"一页书屋点了点头。

　　吃着，看着，听着，说着，傻姑娘突然想起，几年前，一页书屋也是穿的这套衣服，傻姑娘指给她看的也是这个斜刘海女子，一页书屋说的也是这些话，傻姑娘说的也是这些话。那天，傻姑娘穿的不是这套衣服。

三楼女主人换了

傻姑娘有条睡裙，竖切配花，四分之一玫红底大白花，四分之一白底玫红传统花，四分之一的多少玫红底白细条，剩下的分成前后两块半透明白布，半透明白布下两种花纹那样朦胧美。

网上买的，第一次，快递送过来，傻姑娘发现图上看到的朦胧美是前后半透明白布映照的后前面衣料花纹。半透明，在家里园里没法随便穿，便退回去了。

第二次，又喜欢上了，又想买，突然想起来上次买过。

第三次，又喜欢上了，没想起来上次和上上次的事，买了。快递送过来，傻姑娘才想起来，不过，既然每次都喜欢，那就是真的喜欢了，那就是该买了。

塑料扣子花也是衣服上的花图案。

爱情是不是也是这样？

如果真的喜欢，就还会遇到，如果真的喜欢，就不会错过。

阿阿阿什么时候回来呢？

蝉鸣的时候，阿阿阿会回来？

丝瓜花开的时候，阿阿阿会回来？

三楼租户女主人变了，是一个年轻一点的小姑娘了，男主人没变。垃圾仍然在往下扔，傻姑娘仍然在捡。

三楼开空调了，空调水嘀嘀嗒嗒，嘀嘀嗒嗒。二楼说滴在窗户隔板上影响她睡觉，三楼便把长管子换了一个方向。傻姑娘一出门，水便嘀嘀嗒嗒嘀嘀嗒嗒到头上，上去找他们，他说马上给空调公司打电话。

可是几天了，管子依然耷拉在傻姑娘头顶上，有时候滴水，有时候不滴水。每次出门，傻姑娘都跟做贼似的，悄悄抬头看看上方。

菜园里，又飘着隔壁老人的格衬衫，条T恤，两条腰间竖条纹的短裤，不是以前的衣服。傻姑娘便知道，儿子们又来看过他了。上

次傻姑娘开门老人也开门时，老人就主动高兴地告诉傻姑娘："刚才儿子请我到外面吃饭，要过端午了，他要去外地，就提前请我吃饭。"

老人有五个儿子，前老伴生了三个，后老伴生了两个，或者说后老伴带着两个，这衣服也许是儿子们的旧衣服。

老人第二次婚姻并没有领证，只是事实婚姻。

这是老人左边邻居婆婆告诉傻姑娘的，左边邻居婆婆也是离婚，离婚后前夫又车祸去世了。左边邻居婆婆也爱跳舞，户口在外地的左边邻居婆婆说："他如果再一结婚，那他这房子就不能住了。"

菜园里突然蹦出一只小黑猫，细看，不全黑，肚子白的，四条腿白的，那只黑猫和白花猫的孩子？已经好久没看到那一只蓝眼睛一只绿眼睛猫了，走了？还是死了？

羊羔养起来太费心，傻姑娘经常要去听课，就把它们半送半卖给老乡了。送之前，傻姑娘把菜园里那些老菜叶都撕下来，让羊儿好好吃了一顿。

蚊子不太喜欢傻姑娘也挺好，可蚂蚁居然跑到傻姑娘裤子上来了，苍蝇居然歇到傻姑娘手指甲上了，真是的。

二楼的小小帅哥坐窗台上玩呢，看见傻姑娘在菜园，他敲敲窗子，傻姑娘就冲他笑笑招一下手，他便不好意思地扭过头去。傻姑娘再低头看小蚂蚁，小小帅哥便又敲他家窗子，傻姑娘再冲他笑笑招一下手，他便又不好意思地扭过头去。傻姑娘再看小蚂蚁，他又敲窗子……

现在唯一有点振奋的消息是，姐弟恋热持续加温中，王菲谢霆锋之后，伊能静秦昊，贾静雯和谁谁，又有谁谁谁谁。简直离婚女人大翻身，张柏芝精神状况也跟前段时间大不一样，大家都选了跟先前不一样类型的男人。

很感谢这些离婚女神们！

说实在的，一页书屋姐姐也给傻姑娘打了一剂强心针，女人到这个年纪还能这么强势，说明底气十足，虽然这么强势不一定好。

中午买回来一份梅菜扣肉，傻姑娘不说这食堂的菜有多难吃了，反正傻姑娘吃白饭都不想吃。把菜盒放地上，平时傻姑娘一转身进屋，菜就没了。今天，饭盒里梅菜一点没少，肉被拖到旁边地上，只尝了一小口，野猫喜鹊都不喜欢吃！

可这是单位每月直接打进餐卡的 50 元钱，不吃也不退，每月不去消费一次的话，钱就不会自动给你充进卡里。

性虐待

又到了夏天，校园里，就突然冒出来一对对情侣学生，冬天没觉得呀。

傻姑娘今天坐倒数第三排，坐下就后悔了。倒数第二排一下坐了四个美女，那个黑人学生迅速挪到倒数第一排去了。傻姑娘也想迅速挪到倒数第一排，上课听听讲，空闲时可以顾赏四个美女啊，看看她们的穿着，研究下她们的头发，听听她们叽叽喳喳，偶尔再笑笑她们东倒西歪，一节课多有意思啊！

再也听不到古人来讲课了，他在干嘛呢？

古人来："有机会拜读一下你的大作啊。"

傻姑娘把《前世日记》网址发给他，"别把你吓跑了。"

古人来：我读了，重点是找到能把我吓跑的理由，不觉得有什么过分之处啊！

古人来：我都有因为控制不了欲望而疯癫的年代。

古人来：我曾经认识过一个女孩，差点结婚。

傻姑娘：为什么没？

古人来：她是个姑娘，因为要孩子的问题分手了。

古人来：她是警察，为我辞职到了北京，我们有个共同的爱好，Sm，相信你懂这个吧？

傻姑娘：不懂。

古人来：那你百度一下，没准会把你吓跑，就是性虐待。

傻姑娘马上百度，哦，性虐待听说过，只是不知道就是 Sm：你现在还这样？

古人来：只能说自己喜欢。

傻姑娘：那你们不会受伤吗？

古人来：这个可能并不是你所想像的虐待，完全是两个人的需求。

傻姑娘：哪年的事？

古人来：另类需求。

古人来：三年了。

傻姑娘：除了她，你和别人也这样吗？

古人来：这个是要相互呼应的。

古人来：没有。

古人来：也不可能。

古人来：是一种需求，以前我在这个圈子认识不少人。

傻姑娘：哦。

古人来：和她分手后，就再没有涉足。

古人来：而我并不觉得这是个坏的毛病，很多人都有这个潜意识，只是无法对外人说出口。

古人来：很多家庭的一方都会对另一方不满足，我指性生活，他（她）们生活得很压抑，很痛苦，得不到宣泄，所以会在外面寻找自己的一片天地。

傻姑娘：……

古人来：一般人会觉得是能力问题，其实不是，比如女方渴望得到更疯狂的性爱，那是什么呢？就是受虐，类似强奸的感觉，这就是受虐倾向。

古人来：举个例子，比如夫妻间为了增加性欲的氛围……语音可以吗？

傻姑娘：孩子还在睡觉，就打字好吗？

古人来：往往妻子喜欢老公把自己双手捆绑起来，那样她会觉得有一种特别的感觉，这就是典型的受虐。

古人来：很多 sm 过程并不是需要插入而得到最终的结果。

傻姑娘：哦。

古人来：对方享受这个受虐过程，从中得到最大限度的感官上的满足，所以说并不是男人的变态，其实从某种上是在满足对方。

傻姑娘：以前也听说过一大学生在宿舍自己玩这个窒息死了，就是一男生。

古人来：你说的情况，属于没有章法，在这个圈子里属于：雏儿。

傻姑娘：？

古人来：S代表实施虐方，m代表受虐，有经验的S是在时刻观察对方的感觉，并不是很多人想像的暴力和变态。

古人来：就像女人都有很多兴奋点，比如嘴唇，耳朵，胸，肚子，脚，阴唇，并不是每个女人任何一个地方都能兴奋。

古人来：受虐也是这样的，要观察和了解对方的心态和反应，这就是享受，双方的享受，如果不是这样，那就是虐待。

傻姑娘：两方会经常换角色吗？

古人来：你说的这种情况属于夫妻间的调情，不是sm。

古人来：真正的sm角色是固定的，而手法不同，有些S喜欢捆绑，有些擅长羞辱等，所以受虐方要根据自己的需求找到适合他的对像。

傻姑娘：……

古人来：只有你懂得和研究才能把这个事情看得清楚，才能不叫它为可怕的变态，那真的是一种享受。

傻姑娘：那个圈子人很多吗？

古人来：很多。

傻姑娘：有出过意外的吗？

古人来：就像做爱！你把一个对性没有需求的女人按在床上，那就是强奸。

古人来：我做事小心也有理智，所以没有过意外出现。

傻姑娘：别人呢？

古人来：认同我的观点吗？

古人来：这个话题很长，有机会我和你讲，如果你想了解的话。

傻姑娘：好。

古人来：我这是第一次和圈子以外的人说这些。

傻姑娘：男人在一块是不是讲一个黄色故事就把生意谈成了？

古人来：绝对不是，你太天真了。

舞场男女

一年没去隔壁武警大学跳舞了。

傻姑娘路边停了一下，那个得了小儿麻痹症一瘸一拐的单身男子，走到傻姑娘前面去了，提着一个纸袋，还回头看了看傻姑娘。他是武警大学的工人，病退，经常一个人在舞场边踩着乐点转圈圈。

一位老人拿着扫帚打扫舞场，小儿麻痹症男子抢着一个大拖把拖扫着。傻姑娘突然想起自己远在老家有点智力障碍的漂亮表妹，她和小儿麻痹症男子适不适合在一块呢？

时间还早，傻姑娘先去跳广场舞，躲在最后跳。这儿广场舞都有正步走的味道，每一节都是军操的变异，稍微多了一点柔情感生活感。

7点半，傻姑娘蹓回到交谊舞场。

隔壁邻居老人也来了，傻姑娘赶紧看别处，不过，场地就那么小，人还那么少，眼睛也不可能老别着，还是要看到。他也向傻姑娘走来，聊了几句，不过很好，他没主动邀请傻姑娘跳舞，傻姑娘也没有主动站起来走向他。这样很好，因为，傻姑娘实在不想舞场的感觉跟隔壁邻居老人联系在一起，即使傻姑娘没有舞伴。

那跳忠字舞的一对也来了，他们实际上不是一对夫妻，是两对好朋友夫妻，A妻和B夫都喜欢跳舞，他们便一老在一起跳舞。上次他们跳一个什么舞不是忠字舞但感觉像忠字舞，那种单线条，那种激情，跳得好可爱。

那个不太会跳的IT男，穿了一件正式的黑衬衣，领子高高立着，黑衬衣扎在笔挺的西裤里面，瘦了很多，绅士样了很多。不过，他仍然规矩地举着双手，跟在一对标准舞伴后面学，看样子誓把跳舞学会。真佩服他，傻姑娘其实觉得他不是个跳舞的料，貌似也是单身。

还有那一对，从来没声音，男的戴幅眼镜文质彬彬，女的，以前傻姑娘觉得青春漂亮活泼，今天她白上衣黑短裙，白眼镜，傻姑娘没有觉得青春漂亮活泼，但仰靠男子胳膊上踢起右腿时，那对高高挺起的乳峰，就足以吸引一个男人了，吸引所有男人了。

每次散舞后，男的骑车往北走，女的骑车往南走。

那一对夫妻没来，女的跟傻姑娘邻居老人学的跳舞，跳得很好了，男的来了，男的不会，女的又不爱跟他跳，就去别的地方跳，男的就天天苦练啊，戴一顶绅士草帽，戴一双白手套，绕着舞场边一个人一圈圈地转快三，转快三。

轮椅老人仍然在舞场东南角，傻姑娘仔细看了看，又觉得不是去年那个轮椅老人。这个老人好像要年轻一些，也似要睡着，也盖着一床小毯，也戴一顶暗扣帽。

多的不说了。

傻姑娘自个儿舞场边踩蹦四，不会了。一个瘦老头请傻姑娘跳舞，傻姑娘细细地感受音乐，不看老头，想着歌词，踩着乐点，跳起来还算美。

第二支曲，却总是想不美歌词，踩不着乐点，看到的只是老头，傻姑娘跳起来有点不耐烦了。傻姑娘想，自己终究不适合这儿，喜欢跟一个喜欢的人跳舞，喜欢只有乐点而没有标准舞姿。

去年教傻姑娘跳舞的花衣服教授来了，傻姑娘笑笑走过去，跟他跳舞，傻姑娘乐感总是很好，蹦四似乎又能慢慢找着点了，不过，傻姑娘总是笑话自己不记步，总是处于一个学的状态。

花衣服教授呢，去年就一直劝说傻姑娘坚持来，天天来，"你身材好，有文化，有气质，跳好了，会成全场的舞星。""你天天来，就有舞伴了，否则，别人今天跟你跳，明天你不来，他自己舞伴也搞丢了。"可傻姑娘真的没法坚持来。说话间，花衣服教授舞伴就来了，傻姑娘笑笑地坐椅子上歇去了。

多的也不说了。

一阵凉风吹来，灰色云，灰色风，一阵，又一阵，吹得傻姑娘头发紧贴脸上，甩都甩不开，舞场上人也吹走了一大半，广场舞那边全吹走了。不是舍不得这舞场，只是换了一身衣服，戴了一根项链，穿了一次高跟鞋，怎么也得耗两小时吧？

雨点终究打在傻姑娘脸上了，赶紧跑，赶紧跑，大家都分头跑，可是来不及了。傻姑娘："怎么办啊，这连躲雨的地方都没有？"

"前面有一个地方可以。"花衣服教授说，果然，爬山虎架前面亭子是实顶。

花衣服教授："我写了五首歌，四本小说。有一本是克隆的，英雄克隆军人克隆，因为现在不让写克隆，所以我保存着，准备自费出版。我的一本小说改编成影视剧，投资8000万，现在已经开拍了，我现在非常忙。"

傻姑娘和花衣服教授跳过几次舞，花衣服教授就说过几次了。第一遍傻姑娘听得非常认真，第二遍很礼貌，第三遍，第四遍……雨还不停啊？

花衣服教授："莫言的《丰乳肥臀》看过没有？丰乳肥臀那种美，要写点那种东西。"

花衣服教授："《失恋33天》，你看过吗？那个女的写小说火了，拍成电视剧了，她男朋友又回来找她了，他们就又好了。"

傻姑娘想：是不是真的要我的小说火了，才会遇到那个他？我现在一直努力提升自己，可真的有那么幸运的一天吗？

花教授的舞伴举着伞过来了，还有一位男士，以前和傻姑娘跳过舞，他也举着一把伞过来了。

花教授舞伴："这雨没法走了。"

举伞男子："这雨没法走了。"

花教授："我和她谈文学呢。"

花教授舞伴端端正正举着伞，为花教授举伞，站亭子中间，亭子上是实顶啊！花教授站在她伞下，面朝着傻姑娘，"我的一本小说改编成影视剧，投资8000万，现在已经开拍了。"

傻姑娘正为自己的小说出版苦恼呢，这位花教授老是重复自己的光荣自己的收获自己的得意，弄得傻姑娘心里更加难受：你这么行，你又不能帮别人一下，你就别说了嘛！

那位男士，举着伞看亭子外面的雨，背朝大家，听大家说话。

雨好大好大，傻姑娘有点后悔，不应该听花教授的话在这躲雨，而应该冲一下，冲一下的话，已经到家了，衣服也不会湿多少。现在冲，头发都得淋透。

一辆一辆的车，过来接那头躲雨的人，都没有在这边停的，如果有，傻姑娘会厚着脸皮问一问的。

举伞男子也没耐心，走了。

花教授嘟囔："这下雨天，我又不好意思让儿子儿媳妇来接。"

花教授舞伴仍然那么笔直站着，左手为花教授举着伞，手都没换一下，傻姑娘真的很佩服她，亭子内没雨啊！

傻姑娘："我以后再不来这跳舞了。"

花教授舞伴："为什么？"

傻姑娘："这儿跳舞太正规了，他们对舞姿的那种精益求精，一个姿势，纠正百遍，我做不到，我对跳舞没这个耐心，对文字有这种耐心。"

傻姑娘不想等了，直接冲到大雨里去了。十字路口，一辆军车停在那，不知是让傻姑娘先过，还是看这姑娘怎么淋着雨？傻姑娘也站着，等它先过，终于，它还是过去了，后面的一队车都跟着驶过去了。

快走了几步，对面开过来一辆车，伸出来一小战士脑袋："坐车吗？"

傻姑娘："好！"

傻姑娘快跑过去，拉开车门就钻进去，"谢谢啊！太谢谢你了！我是1111医院的。"

小战士："后面有纸，没事，我也是刚出完车，正好看见你淋雨。"

傻姑娘："你当了几年兵？"

小战士："5年，马上就要复员了。"

傻姑娘："哦，那你就比我儿子大几岁。"

小战士："啊！我还以为你才二十多岁呢！"

傻姑娘笑："那你岂不是很失望啊。"

小战士："那倒没有，我反正知道你肯定比我大。"

傻姑娘心里开玩笑地想，下次不说自己有儿子，得说自己有女儿，这样人家就不会失望反而会高兴，"平时开车不觉得，这下大雨了，才觉得这雨中蹭车，像那雪中送炭，真的特别感谢！"

小战士："不用客气，你以后开车遇到别人帮他一下就行。"

傻姑娘："好。"

第六章　男媒婆俱乐部

你干脆找两老婆得了

　　相见恨晚网一年的看信包月服务到期，已经第二次还是第三次买这个服务了，还没找到那个人。服务一到期，它马上把傻姑娘的相片放在大家容易看到的地方，放在可以被群发信件的地方，这样就每天收到很多信，可是又看不到，只能再买它的服务。享受服务期间，却基本上收不到什么新来信。

　　狠狠心，再买一年服务吧。可是交费，工行的卡也交不上，农行的也交不上，它委托什么电商交费的，也交不上，还不如以前了。傻姑娘这点上可没什么耐心，算了吧。

　　老这样宅家里也不是个事，傻姑娘又抱着点点希望去男媒婆俱乐部。一停好车，男媒婆就给傻姑娘介绍一医生。

　　和医生聊了几句，傻姑娘："我出去站一会。"

　　傻姑娘："我不想找同行。"

　　男媒婆："先聊聊吧。"

　　男媒婆和新来的人进去了，医生出来了，"你还有朋友要来？"

　　傻姑娘："没有啊，我在外面走走。"

　　男媒婆："你要留四个座位是吧？"

　　医生："是。"

　　男媒婆："那再开一桌呗。"

　　进屋，傻姑娘指指桌上其他人问医生，"你们都认识啊？"

　　医生："她们俩我上次见过，留座位的四个是群里的，她们让帮留一下座位，我不认识。"

礼貌性地聊着，对面桌上来了一位穿黄色T恤戴眼镜的平头男子，眼睛不停地往傻姑娘这边看，傻姑娘也看他，两人的目光还交集了一次。

从洗手间回来，原座位上都坐满了人，男媒婆迎上来，"你坐这吧。"傻姑娘很高兴地跟着男媒婆走，医生的眼睛也跟着走。

男媒婆把傻姑娘带到最里面一桌，右边一个有点胖有点长相的男子，左边一个有点矮有点年长的男子李哥。

他！傻姑娘突然看到对面坐着秋客，秋客也看到傻姑娘，"木一一！"两人不再说一句话，秋客一直低着头。

李哥："你那小说是写的你自己吗？"

傻姑娘笑笑："来源于生活，高于生活。"

李哥："你怎么把你的经历写到网上呢？怎么把自己对生活的感悟写到网上呢？你知道现在有些作家专门到网上找素材，这些人江郎才尽，但文字功力了得，他就看一眼你那素材，就能写出一篇很好的故事。他们有时专门花钱请人喝酒，就为了听人家讲自己的经历。"

傻姑娘："不怕，就像你可以偷走一个女人一件衣服，但偷不走那个女人的气质。虽然故事一样，他写出来的完全是另外一个味道。"

李哥："你可以先写一个故事梗概给出版社，他们如果感兴趣，再给他全稿。"

有些事情傻姑娘是知道的，但做起来有很多情况。李哥的话，说得好像很知道内情，也很好心，又勾起傻姑娘那些淡淡的忧伤惆怅，还是不要说了，不要听了罢。

傻姑娘转向右边的胖胖，胖胖跟他右边的长辫女子说着话，长辫女子："你们经常出去玩吗？"

胖胖："每周都出去玩，去郊区。"

长辫女子："加个微信呗。"

胖胖："我的手机号18888888888，就是微信号。"

傻姑娘坐里面这桌后，平头男子便没有再看傻姑娘。傻姑娘问胖胖："你在群里叫什么名字？"

胖胖很快地答："我就叫胖胖，你呢？"

傻姑娘："我叫'好吃懒婆娘'。"

秋客旁边坐的女人，眼睛大大，卷发披着，长得很邻家姐姐样，突然冲傻姑娘抛了一句："我也是湖北的，宜昌的。"

"我是洪湖的。"傻姑娘说完才想起来，哦几年前见过。

吃完饭，服务员折叠起两张大圆桌，放起舞曲《你喜欢我就来追求我》。平头男走了，长辫女子隔壁桌上发现熟人，坐过去聊了。

舞场上，一个无袖黑针织衫女子，短裤，长长镂空花风衣，长卷发，和着平四舞曲，镂空花风衣女子腿和上身慢慢弯成90度，脖子胸部不断地扭动。黑脸男子弹钢琴样在她胸腹部上空移动着手指，镂空花风衣女子双手放在露出来的肚脐眼下方短裤拉链处，双手交错移动要拉开状，黑脸男子眼死死盯住镂空花风衣女子高高挺起的胸峰。

傻姑娘托着腮微微笑看着，很有趣，很大胆，还挺有美感，

男媒婆过来，"那桌上有人看上你了，你过去聊聊呗。"

胖胖顺着男媒婆指的方向瞟了一眼，是个葡萄眼美女，和镂空花风衣女子背靠背坐在紧邻两张桌子上，"不去，有什么好聊的。"

胖胖转向傻姑娘："我不太跟女人聊，有什么好聊的啊。"

傻姑娘："看着不像啊。"

胖胖："你平常做什么呀？有时间出去玩吗？"

傻姑娘："每周去青华大学听三次课，有空写写小说，种菜，时间好像也排得满满的，很少出去。"

胖胖："留个电话呗，下次一块出去玩。"

傻姑娘把电话给他。

舞场上，光头男作猴状，在眼上方左右移动手臂，寻觅样，镂空花风衣女子舞场那头左右移动舞步左右移动手臂回应。

舞场上，医生和镂空花风衣女子两人胸部一进一退，医生腿蹲跨到镂空花风衣女子胯下，眼睛盯着镂空花风衣女子胸部顾赏样。傻姑娘这才发现，医生那四个座位原是给镂空花风衣女子留的。

傻姑娘几年前就见到过的那个牛哥，坐葡萄眼美女身边了，两人跳了好几曲，葡萄眼美女头顶挽了一个小鬏鬏，穿一身运动裙装，很利索。

男媒婆又踱着胖步过来了，"你叫——，她也叫——。"

赵哥："你就是——啊？我们第一次聚会就见过，你长变了呀，瘦了。"

傻姑娘笑笑："晒黑了，没瘦。"

胖胖歪头过来低低声音说："你看过交通台电视吗？那上面有一个高职培训师，我就是跟他一个级别。现在这种级别的人特别少，得有30年驾龄。"

傻姑娘："你经常来参加聚会吗？"

胖胖："不，工作很忙，全国各地跑，很少来，今天也没准备来，出来散步，走着走着就过来了。"

傻姑娘在看邻家姐姐，她话不多，很安静，但说一句是一句，笑一下是一下。胖胖桌子底下捏了一下傻姑娘手指，傻姑娘手指跟过电似的，胖胖笑："看看你健不健康。"

傻姑娘看看自己的手指甲，"当然健康。"

胖胖左手撑桌上托着腮右手摸着额头挡住脸凑过来低低声音说："我可以联系你吗？别到时不接电话。"

傻姑娘笑笑："可以。"

胖胖："我跟女人没有什么可以聊的。"

胖胖："有时候工作忙，电话都可能不打，微信也不聊。我下月开始每周一休息，你一般什么时候有时间？"

胖胖："如果有点感觉，咱们就接触接触，可以吗？"

傻姑娘笑笑。

胖胖："你如果不愿意现在就可以拒绝我，我说话很直接。"

傻姑娘点了一下头："可以。"

胖胖："我跟电视台那个讲座的时迁是一个级别的，这个驾龄满8年才能考四级，满16年才能考三级，满24年才能考二级，满30年驾龄到那个级别的人好多都死了，所以这个级别的人特别少。"

看傻姑娘看镂空花风衣女子跳舞看得笑咪咪的，赵哥："你会跳舞吗？"

傻姑娘："我啊——属于那种特别笨的人。"

李哥问赵哥："小张好久没给你打电话了吧？"

赵哥："她一打电话就说去云南玩。"

李哥："云南可以去，挺便宜的，我刚从那儿回来。"

傻姑娘端起可乐杯，"姐姐，姐姐，姐姐。"连叫三声，歪着头看别人的邻家姐姐才听到，笑笑，两人喝了一口。

胖胖："你性格倒挺好的。"

邻家姐姐有时看看这边，胖胖一会儿给邻家姐姐斟杯酒，一会儿给邻家姐姐斟杯酒，邻家姐姐也不说'谢谢'也不说别的什么，只是无甚表情端起酒杯喝，胖胖："林姐你总是那么认真。"

胖胖："你会跳舞吗？"

傻姑娘："我啊———我属于那种特别笨的人。"

是一曲平四，两人同时站起来，"走，跳去。"

傻姑娘穿一条浅黄绿花旗袍裙，挽一个弯弯的发髻，黄花高跟凉鞋，不一定每个点都踩得到位，但跳起来很有女人味，偶尔屁股还会扭几下，几张桌上的眼睛，男的女的，都看向舞场。

"你干脆找两老婆得了。"男人们起哄。

镂空花风衣女子挪坐到道边，胖胖走过时，镂空花风衣女子拉着他的胳膊，头枕在他胳膊上了多少秒钟，傻姑娘走在胖胖后面看得真切。

赵哥："你跳舞跳得挺好看的。"

傻姑娘："谢谢鼓励！"

胖胖歪过头来声音压得低低的，"如果有点感觉，咱们就处处，可以吗？"又说："我觉得你挺好的，有点城府，但很善良，我当然想找一个长期的。"又说："如果不行，你现在也可以拒绝我。"

傻姑娘："可以。"

胖胖转过身指指旁边桌上一穿白衬衣长得还有点样子很少说话的男子："那人是个律师，他认为我们都是傻 X，我们认为他才是。"

胖胖又指着一黑 T 恤卷发男，那人饭后才从哪儿冒出来的，"他是北京理工大学的何教授，专门教拉丁舞的。"

何教授端着酒杯过来敬酒，赵哥指指邻家姐姐和傻姑娘，"这两美女是你没见过的。跳舞的赵姑娘刚刚走，她前脚走你后脚进。"何教授便和邻家姐姐和傻姑娘敬酒。

胖胖对傻姑娘说："他会教跳舞，可以教三步。"

正好响起三步舞曲，胖胖叫过何教授，"你带她跳。"

何教授："你跳，你跳。"

胖胖："你跳，你跳。"

何教授很标准的姿势，两人之间很标准的距离，"咚嚓嚓，咚嚓嚓，咚嚓嚓，咚嚓嚓……"舞曲最后，傻姑娘踩着标准点了。

胖胖："你们谁结婚，我随分子2万。"傻姑娘都觉得这是个可以接的玩笑，但桌上没一个人接话，男的女的都没人接。

"你们谁结婚，我随分子2万。"胖胖举着酒杯又豪爽地说了一遍，还是没人接话，邻家姐姐轻轻看了他一眼。

男媒婆又过来敬酒，看了看傻姑娘和胖胖，"今天成了4对。"又看了看邻家姐姐，"您也不答应我们赵哥。"邻家姐姐笑笑。

胖胖往上卷起T恤，左顾右盼，露出圆鼓鼓的大肚皮。长辫女子起身绕过胖胖傻姑娘身后，"你们慢慢聊啊，我回家了。"

胖胖："嗯，你可以加我微信聊。"

傻姑娘去前台要了一张免费停车票，回到桌前，男媒婆："回头我给你介绍一个68年的，不过，他个子才170，没结过婚，没孩子，回头我给你打电话啊。"

傻姑娘一愣，看看胖胖没在座位上，男媒婆刚才看到过傻姑娘和胖胖聊得挺好，现在当着满桌的人这么说，一定有他的道理，傻姑娘点点头，"好。"

"请你跳支舞吧！我们以前见过好多次，就是没说话。"牛哥突然冒出来，男媒婆便拿着他的本本慢慢走开了。

傻姑娘又是一愣，这个牛哥，很多年前参加男媒婆聚会就看见过很多次，他有时候看着像条粗汉子，有时候戴副眼镜又像个绅士，但从来没主动跟傻姑娘说过话。

开始时拉手跳了一下，牛哥就用手左右示意傻姑娘随着节奏自由蹦。傻姑娘居然对乐点和他的手势很有感觉，很快进入状态，洗手间回来的胖胖看到舞场上的傻姑娘和牛哥跳得也很协调。

牛哥："你乐感很好。"

回到桌前，傻姑娘给胖胖说："我回家了。"

胖胖："你等一下，我有事找你。"

　　傻姑娘没有走，也没有坐回胖胖身旁，站邻家姐姐椅边，旁边桌上的牛哥："你过来一下，我问你点事。"

　　傻姑娘看看胖胖，站原地没动，邻家姐姐："牛哥叫你过去问你点事。"邻家姐姐这么说，那她一定觉得牛哥更合适，傻姑娘对胖胖和牛哥都不了解，邻家姐姐经常参加活动应该很了解。

　　傻姑娘便拿上小包包坐旁边桌上，这桌人已经走光，葡萄眼美女也早已走了。牛哥撑着脑袋坐桌边，"你很高挑，很高挑，跳起舞来很好看，你想找一个月工资多少的人？"

　　傻姑娘一愣，"这个，这个没有定数吧，差不多就行了吧。"

　　牛哥："多少？9000行吗？工资加利息。"

　　傻姑娘："经济稳定一点就行。"

　　牛哥："你工资多少？"

　　傻姑娘笑笑，这人倒挺有趣，一上来问女人的工资，想想告诉他也无关紧要，"6000。"

　　牛哥："哦，我也6000，和你一样，咱们一个月还能存一万呢。"

　　傻姑娘又笑，"你刚才不说9000吗？"

　　牛哥："6000。"

　　胖胖就坐那张桌上和牛哥斜背靠背，竖着耳朵，多多少少也听到一些，赵哥也看着这边。

　　牛哥："你想找一个什么样的人？"

　　傻姑娘瞪着大眼睛，这种场合有点不知所措，"找个温暖的人，过简单的日子。"

　　牛哥："你想找一个多大的？"

　　傻姑娘："上下10岁都行。"

　　牛哥："你是哪一年的？"

　　傻姑娘："70年的。"

　　牛哥："我55岁，正好大你10岁，你还有什么要求？"

　　傻姑娘："这个年纪了，要包容一点，不要太计较，要能聊得来，两个人，得要懂得对方。"

　　牛哥："不要计较，那现在关键问题就是要能说到一块。"

　　牛哥："你看我合适吗？"

傻姑娘："还不太了解啊！"

牛哥："那留个电话吧？"

傻姑娘："好，135……"

牛哥伸过手机，示意傻姑娘在上面按下电话号码，摁错了一个数字，又重新来，摁完后，傻姑娘："那我回家了。"

胖胖："李哥他们说想让你一块去卡拉 OK。"

傻姑娘："我不会唱歌，我不去。"

胖胖："你开车拉着大家一块去嘛。"

傻姑娘："可是我不会唱歌啊，我不想去啊！"

一直看着牛哥傻姑娘聊天的赵哥这时说："你要是答应了牛哥你就可以不去。"

"大家认识个朋友。"傻姑娘对赵哥说，赵哥点点头。

"姐姐，我走了啊，李哥，"傻姑娘又朝胖胖和其他人点了点头赶紧逃也似地走了。

赵哥："老牛，你送送她呗。"

牛哥："她没答应我。"

让人恨不起来的骗子

胖胖微信："到家了？"

傻姑娘："准备睡觉了。"

胖胖："你时间方便的时候联系我啊。"

第二天早上，傻姑娘回微信："感觉你有相好女朋友，我和你还是不太合适，祝好运！"

很久没有这样被抢的感觉了，傻姑娘一直笑咪咪地回味这种感觉，回味，脸上都生产了厚厚一层油腻。起来，想做点什么事，却又笑咪咪地沉浸在这种情绪里。傻姑娘都恨不得男媒婆俱乐部今天就再有聚会，可是今天没有，明天才有，时间过得好慢啊。

那只白花猫，在地里刨土，它要干什么？傻姑娘从窗子里偷看，好像骑跨着拉了一点屎，白花猫掉转身子，又刨了几下，又骑跨着拉了好多屎，傻姑娘看清楚了，白花猫又刨土把屎埋上，还蛮文明的。

这点上，麻雀可不太乖，总喜欢在傻姑娘椅靠背上拉屎，还在傻姑娘停菜园里的自行车坐凳上拉，白的黑的屎，有时候也拉在玉米叶上黄瓜叶上小萝卜叶上。

基于对大黑猫吃掉两只小鸡的生气，傻姑娘故意紧盯着白花猫。白花猫看见了，紧跑两步，跑傻姑娘身后了。傻姑娘转身，继续严肃地盯着它，它又紧跑几步，边跑边害怕地盯着傻姑娘，跑到另一个方向了。傻姑娘侧过身子继续盯着它，它边看边跑，跑房那边去了。

白花猫看起来比大黑猫胆小多了。

那个何为，暑假和几个朋友开车去西藏，约了一个女网友，一车人，就她一个女的，大家都以为她是何为的女朋友。何为今天就抱了她一下，结果她说："我们还是普通朋友，你得尊重我。"

喂借个微笑，再也不主动联系傻姑娘了，怕傻姑娘再把他写小说里，怕再被当成鲁迅小说里的四铭。

说说秋客吧，那还是几年前：

那是一个很无聊的夏日单身交友舞会，都是些很老的老面孔，突然，秋客来了，邀请傻姑娘跳舞。

秋客跳舞很随性，并不一定要拉着手，但是，感觉比他拉着你的手配得还好，很轻松，很有乐感，不知道该怎么说，就是不会跳舞的傻姑娘感觉自己还蛮会跳似的，很自由地发挥，很有跳舞的感觉。

听着歌词，踩着曲子，一种好美好的感觉，歌曲中的爱情总是好美好美，身边还真的有那么一张笑脸。

傻姑娘："你做什么工作啊？"

喜欢："计算机，外企，你呢？"

傻姑娘："1111 医院。"

一直跳了好几曲，秋客："一会儿我请你吃饭吧。"

傻姑娘："好。"

秋客有一儿子，跟着他妈妈，去年考了 650 分，一志愿没填好，二志愿学校差，就决定复读。说起儿子，秋客满脸歉疚，还说一会儿带儿子去买 iphone4。

傻姑娘说自己的书，秋客："我也想写自己的故事。"

傻姑娘："要写就现在写，一拖日子就没了。"

秋客："是啊。"

两人就这样电话里聊天，早上也聊，晚上也聊，特别聊得来。国庆节，秋客又要请傻姑娘吃饭，在他家附近一个饭店，吃完饭，请傻姑娘去他家坐坐。

一进家门，傻姑娘吃了一惊，地上坑坑洼洼不平，"这是？"

秋客："我把柜子拆了，床拆了，用那些木板自己做木地板。"

被子铺地上，都是灰啊蓝的，没一点亮色。床上乱七八糟，边上是一些书籍啊拆了的破旧仪器啊和工具。墙皮斑驳脱落，一道道霉印。走过像桥一样摞着的木地板，阳台上堆满了各种饮料瓶。这样的房子，就算女人愿意以身相许也没有情绪啊。

秋客："平时懒得烧水的，就买饮料喝。"

傻姑娘："叫一个收废品的来吧，把这些卖了。"

厨房里，锅碗瓢盆好多，不锈钢碗大大小小一摞一摞的，跟从食堂拿来似的，盆也好多，锅也好多，"这个锅是新的，刚买发现有一点问题，就又买了一个。"

傻姑娘摇摇头，真不会过日子。水池子有点漏水，他捣鼓了一会。

冰箱里有好多咖喱盒饭，还有好多其它快餐品，方便面啊糖啊，家里消耗品也挺多，卫生纸都有好几提。客厅角落里总算有一块平的地方搁了一张小桌子，打开几把折叠圆凳，他想和傻姑娘中午去饭馆，傻姑娘说就吃咖喱盒饭吧。

傻姑娘："你有这么好的一个房子，可以了。把它简单刷刷吧，花不了多少钱，简单的水泥地面就挺好，窗子换一下也行，不换用这老式的也挺亲切。房子收拾好了，你感觉就会很好，就会找一个很好的媳妇，过很好的日子。"

秋客似乎有些动心："等春节吧，春节装修。"

傻姑娘："为什么呢？不是冬天装修不好吗？不是现在装修挺好吗？"

秋客："春节吧。"

"春节就春节吧，那现在咱们先去咨询一下装修价钱吧。"傻姑娘说，两人一起跑了院里好几家装修公司，院里装修公司还挺多。

秋客："高血压应该注意些什么呀？"

傻姑娘："你有高血压？血压多少？"

秋客的血压还挺高，也没按时吃药，只是偶尔在小区的医务处量一下。傻姑娘便给他讲了一些高血压注意事项，叮嘱他按时吃药。

两人还是经常电话聊天，每次傻姑娘都会问："开始装修了吗？"

终于有一次，秋客说："我每次都很害怕你问我装修的事。"

傻姑娘"哦"了一声，似乎有点明白，秋客有什么秘密？有什么难处？他没工作？看他一直没上班。装修钱不够？或者房子不是他的？傻姑娘便不再问他，也不再打电话了，他也没给傻姑娘打电话了。

几年过去了。

昨天整个晚餐，他一句话没说，他原本抬着的头，原本光亮的眼睛，原本想说很多的话，换作只是低着头吃菜，甚至菜都没怎么吃。

坐在那儿，傻姑娘都有点抱歉自己来了，抱歉自己知道了他的秘密。原本他美好的一顿晚餐，没准还有一个美好的邂逅，他本可以在自己编织的谎言里当一回王子，就因为傻姑娘来了，这一切都消失了。

某种意义上说他也是骗子是吗？没有伤害别人的骗子，反而是别人窥探了他的秘密伤害了他。傻姑娘总想起在他那间特殊的屋里，当傻姑娘看到那一切时，他抱着自己的脑袋低低地坐地上的样子。这样的骗子让人恨不起来，甚至让傻姑娘觉得，男人说谎没有错，错的是女人没能力分辨。

外面阳光很好，傻姑娘其实已经忘了他的名字和电话，秋客只是傻姑娘随口说的，傻姑娘也没再问他，他也没问傻姑娘。

午休时，牛哥打来电话，傻姑娘醒了之后回短信：刚才睡着了。

牛哥便又打来电话，"你想找一个什么样的人？"

傻姑娘："昨天不是说了吗？"

牛哥："你什么时候有时间，我请你吃饭，我出钱。"

傻姑娘："我的时间还比较自由，一般上午下午都有时间。"

傻姑娘："你哪个学校毕业的？"

牛哥："建工学院。"

"建工学院。"傻姑娘没听说过这个学校，睡意正浓的傻姑娘嗫嚅着重复了一遍，又在努力地想好像谁的老公是这个专业，或者是这个单位？单位办的学校？

牛哥："建工学院。"

牛哥："你叫什么名字啊？"

"木一一。"傻姑娘说话总是慢一拍，很困很想睡觉，但又不好意思说。

牛哥："那就先这样吧。"

"你叫什么？哦那就先这样吧。"傻姑娘一听可以先睡觉了很高兴。

一觉睡到下午2点半，起来就开始忙活。4点多的时候，傻姑娘想起是周末，给他发了条短信：加你QQ了。没回，傻姑娘便想是不是自己问话及反应让他误会了，又想起和他聊了好久的葡萄眼美女，傻姑娘便给他打了一个电话，也没接。

周六，傻姑娘在男媒婆单身群里聊天："今天去剩男餐厅啊。"男媒婆周六的单身交友聚餐舞会就在剩男餐厅。

一会儿，牛哥打来电话，"你什么时候有时间，我请你吃饭，我出钱。"

傻姑娘："我一般上午下午都有时间，晚上没事就睡得早。"

牛哥："哦下午。"

傻姑娘："你昨天中午给我电话时我还没睡醒，迷迷登登的，后来又睡着了。"

"哦没事。"牛哥说，但他并没主动说昨天下午为什么没接电话，傻姑娘觉得这人也不太靠谱，晚上还是去参加男媒婆活动了。

喜欢我你就追求我

男媒婆夫人把傻姑娘安排在最边上一桌，左边一白衣女子，再左边一壮实男，大家都叫他谷雨，谷雨对面一瘦瘦女子，大家都嗑着瓜子。

傻姑娘穿了一条绿花及膝娃娃裙，笑起来轻轻地还有点羞赧，跟个小女生一样。脖子上是红绳系着的天珠，手腕上是彩色珊瑚珠手链，黑色斜绑带高跟凉鞋，走起路来一款一款地。

谷雨边嗑瓜子边朝瘦瘦女子喊话："美女，你还有一同伴呢？"

瘦瘦女子："她去洗手间了。"

谷雨："下次带你们出去玩啊。"

瘦瘦女子笑笑不答话，她同伴回来了，卷发女子，谷雨："上次见过你们，下次带你们出去玩啊。"

卷发女子擦擦手，笑笑，"我们啊？"

谷雨把玻璃桌瓜子盘转到卷发女子面前，"吃瓜子。"

白衣女子转向傻姑娘："你是做什么的？"

傻姑娘小声："退休军人，您呢？"

白衣女子："老师。"

傻姑娘看看白衣女子那高高吹起的一缕刘海，并不太像老师，"哦，老师？让我猜一猜，是初中老师？"

白衣女子："再往上点。"

傻姑娘："高中？大学？"

白衣女子笑着点点头，"大学，音乐老师。"

谷雨嗑着瓜子插话："您贵姓？"

白衣女子："苗。"

傻姑娘："你做什么工作呀？"

谷雨："我是清洁工。"

苗老师："上次我们桌上一男的和一女的观点不同，一直争一直争，后来把那女的气得拿起包就走了，穿粉色衣服那女的。"

傻姑娘："穿粉色衣服那女的？"

苗老师："跟你一样漂亮。"

傻姑娘："哦想起来了，那女的特文静，很有味道。"

谷雨一直跟瘦瘦女子和卷发女子在逗，苗老师偶一听到就笑得不得了。苗老师笑起来就是那搞音乐的人练唱功似的，惹得大家都转过脸看，苗老师笑得更跟练唱功似的。苗老师越笑，谷雨越逗得来劲。

"一看就是个当官的,嘴巴都不停,能说。"苗老师咯咯咯笑着说,傻姑娘觉着有些道理又有些怀疑,谷雨却并不反驳。

男媒婆和一白面书生站桌旁嘀嘀咕咕,一会儿白面书生坐傻姑娘右边了,"你是军人?"

傻姑娘:"退休军人,你呢?"

白面书生:"我转业了。"

"你又来了!"牛哥一来就前倾着身子大笑着跟苗老师打招呼,没看见苗老师旁边的傻姑娘似的。

牛哥从里到外几张桌子走了一遭,又回来了,傻姑娘这桌坐满了,牛哥坐第二桌,一会儿起来又不知道干什么去了。

傻姑娘这桌跟牛哥背靠着的股票男也站起来不知道干什么去了,一会儿股票男和牛哥两人都回来了,股票男抢先一步回到自己的座位,跟牛哥嬉笑着:"我知道你想抢我这个座位。"傻姑娘哈哈笑出了声,牛哥一声不吭坐回自己座位。

苗老师指着牛哥背影,"上次跟粉衣女争的就是他。"

傻姑娘:"是他!他这么计较啊?"

傻姑娘:"为什么事争啊?非得要争个输赢?"

苗老师一愣看看傻姑娘,轻描淡写地说:"就是两人观点不一样。"

男媒婆又和一帽子男站桌旁嘀嘀咕咕。傻姑娘去洗手间,走过里面几张桌子时,一个男声:"这个女的……"

傻姑娘并未寻找那个声音,没听到似的用孩子般的眼很清澈地扫过那几张桌子,看看有没有新来的男生。这些年,傻姑娘已经习惯了有人指指点点。

帽子男在傻姑娘左边加了个凳子坐下,看见傻姑娘回来,他扭着脸说:"我还以为旁边坐的是个男的呢。"

傻姑娘并未答话,也懒得去想这个男人太作,你想跟男人坐一起来相亲干嘛?

帽子男扫了一圈桌子:"美女太少了。"

傻姑娘侧着身子微微笑:"都是有质量的美女。"

帽子男扬起酒杯向外喊:"再加一个靓女来。"

傻姑娘并没意会到他话里的斗气味,还特认真地用指头点着数了一遍桌上人数，"十一个人了，超了一个了。"

帽子男清洗着茶杯仍然没看傻姑娘："哦，超了一个啊。"

转业军人一会儿一会儿又问傻姑娘些问题，傻姑娘便也问他些问题，他未婚，比傻姑娘大一轮，现在一企业单位负责维修工作。

菜上来了，酒上来了，苗老师给左右的人倒酒，她举着酒瓶看见谷雨并不拒绝，便问："你不开车？"

谷雨："有人开车。"

帽子男："我们这桌上超了一个人，加一个菜啊！"

转业军人右边的卷发女子："你做什么的呀？"

转业军人："我在国企。"

男媒婆夫人踱过来了，今天人多，她并没有像往常那样坐哪张桌上吃饭。苗老师手上抓着一块鸭子，大声地问她："你吃不吃？鸭子很好吃啊！"

男媒婆夫人看看空盘子看看鸭子又看看她，帽子男也看看苗老师伸长在自己面前油乎乎手里抓的鸭子又看看她，傻姑娘看看苗老师伸长在自己面前油乎乎手里抓的鸭子又看看她，傻姑娘觉得她率真得可爱极了，其他人也觉得她率真得可爱极了。

喝！

"他们这么多人跟我喝，我都喝晕了，你们快帮忙啊！"苗老师看看傻姑娘，又看看对面的瘦瘦女子和卷发女子，瘦瘦女子和卷发女子正说话，根本没听到。

傻姑娘端起可乐杯，敬对面的股票男，股票男摇摇头："你得拿酒敬，拿这个不行。"

"不有一句话叫'以茶代酒'吗？不要跟女人计较嘛，包容的男人最有魅力。"傻姑娘轻飘飘地说，股票男还是不喝。

"姐姐，他不喝，那我也没办法了。"傻姑娘又转头看电视屏幕。

谷雨问傻姑娘："鸭子好吃吗？"

傻姑娘："不好吃。"

帽子男突然转过头来小声问傻姑娘："你做什么的？"

傻姑娘小声答："1111医院的。"

帽子男："哦那我们同行啊！"

傻姑娘："你哪的？"

帽子男："中美医院的。"

帽子男把椅子往后挪了挪，认认真真地看傻姑娘，可傻姑娘并不太想跟他说话了，因为已经反应过来他先前话里的斗气味了，这是个爱计较的男人。

股票男："你哪年的？"

傻姑娘："70 年的。"

"你 70 年的？"谷雨谷雨旁边的白衣男眼睛一起看过来，帽子男也扭过脸定定地看傻姑娘。

"是啊。"傻姑娘并没意识到什么，并没意识到他们先前都把她看成小女孩了。傻姑娘看了他们一眼，夹了一口菜，眼睛又转到电视屏幕上。

股票男突然端起酒杯转到苗老师旁边，要跟傻姑娘喝刚才的敬酒，傻姑娘愣了一下，端起可乐杯，碰了一下桌子，两人就喝了。

谷雨突然问傻姑娘："你怎么不吃啊？"

傻姑娘："我吃饱了。"

转业军人："你想找一个什么样的人？"

傻姑娘："找一个生活稳定一点的，年龄上下 10 岁都行。"

转业军人："那我这样大你 12 岁行吗？"

傻姑娘："如果其他方面感觉特别好，也可以考虑。"

过了一会转业军人才想起什么似的，"你是说比你小 10 岁都行？"

傻姑娘："刚开始我也不想找小的，但后来大的找不着合适的，就把年龄放宽了。"

转业军人："年龄小的都是想玩的，根本不是谈恋爱。"

傻姑娘："那也不一定，顺其自然吧，看遇到什么样的。"

啤酒喝完了，苗老师要和股票男划拳，"我赢了，我买啤酒，你赢了，你买啤酒。"

股票男："买啤酒啊，我买，我买。"

苗老师："这样不公平。"

股票男不答话，只管掏钱叫服务员拿啤酒。

里面几桌已经开始收饭钱了，男媒婆挨张桌子敬酒，挨张桌子盼附一个桌长收钱。大家一个个都掏钱交给桌长苗老师，转业军人去洗手间了，苗老师算算好像不对，"唉呀我对钱特糊涂，我在家就是……"

谷雨股票男就都帮她算："你把你的50元拿出来，应该是500元，再加上你的，是550元。"

饭毕，照例收起外面三张大圆桌，大家墙边坐。帽子男首先就好好地坐墙边了，看着傻姑娘站起来，看着傻姑娘走到墙边，看着傻姑娘走向洗手间。

傻姑娘走过里面那几张桌子，又听到那个男声："这个女的……"

傻姑娘又跟没听到似的用孩子般的眼很清澈地扫视了一下那几张桌子，看看有没有漏掉的顺眼男生。

帽子男看着傻姑娘走回来，放舞曲了，他站在傻姑娘身边。

谷雨和白衣男坐在门口小方桌旁，把包放小方桌上，傻姑娘也试着把包放小方桌上，他们也示意傻姑娘放那，两人似乎要坐那帮大家看包似的。

平四舞曲《喜欢我你就追求我》，门口大步走进来一丰满女子，大花摆连衣裙，白色针织衫。傻姑娘身边的帽子男立马邀请她："一看你就是来跳舞的。"两人翩翩起舞，女子穿上高跟鞋比帽子男高不少，但两人跳起舞来还是蛮谐调。

谷雨坐傻姑娘旁边，或者说傻姑娘坐谷雨旁边，谷雨低声问："你怎么不去跳舞？"

傻姑娘："没人邀请我啊。"

转业军人邀请傻姑娘跳舞，他只会简单的几个步法，跳起来比较僵硬，但他会深情地看着傻姑娘，重重地捏几下傻姑娘的手。傻姑娘并没有过电的感觉，只是专心跳舞，不过，本来跳舞就不太熟练的傻姑娘跟也不太熟练的他跳舞感觉并不好。

牛哥搂着一黑衣女子跳舞，时不时瞟瞟傻姑娘和转业军人。转业军人邀请傻姑娘跳了两曲，傻姑娘便又坐到边上去了。

谷雨和丰满女子跳舞，也蛮谐调。丰满女子很受欢迎，跟场内大家都好熟的样子。

谷雨又和一黑圆白底裙女子跳舞，又和谁谁跳舞了。一曲完毕，谷雨急匆匆跑回小方桌，"给电话号码了，赶紧记下来。"

白衣男拿笔记，谷雨板着手指头，"139……"

何教授和一花衣女子跳舞，舞曲间隙，两人站桌旁小声说着话笑着。

男媒婆弯腰跟股票男说着什么，边说边指门口服务台，一扎麻雀尾巴的黑衣红摆裙女子，在填什么单子。

帽子男邀请傻姑娘跳舞，三步，带傻姑娘整场转圈，傻姑娘的绿花短裙子转起来很漂亮。他也带傻姑娘跳四步还有伦巴，跟他跳舞还是蛮舒服的。

转业军人看傻姑娘和帽子男舞跳得好，悄没声息地走了。

股票男邀请傻姑娘，他也带傻姑娘整场转圈，转了一圈又一圈，"你跳舞很好看，表情很美。"

股票男一米八几，他很认真地跟傻姑娘比个，"坐着没觉得你这么高啊？"

傻姑娘笑笑不说话，股票男歪着头不知问谁："我们跳得美吧？"

舞场边传来的男声："你带谁跳得不美啊？"

舞曲间隙，傻姑娘仍然坐边上，白衣男仍然在那看包，"你做什么工作？"

傻姑娘："1111 医院的。"

白衣男："我也是当兵的。"

傻姑娘吃惊："你在哪工作？"

白衣男："我在兵工厂工作，信阳军校上的学。"

帽子男一直戴着他的有檐帽，尽管在室内，尽管是晚上，最后，跳得实在热起，出汗了，才一把把帽子摘下放小方桌上，倒也不难看。

又一曲毕，白衣男："唉，你是干部，我不是干部。"

傻姑娘又不懂了，"你不是上的军校吗？你不是在兵工厂工作吗？"

白衣男："我是职工。"

傻姑娘："哦。"

白衣男："留个电话吗？"

傻姑娘不想留但还是把电话号码告诉他了。

快 10 点了，舞会快结束了，傻姑娘走到边上，谷雨指着后面站起来拿包的白衣男冲傻姑娘说："他说开车送你回家。"

傻姑娘愣了愣，看看墙上的钟，"哦，我还想玩一会，你们先走吧，我坐车蛮方便的，989直接到家。"

谷雨："你别玩了吧，找个人，好好过日子，他有房有车。"

傻姑娘："谁也不想玩啊，可是得遇到合适的人啊！"

谷雨点点头，"也是不能将就。"

傻姑娘："我是1111医院的，你是哪的？"

谷雨有点吃惊："你是军人？我是首钢的。"

傻姑娘："退休军人。"

谷雨："你是医生？"

傻姑娘："以前是护士。"

谷雨："你的是男孩还是女孩？"

傻姑娘："儿子上大学了。"

谷雨低下头不说话了，一会儿又抬起头，"让男媒婆给你介绍一个啊！"

傻姑娘："没有合适的。"

谷雨向丰满女子招招手，丰满女子马上过来了，"小乔，你给她介绍一个吧，她是1111医院的，现役军人。"

站着的小乔对坐着的傻姑娘说："你是1111医院的？"

傻姑娘："是。"

小乔："你是北京户口？"

傻姑娘："是。"

小乔："你给男媒婆说一下啊，给男媒婆夫人说一下啊，让他们给你介绍一个啊。"

傻姑娘："没用。"

小乔想了想："给你介绍一个理工大学的老师吧，就是那个人。"

傻姑娘顺着她手指的方向，看到是何教授，傻姑娘还没说话谷雨就嚷嚷："他都快60了。"

小乔："他没那么大。"

傻姑娘点点头："好。"

小乔便过去跟何教授说着什么，也指指傻姑娘这边，两人向傻姑娘走过来。傻姑娘还有点紧张，何教授刚走到刚把包放窗台上，李哥就跑过来把何教授拉一边上说着什么。

小乔："我跟他说了你的情况，他有女儿，那你们聊聊吧。"

傻姑娘："好，谢谢！"

谷雨帮傻姑娘把包放窗台上，像个大哥哥似的跟傻姑娘说："跟他的包放一块吧。"

傻姑娘："好。"

"小乔，也没什么事了，咱们走吧。"谷雨转身对小乔说，两人一块向门口走去，傻姑娘转过头看着他们的背影。

忘记几年前拒绝过他了

李哥跟何教授嘀嘀咕咕了半天，何教授才笑着走向傻姑娘。

舞曲响，傻姑娘以为何教授要邀请自己跳舞，结果他说："李哥让我们一起去唱卡拉OK。"

傻姑娘愣住了："在哪儿？"

何教授："就在这附近。"

看傻姑娘还没答应，何教授赶紧又说："你是不是不敢去，怕我们把你给吃了？"

傻姑娘："好，那就去吧。"

傻姑娘拿着自己的小红包，何教授拿起自己的小黑包，一起向门口走去。新的舞曲又响起，傻姑娘边走边踩着乐点，小裙子随着乐点一闪一闪的，走在后面的何教授上前一步揽住傻姑娘的腰，在大家的注目下，一起向门外走去。

走到门外，何教授放开手，"我们以前见过。"

傻姑娘："是，你带我跳过舞。"

何教授："在哪？"

傻姑娘："周四啊，剩女餐厅。"

何教授："还有呢？"

傻姑娘："别的没印像了。"

何教授："切。"

何教授："你怎么来的？"

傻娘娘："坐车来的，这儿不是不太好停车嘛。"

何教授："坐哪路车来的？"

傻姑娘："989，坐到人大，然后走过来。"

停车场，先出来的两个美女等着。一个披肩直发美女傻姑娘以前见过，一个就是男媒婆指给股票男看的扎着麻雀尾巴的红摆裙女子，还有李哥，还有一个傻姑娘不知道怎么称呼，以前也见过。

看着何教授和傻姑娘出来，直发美女拿车钥匙去开车门。何教授："你们仨坐这辆车，我俩和安哥打一辆出租车。"

何教授："安哥，你和她坐后面，我坐前面。"

安哥："你俩坐后面，我坐前面。"

何教授："那你付钱啊？"

安哥："我付。"

后座上，何教授抓住傻姑娘的一只手，摩挲着，一会儿又放开手，前倾着身子跟前座的安哥说："你知道撮合我俩的是谁吗？是小乔。"

安哥："那女的历害，她是一个大学的副校长。"

傻姑娘："她挺热情的，人也漂亮。"

何教授："她没你身材好。"

傻姑娘："可是人家丰满。"

傻姑娘想问一下何教授女儿多大了又没问，心想这个年纪的孩子都不会小了。

车开了好久才到卡拉 OK，并不是就在附近。下车后安哥往里走，何教授："我们就在外面等他们吧。"

何教授："你的电话号码是多少？我给你拨过去。"

"135……"傻姑娘也保存了他的号码。

何教授："你多大？"

傻姑娘："70 年的。"

何教授看着傻姑娘："好小啊！你还没过生日吧？"

傻姑娘："8 月 18 日。"

何教授："好，这个生日我给你过。"

傻姑娘听了很高兴，好像飘在半空中的人终于有了着落的感觉，嘴上却什么都没说。

女生开车还是要慢一些，好一会他们才到。大家一块进去，何教授始终走在傻姑娘后面，从后面看傻姑娘走路很可爱。

卡拉OK里，何教授紧紧挨着傻姑娘坐在正面的长沙发上，何教授跟安哥说："她是1111医院的，70年的，好小啊！"坐了一会儿，看见其他两姑娘在点歌，安哥一个人独自坐侧面的沙发上，何教授便走过去和安哥坐一起。

服务员端来一个大果盘，送来几罐啤酒。李哥给大家倒啤酒，傻姑娘捂住自己面前的酒杯："我不喝。"

何教授："喝点吧。"

傻姑娘："我喝不习惯啤酒这味，觉得跟泔水似的。"

何教授："这儿的啤酒好喝。"

傻姑娘尝了一下，是还真好喝，何教授跟傻姑娘干杯，

直发女子姓秦，她和红摆裙女子一直点歌，一直唱，两人唱得也真好听，李哥也唱了一曲，也好听。

大家都对傻姑娘说："你点歌去吧。"

傻姑娘："我不会唱，我听你们唱就行了。"

何教授起身踩着乐点，转着圈圈跟安哥说："这儿可以跳三步。"傻姑娘想这么小的地方怎么跳啊？何教授一个人围着空手圈圈转三步，从墙这边转到墙那边，他没好意思请傻姑娘过来跳，傻姑娘也不好意思自己走过去。

秦姑娘和红摆裙每唱完一曲，何教授安哥都使劲鼓掌喝彩，傻姑娘便也跟着鼓掌，红摆裙便过来给大家每人签一块西瓜到手里，

傻姑娘一直坐那儿没动，傻姑娘不会唱歌，只会唱儿歌，在不熟的他们面前，这显然是不合适的，不过，傻姑娘倒也习惯安静地看别人。不过，这让何教授很不安，他一会儿坐过来跟傻姑娘碰一下杯喝口啤酒，喝完后又规规矩矩坐回去，他这样刻意的直直板板也让傻姑娘有点不安。

安哥过来倒水时也给傻姑娘递块果盘里的火龙果。

傻姑娘吃了，拿餐纸轻轻擦了擦嘴和手，放桌上。何教授一直看着傻姑娘，何教授杯里酒没了，傻姑娘给他倒了点，又给自己倒了点，一回头发现红摆裙杯里也没了，傻姑娘有点不好意思地冲何教授笑笑赶紧也给红摆裙倒了点。

红摆裙，喜欢唱大歌，唱歌使她魅力大增，先前觉得她是一个很普通的女子，隐在人群便不会被发现，现在傻姑娘觉得她眼睛放光健康得不得了。

何教授走过傻姑娘，拍了一下旁边红摆裙露出来的膝盖，红摆裙一愣但没说什么。傻姑娘在想他这么开放啊！何教授坐回来，跟傻姑娘说话，傻姑娘通常习惯的小动作把裙子拉过膝盖盖着，他看着，也一愣。

安哥唱了一曲，也很好听。

何教授终于忍不住，也唱了一曲，傻姑娘觉得跟专业歌手似的。大家都给他鼓掌，红摆裙也喊好，何教授隔着傻姑娘跟红摆裙对着话，傻姑娘都差点跟红摆裙说"他唱得真好"但还是转过头对何教授说："你唱得真好！"

何教授低头："唱得好吧？"

傻姑娘："是。"

何教授跟秦姑娘说："咱们合唱一曲《红尘情歌》吧。"秦姑娘答应了，面无表情唱着，也从不看何教授，何教授倒是很入戏似的唱到有的地方就看看对方。

何教授又坐过来跟傻姑娘碰杯，"吃饭的时候你喝酒了吗？"

傻姑娘："没。"

喝完后，何教授又规规矩矩坐回去。

安哥坐那边沙发上冲傻姑娘说："重在参于。"

一会儿，何教授又移过来坐傻姑娘身边，胳膊枕傻姑娘腿上，身子从傻姑娘腿上前倾过去问坐傻姑娘旁边的红摆裙："你家住哪儿？"

傻姑娘又是一愣："这是几个意思？"

红摆裙："德胜门。"

傻姑娘也在想，这人是花心？还是看见傻姑娘没反应故意这么激傻姑娘？

何教授又坐回安哥身边，指着傻姑娘跟安哥说："你带她跳三步吧。"安哥摇摇头。

何教授又坐过来跟傻姑娘碰杯，傻姑娘这次侧过脸去认真地看了他一眼，他也看了傻姑娘一眼，两人默默把酒喝了。

何教授又坐回去，傻姑娘的短裙又蚝上去了，这次傻姑娘没往膝盖下拉，何教授盯着看了一会儿没说话。

一会儿，何教授抓起桌上的手机出去了。过了好久，何教授都没回来，又好久，李哥手机忽然蹦出一条短信，"何教授家里有事先走了。"

傻姑娘："他走了，那我怎么办啊？"

傻姑娘赶紧出来，并没看见何教授，赶紧拨他手机，无人接。傻姑娘想，自己也走吧，其实呆这也挺没意思的，傻姑娘跑回来给大家一一道别："我先走了，你们玩吧。"

李哥："你再玩一会吧，一会儿我们打的把你送回去。"

傻姑娘："没事，你们好好玩吧，我就先走了。"

李哥："你有钱吗？"

傻姑娘："我有。"

李哥："我送你到打车那儿吧。"

傻姑娘："不用，我自己去就行了。"

李哥还是非要送傻姑娘，出来后，傻姑娘问："李哥，是不是我让你们尴尬了？"

李哥："他没跟你说啊，他家里有事，两个女儿都跑出来了。"

两个女儿？傻姑娘愣了一下，却没再问，对这个人应该不再感兴趣了，傻姑娘便也不想浪费自己的时间了。

好长一段路，要到外面路口才能打到车，李哥："你那个小说，要把它……"

傻姑娘："我听你的，没再往网上发，又写了好多。"

李哥："一会儿上出租车后，我给你说一句'到家后给我打电话'，你配合一下就行了。"

傻姑娘："好。"

第三天，傻姑娘忽然就想起何教授说的"以前我们见过"，就忽然想起以前也有一个北京理工大学教授，也有两个女儿，是他两任妻子生的，两任妻子都把女儿丢给他走了，两个女儿都很小，傻姑娘便拒绝他了。

那是几年前的事了，现在傻姑娘很喜欢有个女儿，小点也不怕。只是，一般女人都会带女儿走，他两任妻子都把女儿丢给他自己走了。傻姑娘想，他肯定还是有问题的，最有可能的问题，应该是他很花心。

好失落，百无聊赖，傻姑娘就想，那个转业军人虽然无趣，倒也还是个过日子的人。翻看手机，找未接电话，拨过去，"你在干嘛呀？"

"我在奥体公园，早上就出来了，一直走到现在。那天说开车送你回家你又不让送。"那他是？

"你说送我了吗？"傻姑娘想，糟了，打错电话了。

白衣男子："这么快你就忘了，我说送你回家，你说要坐车回去。"

"哦，哦，哦！"傻姑娘只能找话说，又不能说自己打错电话了。

白衣男子："想男人了？想男人了就说一声，大家都是成年人，都懂，我就过去。"

天，这也太……傻姑娘想就算自己想男人，那也不会直接打电话找这样的男人啊！"那也得遇到合适的人啊！"

白衣男子："你觉得我跟你合适吗？"

傻姑娘："不合适，我喜欢写东西。"

白衣男子："我也喜欢写东西，前些年我写了十几万字，不停地写，一直投信给市政府、发改委、教育局，一直都不回信，但有的东西他们采用了。"

傻姑娘："在其位，谋其政，不在其位，不施其职。"

白衣男子开始喋喋不休地说他写的那些东西，傻姑娘听着耳朵像虫子在爬，赶紧给他说："这些东西我不感兴趣，你不要说了，咱们今天就谈到这儿吧。"

他跟想抢在傻姑娘挂电话之前把这些说完似的，呱呱呱呱呱呱，弄得傻姑娘都有点害怕了，"这些东西我不感兴趣，我挂电话了啊。"

傻姑娘怎么觉得几年前也听过兵工厂，也听过首钢，也打错过电话，也听他这样硬要把自己的话快速讲完似的。难道我们真的在重复过去吗？难道真的是宿命吗？难道这些年一点长进都没有吗？

你跳广场舞勾搭了几个？

铁汉情请求加傻姑娘 QQ 好友，显示来自男媒婆单身群。群里聊了一些，又私聊，傻姑娘："你在什么单位工作？"

铁汉情："中铁二十五局。"

傻姑娘："你大学学的什么专业啊？"

铁汉情："我在开车，一会儿聊。"

铁汉情："忙完了。"

傻姑娘："你大学学的什么专业啊？"

铁汉情："金融。"

铁汉情："你今天下午有空吗？我过来玩。"

傻姑娘："好，那就海淀公园吧。"

铁汉情："海淀公园哪个门，几点？"

傻姑娘："你是开车来吗？方便到 1111 医院门口接我一下吗？"

铁汉情："我今天限号，打的来，我到 1111 医院门口接你。"

傻姑娘："哦，那不用来接，我其实有车。上次轮胎破了，换的备胎，还没买新胎，所以不太想开。那就西苑地铁口见吧。"

一个穿黑衣的站在路边，有点像，傻姑娘摁喇叭，那个男人没反应。傻姑娘看着他又摁喇叭，他终于看过来，仍站着不动，傻姑娘冲他笑，他还是站着不动。车窗边突然钻出来一个人，浅粉上衣，哦，这个才是，铁汉情上车。

铁汉情："找个地方看电视吧。"

傻姑娘以为他把电影说错成了电视，不过，电影电视傻姑娘都不想看，在公园吸收新鲜空气多好。

铁汉情："我比你大 2 岁。"

傻姑娘："你不是 44 吗？那是比我小 1 岁啊。"

铁汉情："哦，那是几年前写的嘛。"

傻姑娘："你不是北京户口？"

铁汉情："湖北。"

傻姑娘："一会儿咱们去男媒婆单身交友聚餐那吧。"

铁汉情："好。"

海淀公园里，一个年轻小伙铺了张凉席在草地上，双肩包放旁边，自己坐竹席上塞着耳机听音乐，傻姑娘："这小伙子还挺浪漫。"

铁汉情："要有凉席，咱们也可以在树林里躺会，多浪漫！你车里要带有凉席就好了。"

傻姑娘心想：尽想美事，谁跟你躺啊！

"坐椅子上歇会吧。"刚坐下，铁汉情的手就搭傻姑娘肩膀上。傻姑娘把手扒开了，他又搭上。又扒开，他又过来拉手，傻姑娘笑着拨开，他又拉，"都成年男女了，这没什么的。"

傻姑娘："我不习惯这样。"

铁汉情的手又搭过来，又拉过来，身子也紧紧靠过来，锲而不舍啊！傻姑娘："你要这样，我就不敢带你去男媒婆那了。"铁汉情终于挪远了点。

傻姑娘不想浪费这下午的时间，努力想找一些有趣的话题素材，"女人是不是经常无法拒绝你？""你跳广场舞勾搭了几个？"

旁边坐的女人男人老是往这边看，好似在努力听傻姑娘铁汉情谈些什么。铁汉情不答几个，眼睛看着别处，"肯定还是什么样的人都有，不管是舞伴，还是麻友，到处都是这种现像。一些人两地分居，也是生理需要。"

铁汉情："我以前玩麻将，每年都输十几万，后来就控制自己不玩麻将，学跳舞。"

傻姑娘："你是不是因为玩麻将离的婚啊？"

铁汉情："我没离。"

傻姑娘很吃惊："你没离？！"

铁汉情："就是长期两地分居，一年才回去一两次。别人都不问这个问题，好就好了，一般有 70%80% 的成功率，一般的女人我还看不上呢。"

铁汉情："现在大家都这样，有一个河南人，他跟一个姑娘在一起，然后录了视频，给我们大家看。"

傻姑娘："那个姑娘知道吗？"

铁汉情："录他肯定不可能偷偷录，除了脑袋没录，别的都有。"

傻姑娘："他拿给你们大家看？"

铁汉情："是。"

傻姑娘："那你老婆如果在家也跟别人好，你会怎么想？"

铁汉情："那会怎么想，肯定不想知道啊！"只一秒钟他又肯定地说："她不会，我了解她。"

傻姑娘："你这么肯定？那她也有需要啊！"

铁汉情："我肯定。"

铁汉情："你肯定有相好的吧？"

傻姑娘："没有。"

铁汉情："那一定有可以倾诉的人。"

傻姑娘："没有。"

铁汉情："那你现在都没有那种欲望了吗？"

傻姑娘："有，但那也没法跟不喜欢的人在一起，否则跟吃了一只苍蝇似的，那种感觉更难受。我写东西就相当于一种倾诉，就是一个渲泄口。"

傻姑娘蔫蔫地低着头想：早知道他已婚，我也不用迷迷登登还没睡醒就出门，我也不用开车出来，一会儿男媒婆那儿停车也不方便，小说还堆积了那么多素材，否则下午还可以写一篇，我还可以给儿子把晚饭做好了再出门，我还可以从从容容试今天刚送到的床垫，棉被可以多晒会，我的时间多宝贵啊！

傻姑娘："相见恨晚网上，也有人问'你想找一个什么样的人？过一个什么样的生活？'我说'找个温暖的人，过简单的日子。'他说很好很好，却没了下文。搁以前我会以为自己做错了什么，现在会知道这个人应该是已婚，他在试探你适不适合和他玩。这样也挺好，至少不浪费我的时间，不浪费他的时间。"

铁汉情脸上是否有一些尴尬？

离男媒婆那聚餐时间还早，还得这样捱着。这种无聊情绪会影响到女人的美，傻姑娘努力寻找一些话题，"男人们光知道自己挣钱很累，不知道女人持家也很辛苦。"

傻姑娘："我遇到过一个人，电话聊了几次，他的其它条件勉强能接受。但一直让我害怕一点，他说他不会做饭，虽然我现在也喜欢做饭，也有时间了，但一想起来我一个人得做一辈子饭，累的时候得做，生病的时候也得做，上班的日子得做，节假日还得做，做得好吃也得做，不好吃也得做，我就很害怕。做一天的饭，一点都不难，做一辈子的饭，一点都不容易。"

"男人们都说挣钱的担子压在他身上感觉重，其实，做一辈子饭的担子，一点都不比挣钱轻啊。我现在最崇拜的人，是妈妈，是家里来了一大堆人，妈妈能做出一大桌魔术般的菜。"

"终于有一天，我问了他这个问题，他说'杞人忧天'。也许他也是会做饭的，只是不想做，其实什么事情都要两人分担点比较好。"

傻姑娘："我觉得你啊，还是适合跳广场舞，碰到那都愿意玩的你就玩，你不适合到男媒婆那儿，那儿的女人大多是想结婚的。这个年纪的女人，时间浪费不起，感情更浪费不起，折腾了一辈子了，以后的日子希望顺畅一点。"

傻姑娘："男媒婆那儿男人比较多，可能男人喜欢这种方式，50元，几个人坐在一块喝喝酒，又能遇见美女。而女人，50元坐那一晚上，并没有什么好吃的，如果也碰不到一个顺眼一点的人，还跟一个没有可能的人折腾，那就很浪费了。"

旁边男人手机里放着歌曲《田螺姑娘》，傻姑娘有些伤悲，直直坐着的身子有些弯了。自己还不如田螺姑娘呢，她至少有爱的人，乐曲里的欢快，乐曲里的甜蜜，乐曲里的纯净，让人羡慕啊！

你跟人家姑娘说了你已婚吗？

"我还没参加过这种活动呢，有点好奇。"铁汉情还是坐傻姑娘的车来了，男媒婆那以前也有已婚的来吃饭看热闹。

傻姑娘："那你别跟着我啊，我可不想别人说我带一个已婚的过来。"

男媒婆看见铁汉情的平头和面相，"你是军人吧？"

铁汉情顺水推舟："是。"

男媒婆："现在还在部队吗？"

铁汉情："转业了。"

男媒婆："在什么部队呀？"

铁汉情："武警。"

男媒婆："你是离异？"

铁汉情："是。"

傻姑娘吃着瓜子，心想他这谎越说越大了。男媒婆又问了些其它情况，大专，孩子归属等等，并登记了，"那我以后有合适的就把你推荐给别人好吗？"

铁汉情："好。"

两位女子过来坐傻姑娘和铁汉情桌上，不一会，又起身到旁边只有三名女子的桌上。男媒婆又到那张桌上登记，"那边桌上新来的男士是转业军人，你们过去聊聊呗。"

那个戴眼镜的姑娘又过来了，坐傻姑娘和铁汉情中间，傻姑娘和铁汉情中间有两个空座位，眼镜姑娘挨着傻姑娘坐着，"我不太喜欢那边桌上的几个东北女人。"

眼镜姑娘和傻姑娘聊得还挺热乎，两人嗑着瓜子，喝着茶。眼镜姑娘是物理老师，河北人，35岁，未婚，平时工作忙，都没机会找对像，好不容易这会儿有点时间。

偶尔，眼镜姑娘也转过头去和铁汉情说几句。可能因为有知道实情的傻姑娘在，铁汉情只是应答几句，没有多余的话。眼镜姑娘给自己倒水之前，给傻姑娘倒了一杯，给铁汉情倒了一杯。

眼镜姑娘仍然和傻姑娘说着话，傻姑娘有点高兴，又有点担心。傻姑娘知道，女人到这里来，终归是想找到那个人，和女人说话不是目的，和那个人说话才量目的。铁汉情这样不说话，眼镜姑娘更会觉得他稳重，还会像傻姑娘以前一样觉得是不是自己哪儿做得不好，想不到是男人有问题。

又来了一位高个男，长得很通俗，穿一件黑T恤，是个什么图案。坐着没情绪吧，傻姑娘把瓜子和水壶转到高个男那，"您做什么工作啊？"

"书法，我是XXX第六代传人，XXX知道吗？"书法家说的这些傻姑娘根本不知道。

书法家又重复了几遍，傻姑娘仍然不知道，只是说："书法，那得要耐得住寂寞。"

书法家转过头并不答话，又是个自命清高的人。傻姑娘便也不再答理他，转头看窗边小桌上的苗老师，她今天穿了件长长的细条衬衫，头发自然散着，比那天好看。她对面坐了一位戴眼镜的老头，边聊边喝茶。又进来两位男士，分别坐在他俩旁边。

傻姑娘去了趟洗手间，回来见铁汉情往眼镜姑娘身边挪了一个座位，和眼镜姑娘聊得挺热乎。这是傻姑娘想得到的，之后，他们便一直聊挺热乎。傻姑娘更担心了，眼镜姑娘还是个姑娘，不是离异，对婚姻有更强的渴望。

没人理书法家，书法家自个儿摸出手机，给一个人打电话，给两个人打电话，给三个人打电话，说着诗歌，说着我在这喝酒，你飞过来，又给谁说着我想你了……

又来了一位稍年长些女子，书法家赶紧："张姐，你来了，坐这，唉呀，你是我今天碰到的唯一熟人。"

说了一会儿话，张姐看见有女士过来，马上站起来走开，把书法家左边的位置空出来。

牛哥过来了，男媒婆指着傻姑娘左边的空位："你坐这吧。"

牛哥来到傻姑娘身边，表情很夸张地说："是你啊！"

傻姑娘笑笑，牛哥自带了一瓶劲酒，咕咚咕咚倒玻璃杯里。男媒婆对牛哥说："今天你得带人家跳第一支舞了吧？"

牛哥自言自语似的，"也是，得慢慢来。"

转了一会儿，张姐又回来坐书法家右边空位，"男媒婆把我安排坐你这。"

书法家点点头。

牛哥低声问傻姑娘："男媒婆又给你介绍别人了吗？"

傻姑娘："没有吧。"

牛哥："我每个月工资 9000，你多少？"

傻姑娘笑笑："我都给你说过了，你都问过我三次了，不说了。"

牛哥："最后再说一次。"

傻姑娘笑笑不说话。

牛哥："他们副师正师多少？怎么着得有一万多吧？"

傻姑娘："他们副师正师应该是吧。"

牛哥："你多大？"

傻姑娘："70 年的。"

牛哥："那我大你 11 岁。"

张姐一直转头看着听着牛哥傻姑娘聊天。

牛哥吃饭的菜沫溅到傻姑娘胳膊上，怕伤他面子，傻姑娘并没有拿纸擦。饭吃得差不多了，男媒婆过来："每人交 50 元钱，交给张姐。"

大家纷纷掏钱，铁汉情很快递过来 100 元，替眼镜姑娘交了 50 元，眼镜姑娘并没有推辞。傻姑娘把手里半筷子菜吃完，打开钱包，拿出 50 元放在牛哥左边张姐右边，牛哥也吃完手里嘴里的菜，打开钱包，又看看傻姑娘："你交了钱啊？"

"嗯。"傻姑娘想：你也并没有主动很快地交钱啊，也并没有把我交的钱推过来呀，这样也好，还不太了解，如果觉得不太合适，可以有别的选择，也不觉得欠你什么。

眼镜姑娘找傻姑娘要了微信号。

张姐："参加了几次活动，男朋友没找着，加了一大堆女士的微信。"

傻姑娘："来，张姐，加一下微信。"

张姐："她们有的女的，一上来就说'丧偶，女儿'，可能这样好找吧。"

傻姑娘："可是，这样找着了能幸福吗？"

傻姑娘想起男媒婆每次给自己介绍男生都是把人带到傻姑娘面前说"她有一个女儿"，傻姑娘每次都给他纠正是儿子。下次他还是会先给人家说是女儿，等人家见了傻姑娘的面再由傻姑娘纠正是儿子，估计是不是担心有的男生一听说是儿子就连面都不想见。

张姐："是啊，他爱的这也不是你啊。"

傻姑娘："一听说女方是儿子不愿意的男人，我们只能有两种理解：一这个男人很计较，而且并不是很有钱，因为真正有钱的人不会在乎这点的；二是这个男人可能花心，担心对方的儿子威胁到他。"

张姐："其实人家女人自己都能解决孩子的房子等问题，根本没指望他。"

傻姑娘："这种男人往往以为这种要求表明他的身价，但其实这正是很让女人看不起的地方。"

书法家撑着胳膊肘很注意地听傻姑娘和张姐和牛哥说话，偶尔，还插上一句。

张姐："你是做什么的？"

傻姑娘："1111医院的，退休了，写写小说。"

张姐指指书法家："那你跟他都是文化人，你们聊聊啊。"

傻姑娘缩着脑袋摇摇，"这一方面聊得来，别的方面聊不来的。我当过兵，经过商，现在写小说，经历比较多，找一个聊得来的人不容易。"

张姐又看向眼镜姑娘："你是老师？"

正和铁汉情低声聊着的眼镜姑娘没听见，傻姑娘拍拍她的肩，"那个姐姐问你话呢？"

张姐："你是老师？"

眼镜姑娘："中学物理老师。"

张姐又指指书法家："那你跟他可以聊一聊啊，你们都是文化人。"

眼镜姑娘笑笑，没说话。一会儿，铁汉情又低声和眼镜姑娘说起来，眼镜姑娘看起来蛮认真的。

傻姑娘有点后悔同意铁汉情跟着过来了，不过，他既然进了这个单身群，他自己可能也会今天过来，可能也会下次过来，迟早的事。

牛哥时不时和后面桌上李哥他们聊几句，喝几口酒，又转回到这个桌上。葡萄眼美女也坐那张桌上，和傻姑娘背靠着背，牛哥并没有和她说话。

张姐低声跟刚回桌上的牛哥说："她是写小说的，他们都是文化人，他们挺合适的。"

牛哥手里还端着酒杯，转向眼镜姑娘："你是写小说的？"

张姐指指傻姑娘："她。"

傻姑娘："我写小说。"

牛哥："我跟她聊呢。"

张姐："你跟她不合适，他们都是文化人。"

牛哥端着酒杯喝酒，没说话。

吃差不多了，服务员拆桌子跳舞，牛哥招呼傻姑娘："过来，到这张桌上坐。"刚坐下，那边小桌上的张姐也朝傻姑娘招手，傻姑娘便过去，书法家也坐那，张姐："你们聊聊，你们俩，还有那个老师，都是文化人，你们可以聊聊诗。"

书法家："你会写诗吗？"

张姐："她是写小说的。"

这个人很作，总是一种居高临下的语气，傻姑娘强忍住讨厌礼貌性地跟他说话，"我写了三本小说，发在起点女生网。"

"出版了吗？"书法家问了之后又感觉问得不好，又开始说别的话，

傻姑娘："您是老师吗？"

书法家："为什么要当老师呢？"

傻姑娘感觉跟他说话很累，没个痛快劲，有点后悔过来了。那张桌上，至少他们好热闹，可以看热闹。傻姑娘看看牛哥，牛哥看见傻姑娘过来和书法家说话，他又开始跟葡萄眼美女敬酒。

傻姑娘："你要喜欢那个老师，过去跟她聊聊吧。"

书法家："不不不。"

傻姑娘指指早已坐到另一张桌上的张姐："那你跟她聊吧。"

书法家："我们是姐们，哥们。"

傻姑娘侧过身子，看刚挪完桌子准备好的舞场。书法家见两人也没话说，"我去上一下洗手间。"完了，明明是自己没看上对方，对方现在这样先一走，外人看起来又像是他没看上傻姑娘。傻姑娘啊傻姑娘，自己不想和他聊时为什么不先走？

一会儿，傻姑娘也去洗手间，水池边碰到，没有说话。书法家回来后坐在入口处，傻姑娘由入口处进到舞场最里面，也没有说话。

第一支曲子，牛哥请葡萄眼美女跳舞，之后几曲也是。偶尔，葡萄眼美女也和另一位粉衣男士跳跳。

铁汉情过来请傻姑娘跳舞，傻姑娘："你怎么不和她跳？"

铁汉情："她不会，一点都不会。"

傻姑娘："那你可以教她啊。"

傻姑娘和铁汉情跳了两曲，他跳得很僵硬，还真的是刚刚学的跳舞，其实他是个很无趣的人。

那边，书法家把眼镜姑娘叫过去，两人聊着。

第三支曲子傻姑娘和铁汉情都听不出来是什么舞步，而且，傻姑娘也不想别人以为他跟自己有意思。葡萄眼美女和牛哥跳完路过座位时，铁汉情突然问葡萄眼美女："这是几步？"

葡萄眼美女："这是伦巴。"

牛哥跟在后面："这是伦巴。"

又一曲，傻姑娘坐着不动，铁汉情便回到眼镜姑娘那儿去了。书法家见铁汉情回来，又聊了一会便起身告辞。铁汉情和眼镜姑娘又聊了会也一块起身出门。

又一曲《傻妹妹》，牛哥邀请傻姑娘跳舞。跳着，跳着，牛哥偷偷瞄瞄傻姑娘胸部，还低声说了句："傻姑娘。"

粉衣男子又带葡萄眼美女跳了一曲，葡萄眼美女跳完坐傻姑娘不远处，傻姑娘笑着说："你跳得很好看。"葡萄眼美女笑笑。

这时，喝了些酒的牛哥突然冲过来坐在傻姑娘身边，"你一会儿送我回家吧，油费我出。"

傻姑娘赶紧摇摇头，又摇摇手，"我从来不送男人回家。"

牛哥不知道是不是喝醉了："你得要学会送男人回家。"

傻姑娘还是摇头又摇手，牛哥又坐到葡萄眼美女那边，葡萄眼美女站起来不理他回到桌边。

苗老师又背着包晃荡晃荡过来，盯着傻姑娘看了半天，"先怎么没看到你呀？"

傻姑娘："我早看到你了，你跟人家坐那小桌上聊天，我冲你笑，你都不理我。"

苗老师："那我没认出来你，你头发挽起来了。"

苗老师说完话就晃荡回去了，估计又喝了不少酒。傻姑娘又看了半支舞曲，看看停车时间差不多了，一个舞步转起身回家。

家里有网了，傻姑娘通过了眼镜姑娘的微信验证。晚11点半，眼镜姑娘微信：姐姐晚安。

傻姑娘夜里醒了看到微信，眼镜姑娘和铁汉情9点多离开男媒婆那，11点半回微信，两个多小时的空白，就铁汉情那种见面就搂肩膀的劲，就他那种锲而不舍的劲，傻姑娘替眼镜姑娘担心啊！

醒了，睡不着，傻姑娘起来写小说。1点20分，铁汉情QQ显示电脑在线，傻姑娘打过去一句："你给人家姑娘说了你已婚吗？"铁汉情QQ没回，立马变换成手机在线了。

早上7点半，铁汉情QQ："早上好，我又没有讲是你带过去的，这事就你知道，希望你不要管这事，就当我没告诉你实情，谢谢！世界之大，什么事都有，希望我们俩下次见面还是好老乡！我看见你们俩留联系方式了。"

比以前那些骗子还过分！傻姑娘果断删除他QQ，微信眼镜姑娘：你相亲时要确认一下人家是离婚还是没离婚的。

都是有故事的人

傻姑娘开车去男媒婆那的路上，又淅淅沥沥下起雨来，还去不去啊？先前就下过阵雨，现在又下，估计今天人肯定不多。犹豫中，就到了，男媒婆站在门口迎接，已经来了不少人，都是下午参加刘老太单身交友舞会后一块开车带过来的。

李哥和一群女人坐着，傻姑娘走过去，李哥旁边座位放着一个包，傻姑娘隔着一个座位坐下，傻姑娘右边是一富态女人。

傻姑娘边嗑瓜子边看富态女人："你这头发挽得很漂亮啊，是自己挽的，还是理发店挽的？"

富态女人："自己挽的。"

傻姑娘转着脑袋看她的发髻，她也转着脑袋让傻姑娘看，终究是看不太清楚里面怎么弄的。

男媒婆上楼来，拿着他的登记单，"您是第一次来吧，登记一下吧，下次有活动我们可以给您发信息。"

富态女人嗫嗫喏喏不知道想表达什么，她对面的短发女子说话了，"你发消息给我，我通知她们就行了。我们几个都是一个单位的，她有时候在国外，不方便收信息。"

傻姑娘："哦，你们一个单位的呀！"

李哥："这么多单身的大单位好。"

富态女人："是啊，我们单位以前都是军人，后来转到地方。军人的婚姻有一个特点，好多都是两地分居，两人的文化水平也有差异，跟当地人结婚的吧，性格差异也很大，所以离婚的多。"

李哥站起来，又倒了一盘瓜子，又提了一壶水来，给喝完水的女士加水。

傻姑娘想起红颜淡了："李哥，您多大年纪，我看有没有合适的，给您介绍一下。"

李哥："我64了，得找一个60出头的，她们都才50多，太年轻了。"

傻姑娘："上下10岁都可以啊！"

李哥："女人本来寿命就比男人长，如果再小那么多，不合适。"

傻姑娘："我有一个朋友，户口在外地，退休了，北京有房子，人显得很年轻漂亮，看起来跟40多似的，每天在北大听课，她家庭环境不错，爸爸以前参加过革命。"

李哥："不行，50多岁太年轻了。"

傻姑娘又想起单身的邻居婆婆，李哥："我不想找外地的，会给孩子们带来很多麻烦。"

李哥："像我们这样的，再等几年，有些人丧偶了，找个北京的，60的，安安稳稳过日子，不过到时我也该70多了。"

李哥又说："像你们这样有房有车的，条件好的，再等几年，可以在外地找个顶尖人物，他们退休了，可以住在北京。现在北京不好找，剩女50万，是剩男的4倍，再加上外地来的，男女单身比例1:

7，这在全国都是没有的。"

"还挺有道理。"傻姑娘点头，又突然有些悲哀，想当初，郊区的都嫌远，如今，却还在考虑外地的，真的是不一样了啊！男人们也是，三十多岁一个态度，四十五十岁一个态度，像李哥现在六十多岁，退休了，又是一个完全不同的态度了。

"李哥。"又来了一位长卷发漂亮女子。

李哥拿起旁边座位上的包，"你坐这吧。"

聚餐快开始了，傻姑娘拿起自己的包站起来："李哥，这桌上这么多美女围着你一个人了，我到别的桌上去坐了。"

李哥站起来看了看其余几张桌上的人，"你坐那个桌上吧，那张，这个桌上数你最年轻了。"傻姑娘也注意看了一下那几桌，今天没有有可能想了解的人，坐哪桌都一样。

转业军人又来了，隔着一个座位挨着傻姑娘坐下，"我上次给你留电话了吗？"

傻姑娘："我告诉你电话号码了，你没给我留。"

转业军人："我拨给你了呀！"

傻姑娘："没收到。"

转业军人挪到傻姑娘旁边座位："那再留一下吧。"

傻姑娘又说了一遍自己的号码，转业军人记下，"拨过去了吧？"

傻姑娘："嗯。"

两人聊了几句，转业军人便又退回隔着的那个座位。

男媒婆又带来一女子，安排在转业军人和傻姑娘中间空座位上。又带来一娃娃脸男人和一花衣女子，安排在傻姑娘左边的两空位上，男媒婆指着娃娃脸男人一个劲儿地给花衣女子嘱咐："他是第一次来，你多关照啊！"

娃娃脸男人便只和花衣女子说话，全然无视他右边的傻姑娘，他们的问话傻姑娘都听到了，花衣女子是律师，花衣女子却似对娃娃脸男人不感兴趣，没问他一个问题，当然也可能之前男媒婆已把娃娃脸男人情况给花衣女子说了，因为男媒婆带他俩一块进来的。

还是傻姑娘问了一句："你是做什么的？"

娃娃脸男人："房地产公司。"

　　花衣女子左边是一时尚女子，时尚女子左边是戴金项链的老北京男子，不用介绍，光看外表，猜都猜得出来是老北京。时尚女子进进出出好几次，每次金项链都站起来挪动椅子让她过去，地太小了，尽管她很瘦。

　　牛哥早就来了，坐在一长发绿纱裙女子旁边。男媒婆踱着胖步过去了，"今天下雨，人少，这桌就撤了吧，大家坐那桌去。"

　　男媒婆："今天我们请来一对特殊嘉宾，他们在我们这相识，已经结婚了，这是我送他们的红包。"

　　那个结婚的绿衣男接过红包，递给身边的红衣女子，"谢谢！谢谢！"

　　娃娃脸男人帮花衣女子倒饮料，结果瓶盖都没取。

　　饭菜上来，金项链安静地自顾自吃，倒酒夹菜放筷子擦嘴转桌面，很从容很老道的样子。偶尔也给大家倒酒，还给旁边的时尚女子倒饮料，只给旁边的时尚女子倒饮料。

　　今天的菜明显好吃些，是不是因为下雨，楼下吃饭客人少了，楼上参加男媒婆活动的人也少了，大厨终于顾得过来帮楼上整几个菜了。傻姑娘想，相不了亲，吃几个好吃的菜也值，细细品尝着，琢磨着怎么做。

　　时尚女子不小心把大橙汁瓶碰倒了，倒在花衣女子桌前，湿了花衣，湿了手机，流了一地。时尚女子脸都红黑了，尴尬地赶紧扶起瓶子，"我去拿拖把。"

　　花衣女子："我去拿吧。"

　　娃娃脸男人赶紧扯了几张餐巾纸，放在花衣女子桌前，自己直直站着，不知道该怎么帮她。

　　金项链到底没安静几分钟，"大家介绍一下自己的情况吧。"又指指娃娃脸男人，"你第一次来，你先说吧。"

　　傻姑娘右边的素颜女子低声跟傻姑娘说："欺负人家新来的。"

　　娃娃脸男人噌地端着酒杯站起来，大家都说"不用站起来"，他还是站着，"认识大家很高兴，我是 69 年生，在一家房地产公司工作，丧偶，有一个女儿上大学了。"

　　接下来是傻姑娘，刚说完，花衣女子："你俩挺合适的，一个 69 年，一个 70 年。"

娃娃脸男人没说话，傻姑娘也只笑笑。吃着吃着，傻姑娘发现一个酒杯在玻璃转盘上跟菜一样转到每个人面前，"这是谁的酒杯呀？"

"这是你的酒杯吧？"花衣女子帮娃娃脸男人拿下来。

素颜："我 76 年，外企工作，未婚。"

金项链朝转业军人喊："小兄弟，该你了。"

转业军人："小兄弟？我是这里面最大的了。"

花衣女子："你应该叫大兄弟。"

很快就轮到金项链了，"我 74 年，老北京，未婚，之前一直到处游玩，现在我爸病了，回来照顾他，然后才开始上班。"

傻姑娘："这桌上这么多未婚和没孩子的呀！"

娃娃脸男人："你是做什么的？"

傻姑娘："1111 医院的，你在房地产公司做什么？"

娃娃脸男人："做防水工程，我有一支队伍，专门给房地产公司做防水。"

谁的酒杯又在玻璃转盘上了，大家帮把转盘转到娃娃脸男人这，他赶紧拿下来。他的脸一直微微有点红，好像从刚来时就有，不是喝酒后，也不是两次从转盘上拿下酒杯后。

金项链："我第一次来比你们还紧张，那时候，每把椅子上还写着每个人的名字。那天，我饭都没吃饱，聚会结束了，一个人跑到外面大吃了一顿。"

"哈哈哈哈哈哈。"傻姑娘真没想到这么老道的金项链第一次也像娃娃脸男人这样。

娃娃脸男人："你孩子多大？"

傻姑娘："上大学了。"

转业军人和素颜也一直在低声聊着什么。

金项链："我那次还真谈了一个女朋友，可是她买衣服吧，买了一件 70 元的衣服，连续去换了三次，我真受不了了……"

傻姑娘很喜欢听故事，就笑笑地看着金项链讲，金项链看见有人感兴趣，越讲越来劲，娃娃脸男人转过脸来还想问傻姑娘什么，一看这情态，就直接隔着傻姑娘问这边的素颜姑娘了，"你做什么工作？"

素颜："做人力资源工作。"

娃娃脸男人："你还想要孩子吗？"

素颜："不想要了，我听男媒婆说了你的情况。"

"哦，男媒婆给我说的就是你呀，那咱们到下面去谈谈吧。"娃娃脸男人说，两人一块下去了。

过了半天，转业军人突然问傻姑娘："她去哪了？"

傻姑娘指指自己左边的空位："她和他下去聊了。"

转业军人："女的先开口的，还是男的先开口的？"

傻姑娘一愣："我哪知道啊，你自己问他们去啊！"

别桌一男子过来坐傻姑娘身边，"你多大？"

傻姑娘："70 年的。"

"啊太小了，我没戏了，我都 60 了，比你大 15 岁，只能望洋兴叹了。你这样的女人，怎么会落下呢？"望洋兴叹先生。

傻姑娘："您看着挺年轻的，可不像 60 岁。"

男媒婆又给金项链介绍一个白裙女子过来，白裙女子让金项链等一会她先和另外一个人聊一会。白裙女子聊完过来，金项链正跟时尚女子聊得热乎，白裙女子便傻傻地站那等。白裙女子等了好久，只聊了几句，便没了。金项链继续和时尚女子聊，最后两人一块走了。

9 点钟，娃娃脸男人和素颜上楼来，娃娃脸男人和男媒婆和傻姑娘打招呼后走了。素颜想跳会儿舞，继续等着。转业军人和素颜又聊了会，又和花衣女子聊了会，然后也走了。

绿纱裙和他们桌一戴耳环的男子跳舞，绿纱裙跳得柔情妖媚极了，还用手作梳妆样摸摸自己的头发，傻姑娘眼睛跟着她转，"她跳得真好看。"

耳环男："今天遇到高手了。"

素颜："这个女的是卖服装的。"

牛哥又请绿纱裙跳舞，耳环男便请素颜跳舞。

耳环男又请绿纱裙跳舞。

牛哥又请绿纱裙跳舞。

一曲结束，结婚的那对走了，李哥他们那桌的人也全部一块走了，素颜拿起包要走，傻姑娘还坐着，素颜冲傻姑娘喊："走啊！"傻姑娘便也站起走了，还有几个女士也走了。

屋里只剩下绿纱裙，和她左边的牛哥，和她右边的耳环男。

你还好吗？

老师依然在评论名著，就像评论一个女神，"她有眼睛，有鼻子，有嘴巴，有头发，穿了衣服，每天吃三顿饭……"

傻姑娘激动半天，自己也有眼睛，也有鼻子，也有嘴巴，也有头发，也穿了衣服，也每天吃三顿饭……

可是，这眼睛不是那眼睛，老师也不是能看见所有的眼睛。

花典就该谈女朋友了，傻姑娘自觉不自觉地好像就站在男人角度考虑问题了。真要命，总是不忍心儿子太辛苦，好像都觉得女孩追男孩比较好了。这还亏得自己是单身，要是自己不涉及到找男朋友，那不更得站男人角度考虑问题了。

45岁了，忽然就一下子明白弯弯头说的"有一搭没一搭地谈谈恋爱"了，谈，也还愿意和这个人谈，如果一切顺利的话，不顺的话，一下子抛开也没有什么好留恋的。

曾经买过几把椅子，那会儿觉得很好看。当然，那会儿放公司也很好用，但在家里真心用起来不舒服，要么坐起来太硬，要么挪动起来太重，要么太占地方。倒是一把旧椅子，坐起来非常舒服。

看看脚上这双紫红拖，看看床边那双可爱粉花凉拖，傻姑娘走过去换上那双，看着也是喜欢，穿着也是喜欢，反正就是喜欢，这种喜欢的感觉就是不一样。紫红拖是傻姑娘想买一双拖鞋又不想跑远，在菜市场将就买的，虽然也穿习惯了，虽然总是努力发现它的好处，但还是没有每每穿上粉花凉拖这种喜欢喜悦的感觉。

114也给傻姑娘买过棉拖，也是顺手在菜市场买的。他还很慷慨地买了两双，一双红的，一双绿的，都不好看，傻姑娘都懒得去描述它，就是农村人穿的那种低档拖鞋。每次穿上红棉拖，走着走着脚很容易歪到左边或者右边，傻姑娘就使劲把脚往里面塞。

绿棉拖呢，高帮，早起写作的傻姑娘穿着还是比较暖和，不过，穿着傻姑娘是不太喜欢去看自己的脚。一段时间后，鞋底那层布破了，光脚穿在硬梆梆的鞋底上。

绿棉拖扔了。

看看红棉拖，狠狠心，一向很节约的傻姑娘也把它塞进了垃圾袋。不想每天都有那种没质量的感觉，也不愿想起买拖鞋的那个人没质量，虽然貌似他的经济条件很好，貌似他的生活很有质量，但傻姑娘每每穿上这双拖鞋，就不能不想他没质量，他也许始终不明白傻姑娘为什么不想再见他。

一个人生活好像慢慢习惯了，要那个人，除了那点事，别的还有什么用？那点事，现在好像也没多大兴趣，都懒得想起了。

只是，身体有什么意外的时候，身边有个人，可以及时发现而已。

只是，费那么大劲寻找，克服那么多不同，还要担心对方打搅自己安静的写作生活，换这个"发现而已"值不值？

这样想着，这样想着，阿阿阿突然发来短信：你还好吗？

还好吗？

傻姑娘照例早起写作，写作累了照例顾赏自己的菜园子。刚歇一会儿的雨又淅淅沥沥下起来，傻姑娘想着要不赶紧摘几个玉米给花典做早餐吧，这么想着，一秒钟，整面山体固墙突然冲倒下来，整块玉米地全给埋了。

长条椅就在傻姑娘前面一米处，一闪，轻飘飘地，没了，傻姑娘刚刚坐过的长条椅。

那棵几十年的大树，瘫倒在地上，堵死了隔壁老人的门，树枝砸裂了傻姑娘的窗玻璃，老人用来晾衣服的铁丝线网线以及铁丝上套着的什么管都被砸断了……

傻眼了的傻姑娘才反应过来怎么回事，两棵大香椿树全被砸断了，水泥糊的大水缸碎了，鸭掌树漂亮大花盆碎了，刚洗干净的大玻璃桌面傻姑娘都没看见它是怎么没的，那么多刚刚熟的玉米全没了，哦，角落那儿还孤零零站着一棵玉米。

那一串串辣椒还没舍得吃，那一片片可爱的大葱……

傻姑娘赶紧打电话给院总值班，惊魂未定地描述着。

7点半，物业的人看到了，"这不是我们的事，你打电话找院里吧。"

物业被砸断的水管还哗哗哗流着水，继续冲刷着刚才的滑坡，傻姑娘冲站在上面的那人大喊："你把水开关关了呀！你让他们把车往后挪挪，别到时万一继续塌陷车也给冲下来了。"

8点多钟，营房助理来了，拍照，"他们打电话告诉我说只是有裂缝啊！"

10点钟，一个当官的来了，不知是营房科长还是院务部长，授着衔的，傻姑娘不认识。当官的："这堵墙是你们去年建的吧？"物业领导鸡啄米似地点点头，围着的人不少。当官的："质量不合格，赶紧修好。"

那个说不归他们管的物业人也站旁边，他说不知道发生了这情况。唯唯喏喏的物业领导："你的办公室就在这旁边，这么大声音你听不到？"那人傻笑笑不说话了。

第三天，木工房把支愣着的大树枝锯断，大树杆仍然躺隔壁老人门前。傻姑娘看见物业那人在外面晒太阳，就问："这个什么时候搬走啊？"物业那人："这不归我们管，你找院里吧。"

第十天，几个人把大石块用电钻钻小了，那个说不归他们管的物业人也抢着大锤砸了几下大石块。

两个月了，大树杆仍然躺隔壁老人门前。碎石块满满埋了傻姑娘的菜园，想晒衣服，都没有下脚的地方。打电话到营房科问什么时候来清理，接电话的人："我不知道这事啊！"

隔壁老人好多天没见着了，傻姑娘也没太在意，他的后门被堵住了嘛。

今天，隔壁老人几个儿子突然都来了，三个亲儿子，两个非亲儿子，媳妇们也都来了，还冒出来好多人。

老人死在家里，十多天了。

很安静地出殡，没有哭声。

后 记

傻姑娘后来到底遇到那个人没有？
请看《傻姑娘相亲记二》。